거미입니다만, 문제라도? 2

저자 **바바 오키나**

일러스트 **키류 츠카사**

contents

1. 하느님은 거미를 싫어하신대

늦은 감이 있지만 한마디 하자면, 나는 운수가 엄청 사납다.

아니지, 이쯤 되면 운수가 사납다는 말로도 부족하다. 하느님이 나를 싫어한다는 정도가 아니면 설명이 안 될 만큼 이제까지 내 인생, 은 아니고 거미생은 파란만장했다.

애초에 평범한 사람이었다면, 정신을 차리고 보니 영문도 모른 채 거미로 전생해버린 터무니없는 상황을 인식한 시점부터 미쳐 날뛰었어도 무리가 아니었을 것이다.

게다가 태어난 장소는 엘로 대미궁, 이 세계에서 가장 거대한 던전이다.

주변에 서식하는 마물은 이놈이고 저놈이고 나보다 훨씬 강한 녀석들뿐.

그런 놈들을 쓰러트려서 먹지 않으면 음식물조차 변변히 구할 수 없는 열악한 환경.

거미의 특성을 살려서 마이 홈을, 거미집을 건설하고 어떻게든 버텨 왔지만 결국은 느닷없이 나타나 습격을 가한 인간들의 손에 불타버렸다.

그다음부터는 미궁의 안을 헤매면서 돌아다녀야 했고, 어쩌다 보니 그런대로 잘 지내고 있었던 상층에서 훨씬 더 난이도 높은 하층으로 추락.

지룡(地龍)이라는 대책도 없는 괴물한테 습격당하는 바람에 간신히 목숨만 건져서 도주.

싸웠다간 무조건 살해당할 강력한 마물이 한가득 돌아다니는 미궁 안을 사력을 다해 탐색하고 전진했다.

절정은 원숭이 군단.

무슨 까닭인지 원숭이 대군이 몰려와서 내가 철천지원수라도 되는 양 습격했다.

하층에서 사는 마물 중 그나마 약한 부류에 속하는 마물이었지만 그럼에도 한 마리 한 마리가 나보다 강했다.

그런 원숭이가 떼를 지어 덤벼들었다니까?

이건 도대체 무슨 농담이냐는 심정이었지.

문자 그대로 죽었다고 생각하면서 요격했다니까요.

실패하면 진짜로 죽을 테니까 말이야.

그런 위기를 용케 극복했다고 나 자신을 칭찬해주고 싶다.

응, 열심히 싸웠어. 진짜 열심히 싸웠어.

그런 나한테 이런 처사는 좀 아니잖아!

있는지 없는지 모르겠지만 하느님한테 불평 한마디 해주고 싶다.

정말 해도 너무한다고…….

내 눈앞에는 끓어오르는 마그마 바다가 펼쳐져 있었다.

시간을 조금 거슬러 올라가서, 원숭이를 전멸시킨 후에 나는 어떠한 사실을 깨달았다.

살짝 덥다.

처음에는 원숭이와 싸우는 데 너무 열중해서 체온이 올라간 줄로 생각했지만 그건 아닌 것 같다.

애초에 거미도 체온이 올라가고 그러나?

뭐, 그런 건 아무래도 좋거든. 지금까지는 느끼지 못했던 기온 변화가 분명하게 느껴진다는 점이 훨씬 문제라는 거지.

특별히 위기감이 들진 않았다.

주변을 둘러봐도 보이는 것이라고는 원숭이의 시체뿐, 다른 마물은 그림자도 비치지 않는다.

지룡도 등장했으니 이번에는 화룡(火龍) 차례 같은 전개는 아니었나 보다.

그러면 왜 더운 거야?

의문을 품은 내 시야에 그것이 들어왔다.

오르막길.

그랬다, 오르막길이었다. 다시 한 번 말한다. 오르막길이다!

상층에서 추락했었고 현재 위치는 하층.

그리고 하층에서 오르막길을 발견했다.

요컨대 하층을 빠져나가서 중층으로 올라가는 길이라는 뜻!

이얏호! 드디어 요놈의 초절정 위험 지대를 탈출하는구나!

덩실덩실 흥을 내면서 올라간 오르막길, 그곳에 펼쳐진 것은 붉은색을 머금은 광대한 공간이었다.

그렇게 현재에 이르렀다.

으에에에에에엥?!

저거 뭐야?

나는 모~르겠는걸?

이건 아니지. 이건 아니잖아!

마그마라니 대체 뭐냐고!

어째서 땅속에 시뻘건 마그마가 흐르고 있는 거야.

으음, 땅속이고 던전이니까 틀리진 않은 건가?

망했어요~.

어찌나 뜨거운지 HP까지 줄어들었다.

이쯤 되면 덥다거나 뜨겁다는 수준이 아니잖아.

응? 왠지 꽁무니가 진짜로 뜨거운데.

으앗?! 꽁무니에서 나온 실이 불타고 있네?!

불이야! 불이야! 급하니까 일단 잘라 낸다!

후유, 위험했어. 하마터면 꽁무니에 불이 붙을 뻔했다.

나는 무의식중에 실을 줄줄 흘리고 다니는 버릇이 있는데, 아무튼 거기에 불이 붙을 정도면 여기는 대체 얼마나 뜨거운 거야!

다행히도 중층의 모든 지대가 마그마로 뒤덮여 있지는 않았다. 걸어 다닐 만한 육지도 분명 있긴 했다. 하지만 입구부터 이런 꼴인데 진입은 무리가 아닐까?

쿨러 드링크 가져와랏!

응? 뭐지? 마그마 속에 마물이 있네?

팔다리 달린 해마처럼 생긴 녀석이 마그마 속을 헤엄치고 있어. 말도 안 돼.

살짝 무서웠지만 감정 결과 플리즈.

〈엘로 게네러시 LV 7

스테이터스

HP: 167/167(녹)　　　MP: 145/158(청)

SP: 155/155(황)　　　: 156/165(적)

스테이터스 감정에 실패했습니다　　　〉

오오, 한 방에 스테이터스가 표시됐다. 좋았어~.

흠흠. 이 정도 수치라면 아주 강하진 않겠네. 뭐, 물론 나보단 충분히 강하지만 말이야!

자, 그러면 이중 감정으로 더 자세한 정보를 조사해볼까?

〈엘로 게네러시: 엘로 대미궁 중층에 서식하는 하위 용종 마물. 불꽃을 부리고, 불꽃으로 몸을 지킨다〉

목이 빠져라 고대했던 단어! 엘로 대미궁 중층! 역시 여기가 중층이구나!

〈엘로 대미궁 중층: 엘로 대미궁의 상층과 하층 사이에 위치하는 지역. 지형 전반에 걸쳐서 작열하는 마그마가 흐르고 있으며 화염에 내성을 지니는 마물이 다수 서식하고 있다〉

……진짜로?

으아앗, 완전 망해버렸어요~.

중층 전체가 이렇다고?

상층으로 가려면 이런 데를 돌파해야 된다는 거네?

가능할까?

가만히 있어도 대미지가 들어오는 지형. 떨어졌다간 한순간에 끝장나는 마그마 강과 호수.

여기에 사는 마물은 불 내성을 지닌다고 했지. 그러면 공격할 때도 화염을 쓰지 않겠어?

내 거미줄의 약점이 뭔지 아시는가? 방금 전에도 불타버렸으니까 알겠지?

불이라고!!

어떡하지. 진짜 어떡하지.

실 없는 나는 그야말로 낫토 균 없는 낫토나 마찬가지잖아.

그딴 건 낫토라고 부를 수 없단 말이야. 그냥 썩은 콩이지!

하지만 그만큼 실을 못 쓰는 상황은 위험하다.

지금까지 나는 거미줄 덕분에 살아남았다고 해도 과언이 아닌걸.

거미집, 즉 마이 홈을 지을 수도 없고 적을 구속할 수도 없고 아~무것도 못하는 신세!

앗, 딴생각하다가 해마한테 들켰다. 눈이 마주쳐버렸어.

뭐, 거리는 제법 되니까 괜찮을…… 줄 알았는데?!

해마가 숨을 들이켜고는 뭔가를 훅 뱉어 냈다?!

불덩어리다.

으랏차!

피했다. 내 연약한 몸으로 저딴 걸 맞았다가는 숯덩이가 된단 말이야.

으아아, 진짜로 불덩어리가 날아온 거지? 저건 또 무슨 원리로 날아온 거야?

요렇게 판타지 세계 느낌의 공격은 지룡의 브레스 이후로 처음 당해보는걸.

물론 지룡의 브레스처럼 사기적인 위력은 아니었지만…….

아니, 그보다 마그마 속에서 원거리 공격은 좀 비겁하지 않니?

불덩어리 제2탄이 날아왔다. 방금 전과 같은 요령으로 피했다.

피할 수는 있었다. 피하긴 했지만 이래서는 상황이 점점 악화될 뿐.

나는 원거리 공격이라고 해 봐야 거미줄 던지기뿐인걸.

밑져야 본전이지. 거미줄을 뽑아서 휙 던졌다.

던진 순간부터 공중에서 불이 붙었다.

응, 어림도 없군. 서둘러 줄을 잘라 냈다.

괜한 짓을 하는 틈에 해마가 제3탄을 날렸다.

피한다. 하지만 직격을 피했는데도 내 HP는 열기로 인해 조금씩 줄어들고 있었다.

큭, 굉장히 분하지만 이럴 때는 도망치는 것이 최고다.

해마에게서 등을 돌리고 방금 전 올라온 언덕길을 내려갔다.

원숭이 시체가 잔뜩 방치된 장소로 대피.

후유, 여기까지 오면 열기 때문에 HP가 줄어들진 않는다.

HP 자동 회복 스킬도 있으니까 휴식을 취하면 금방 회복되겠지.

그나저나, 으으, 분해라!

스테이터스로 비교하면 못 이길 상대는 아니었다.

나보다 높긴 하지만 그건 늘 그래 왔고…….

그런데도 이번에는 손도 발도 거미줄도 아무것도 못 내밀었다.

정말이지 중대한 사태라고밖에 달리 할 말이 없었다.

지금까지 거미집을 지어 놓고 우위를 점한 채 싸움을 이끌어 나간 적은 있었지만, 상위 마물에게 지형의 이점을 빼앗기고 열세에 몰린 적은 없었다.

이제껏 잘 써먹었던 전술을 나보다 되레 강한 마물이 구사하는 상황.

게다가 나는 최대의 무기인 실을 봉인당했다.

끙, 승산이 있을까?

상층으로 가려면 마그마로 뒤덮인 중층을 공략해야 한다.

하지만 중층을 공략할 길이 보이지 않았다.

그러면 다른 방법을 찾아야 하나?

확실한 귀환 루트 하나는 벌이 진을 치고 있는 절벽을 올라가는 것.

지룡이 어슬렁거리는 그곳으로 다시 돌아가라고?

안 돼. 끔찍해. 싫어.

그럼 다른 절벽 길을 찾아볼까? 상층과 곧장 연결된 절벽이 또 있을까?

가능성이 아주 없지는 않다.

전에 상층에서 지냈을 때에도 거미줄에 벌이 걸려든 적이 있었으니까, 어딘가 상층과 연결된 또 다른 절벽 지대가 존재한다는 뒷받침은 된다. 그곳에서도 벌이 집을 지으면서 살고 있을 가능성은 충분했다.

하지만 역시 가능성에 지나지 않았다.

중층을 돌파하느냐.

있는지 없는지도 모를 절벽 길을 찾아서 또다시 하층을 탐색하느냐.

자, 어떡해야 할까…….

앞으로의 방침은 나중에 고민하기로 하고, 우선은 진화부터 해치워야겠다.

원숭이들을 싹 쓸어버리고 경험치를 잔뜩 획득한 덕분에 레벨이 쭉쭉 올랐으니까 말이야.

오르막길을 발견해서 기분이 날아올랐다고 잊어버리지는 않았다.

아니라면 아닌 줄 알아.

하층에는 위험한 마물이 잔뜩 돌아다니는 만큼 강제로 의식을 잃어버리는 진화를 하자면 상당한 용기가 필요했지만, 그래서 진화를 하겠느냐 말겠느냐고 묻는다면 당연히 한다고 대답하련다.

레벨에 상한이 있을지도 모르니까 걱정도 되고…….

원숭이를 그렇게 많이 해치웠는데도 내 레벨은 10 이상으로 오르지 않았다.

단순히 경험치가 부족해서 안 올랐으면 상관없지만 종족에 따라 레벨 제한이 있다는 식으로, 진화 전에는 더 이상 레벨을 못 올리는 패턴이라면 좋지 않다.

만약 진짜 게임이라면 궁금증도 풀 겸 이대로 진화를 미룬 채 레벨업을 시도하겠지만 지금은 내 목숨이 달린 상황이니까.

자신의 목숨을 걸고 궁금증을 풀고 싶다는 생각은 물론 들지 않았다.

진화 가능한 후보는 둘. 타라텍트와 스몰 포이즌 타라텍트.

으음, 어느 쪽을 골라야 할까.

타라텍트는 이름에서 스몰을 떼어 냈으니까 커다래질 것 같아.

저번에도 스몰 레서 타라텍트에서 레서 타라텍트로 진화하는 선택지가 있었으니까, 그냥 성장하는 진화라고 보면 되겠네.

문제는 스몰 포이즌 타라텍트 쪽이었다.

포이즌이라는 말을 붙일 정도면 아마 독이랑 관련된 능력이 강화되겠지?

이런 때 진화 가능한 종족을 감정할 수 있으면 편리할 텐데.

응? 감정?

문득 생각이 나서 스테이터스를 살펴보다가 뭔가 묘한 표시가 추가된 것을 발견했다.

스테이터스의 가장 아래쪽에 〈진화 가능〉이라는 문자가 깜빡깜빡하고 있네?

이게 뭘까?

우선은 이중 감정을 해봤다.

〈진화 가능: 타라텍트 or 스몰 포이즌 타라텍트〉

으헉?! 감정 씨, 진짜 당신 맞아?

굉장해! 끝내준다! 문자로 표시된다는 건 이중 감정도 가능하다는 소리잖아!

진화 가능한 종족의 정보를 감정할 수 있어!

요즘은 감정 씨가 엄청나게 유능해서 무서울 정도인걸!

재빨리 감정.

〈타라텍트: 타라텍트종으로 불리는 거미형 마물의 표준적인 성체. 육식을 하며 이빨에 독을 지니고 있다〉

〈스몰 포이즌 타라텍트: 타라텍트종으로 불리는 거미형 마물 중 희

소종의 유체. 대단히 강력한 독을 지니고 있다〉

응. 결정했어요. 포이즌으로 할래요.

왜냐면 희소종이니까요. 레어라고요, 레어.

표준이랑 희소종이랑 비교하면 당연히 희소한 쪽을 선택하지 않겠어요?

고민은 이제 끝. 척척 벽을 타고 올라가서 간이 홈을 제작했다.

진화합니다~. 안녕히 주무세요.

다시, 좋은 아침이에요.

음. 무사히 눈을 떠서 다행이야.

간이 홈 안에서 주변의 낌새를 살폈다.

보이는 범위에서는 원숭이 시체 말고 다른 마물은 없었다. 응, 좋아.

그러면 안전 확인은 마쳤으니까 진화 후의 스테이터스를 감정해 볼까요.

〈스몰 포이즌 타라텍트 LV 1, 이름 없음

스테이터스

HP: 56/56(녹) **2UP** MP: 1/56(청) **2UP**

SP: 56/56(황) **2UP** : 1/56(적) **2UP**

평균 공격 능력: 38 **2UP** 평균 방어 능력: 38 **2UP**

평균 마법 능력: 27 **1UP** 평균 저항 능력: 27 **1UP**

평균 속도 능력: 537 **21UP**

스킬

「HP 자동 회복 LV 3」	「독 공격 LV 9 NEW」	「독 합성 LV 3」
「거미줄 LV 9 1UP」	「참사 LV 4」	「실부림 LV 8 1UP」
「투척 LV 3」	「집중 LV 5 1UP」	「명중 LV 4」
「회피 LV 2」	「감정 LV 8 1UP」	「탐지 LV 4」
「은밀 LV 6」	「외도 마법 LV 3 1UP」	「그림자 마법 LV 2」
「독 마법 LV 2 1UP」	「과식 LV 4」	「밤눈 LV 10」
「시각 영역 확장 LV 2」	「독 내성 LV 8 1UP」	「마비 내성 LV 3」
「석화 내성 LV 3 1UP」	「산 내성 LV 4」	「부식 내성 LV 3」
「기절 내성 LV 2 1UP」	「공포 내성 LV 6」	「외도 내성 LV 2 1UP」
「고통 무효」	「통각 경감 LV 6」	「생명력 LV 2」
「마력량 LV 2」	「순발력 LV 2」	「지구력 LV 2」
「강대 LV 1」	「강고 LV 1」	「위타천 LV 2」
「금기 LV 2」	「n%I=W」	

스킬 포인트: 200 〉

와아. 이번에는 UP 표시가 추가됐구나.

감정 님의 레벨이 오른 덕분이겠지?

남은 스킬 포인트도 보이게 됐어. 감정 님은 매번 착실하게 실력을 쌓으시는구나.

UP 표시는 진화 전이랑 비교해서 올라갔다는 뜻이겠지?

만세! 능력치가 올라갔어요! 진짜 찔끔이지만…….

희소종으로 진화해서 좀 더 팍팍 올라가지 않을까 기대했지만 그런 일은 없었다.

속도만은 여전히 바보처럼 혼자 툭 튀어 나갔다.

뭐, 능력치는 이만 넘어가야지. 그전이랑 별로 다르지도 않네.

하지만 스킬 쪽은 변화가 상당한걸.

원숭이랑 싸울 때도 쭉쭉 올랐었는데 새로운 스킬까지 획득했다.

독니가 독 공격으로 바뀌었나 본데?

감정 님 덕분에 변화가 척 보이는 것은 좋아도 역시 뭔가 불편하구나.

아차, 진화로 SP가 바닥났었지. 잔뜩 널린 원숭이를 먹어서 보급해야겠다.

먹으면서 스테이터스를 체크했다.

SP가 줄어든 현상은 예상대로였지만 MP도 떨어질 줄은 몰랐네.

저번 진화 때는 딱히 MP를 쓸 일이 없어서 눈치 못 챘나 보다.

독 합성이나 실부림으로 써먹을 수 있으니까 앞으로는 MP 잔량에도 주의를 기울여야겠다.

응응, 원숭이들이랑 싸우면서 독 합성의 덕을 톡톡히 봤는걸.

처음 스킬을 익혔을 때는 미묘하다고 생각했는데 의외로 쓸모가 많았지. 앞으로도 잘 써먹도록 하자.

아무튼 독 합성 말인데, 스킬 레벨이 올라가면서 〈피해량 조절〉과 〈지속 시간 조절〉이라는 항목이 새롭게 추가됐다.

그러니까 독의 위력을 비롯해서 어느 정도의 시간 동안 대미지를 가할지 조정할 수 있게 됐다.

오랫동안 고통을 주고 싶을 때는 지속 시간을 늘리고 단번에 대미지를 주고 싶은 경우는 위력을 높이면 된다.

원하는 대로 독을 커스터마이즈 할 수 있다는 말씀.

다만 조정 가능한 수치는 스킬 레벨만큼이 한계인 듯했다.

시험 삼아 거미독을 만들어 봤는데 위력 9, 지속 9에서 변경되지 않았다.

그것참, 거미독은 진짜 강하구나.

독 얘기가 나왔으니 다음은 독 공격을 감정해볼까?

독니가 사라지고 대신 나타났으니까 강한 스킬이겠지?

〈독 공격: 공격에 독 속성을 부여한다〉

어? 이래 놓고 설명 끝?

응? 잠깐만, 이건 굉장한 능력 아닐까?

모든 공격에다가 독 속성을 부여할 수 있다는 뜻?

그러면 혹시 실에 닿기만 해도 중독된다는 거야?

뭐야, 엄청 무서운 스킬이었어. SP가 회복되면 당장 시험해야겠다.

앗! 하지만 중층에서는 실이 불타버리니까 못 쓰잖아!

끄응! 이런 멋진 스킬을 획득해 놓고도 써먹을 수가 없다는 딜레마!

쳇, 독 공격은 한동안 뒷방 신세구나.

또 독이랑 관련된 스킬은 독 마법.

어차피 사용 방법을 모르지만 아무튼 독 마법도 레벨이 올랐다.

늘어난 마법은 뭘까? 음, 〈독탄〉이네. 독으로 탄을 만들어서 날리는 마법다운 마법이다.

이건 원거리 공격이겠지?

중층에서 마주쳤던 해마의 공격을 떠올렸다.

그 녀석을 쓰러트리려면 마그마 바깥으로 끄집어내든가 원거리 공격으로 쏘아 맞힐 수밖에 없다.

마그마 밖으로 끌어내는 쪽은 지금으로선 마땅한 수단이 없으니까 무리.

원거리 공격도 중층에서는 실을 쓰지 못하니 별반 다르지 않았다. 기껏해야 바닥에 굴러다니는 돌을 주워서 던지는 정도가 한계일까.

제아무리 투척 스킬을 가지고 있어도 내 빈약한 능력치로 돌멩이를 던져 봤자, 마물한테 이렇다 할 대미지가 들어갈 리도 없잖아.

그렇다면 새로운 원거리 공격 수단을 개발하는 수밖에…….

상황이 이런 만큼 지금 눈앞에 제시된 원거리 공격이 무척 매력적으로 보이는데 말이지.

응. 역시 상층으로 통하는 절벽을 찾는 건 그만두자. 있을지 없을지 확실하지도 않은 데다가 지룡처럼 끔찍한 마물이 어디를 어슬렁거리고 있을지 모르거든. 그런 데를 또 헤매고 돌아다니는 위험한 짓은 하고 싶지 않아.

결심했어. 중층을 공략할 거야.

해마랑 마주쳤을 때 반격 한 번 못해서 분하기도 하고…….

이대로 중층을 무시하고 다른 방법을 찾는 건 내 자긍심이 용납하지 않는다고…….

기필코 복수해줄 테야.

단, 한동안 여기에서 대책을 마련해야지.

우선 중층의 열기 대미지에 적응해야겠다.

그다음은 원거리 공격을 익힌다.

두 가지 조건을 클리어하면 중층 공략에 나서도록 하자.

마물 도감

file.06 엘로 게네러시

LV.01

status 【능력치】

HP

132 / 132

MP

106 / 106

SP

128 / 128

128 / 128

평균 공격 능력 : 70

평균 방어 능력 : 70

평균 마법 능력 : 68

평균 저항 능력 : 67

평균 속도 능력 : 73

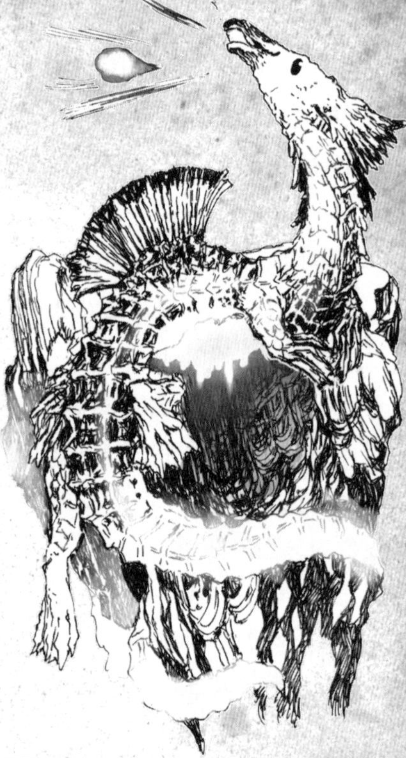

skill 【기술】

「화룡 LV 1」 「명중 LV 1」 「유영 LV 1」
「염열 무효」

통칭 해마. 해마에다가 팔다리를 달아 놓은 모습을 지닌 마물이다. 하위 용종. 평소에는 마그마 속을 헤엄치면서 먹이를 찾아다닌다. 중층에서 서식하는 마물에게는 물리 공격을 가하지만, 하층이나 상층에서 나타난 침입자에게는 마그마 속에서 화염구를 쏟아붓는다. 다만 지능이 낮은 관계로 MP가 떨어지면 앞뒤 가리지 않고 돌진하면서 물리 공격을 시도하는데, 상대가 현격하게 강한 경우에는 도망치기도 한다. 위험도 D.

Y1. 용사 파티

미궁 안내인 고이에프 씨를 선두로 우리는 엘로 대미궁의 내부에서 전진하고 있었다.

이번에 우리가 미궁으로 진입한 이유는, 타라텍트라고 불리는 거미형 마물의 변이종으로 추측되는 개체가 발견됐기 때문이다.

임무는 물론 토벌인데, 그렇긴 한데…….

"야나, 이제 좀 떨어져주면 안 될까?"

"시, 싫어요! 율리우스도 알잖아요?! 제가 벌레를 얼마나 싫어하는데요!"

내 옷자락을 단단히 붙잡고 외치는 성녀 야나. 똑바로 서지도 못하고 있다.

옛날부터 벌레를 몹시 싫어했던 야나는 벌레형 마물을 상대할 때면 언제나 이런 식이었다.

그리고 우리가 지금 전진하고 있는 엘로 대미궁은 벌레형 마물이 다수 서식하는 장소이기도 했다.

게다가 야나는 어두운 곳도 싫어한다.

단언하건대 야나에게 엘로 대미궁은 저승문이나 마찬가지다.

야나는 빛 마법과 회복 마법을 구사할 줄 아는 귀한 인재지만 이번에는 제 실력을 발휘하기 어려울 것 같았다.

"그것참, 내가 뭐랬어. 방해만 되니까 오지 말라고 했잖아."

"하이린스. 그건 안 된다고 말했을 텐데요? 성녀는 언제 어떠한 때에도 용사와 함께할지어다. 신언교(神言敎)의 규칙을 저버릴 순 없단 말이에요."

어이없다는 눈초리로 야나를 쳐다보는 하이린스.

짐짓 거창하게 어깨를 으쓱거리자 손에 들린 큼직한 방패가 흔들렸다.

하이린스는 내 소꿉친구다.

내가 나고 자란 고향 애너레이트 왕국의 쿼트 공작가에서 차남으로 태어났다.

왕족이지만 측실의 소생이자 제2 왕자였던 나, 공작가 태생이면서도 차남이었던 하이린스.

서로 간에 처지가 애매했었고 신분도 가까운 데다가 나이마저 똑같다는 인연이 겹친 덕분에 우리는 사이가 좋았다.

그런 이유도 있지만 물론 친분이 전부는 아니었다. 하이린스는 방패를 들어 올리면 누구보다도 단단한 방어력을 자랑하는 뛰어난 전사다. 그래서 지금도 용사가 된 내 곁을 지켜주고 있었다.

신뢰하는 친우 되시겠다. 험한 입버릇이 옥에 티였지만…….

"뭐, 야나 아가씨만 그럴까. 우리들 중에서 이런 음침한 곳이 익숙한 사람이라면 나하고 호킨 정도겠지."

"나리, 인상 때문에 그래 보이는 건 인정하지만 말입니다. 저도 이런 데는 질색인뎁쇼?"

지스칸과 호킨이 번갈아 말을 주고받는다.

"그랬느냐?"

"아무렴요. 원래 저는 인간 상대가 전문인 도적이었잖습까. 그야

뒷골목의 묘한 낌새라면야 민감하옵지만 이런 식으로 자연의 어둠이 깔린 곳은 전문이 아니란 말입죠."

호킨은 원래 도적이었는데, 붙잡혀서 노예 신세가 되었을 때 지스칸에게 거두어들어졌다.

도적이라고는 해도 부패한 귀족한테 금품을 빼앗아서 가난한 사람들에게 나눠 주는 의적이었다.

전투력으로 보자면 좀 뒤처지지만, 도적으로서 지닌 실력과 암흑가 쪽으로 해박한 지식을 가지고 있다는 점을 높이 사서 우리 파티에 합류시켰다.

절차의 편의상 주인으로 행세하고 있는 지스칸은 대단한 실력을 자랑했던 전직 모험가.

젊은이가 많은 우리 일행 가운데 압도적으로 풍부한 경험을 가지고 있어서 의지가 되는 형님 격이었다.

용사는 나, 성녀 야나, 방패 기사 하이린스, 전직 모험가 지스칸, 전직 도적 호킨.

이렇게 다섯 명이 우리 파티의 멤버고 이번에는 미궁 안내인 고이에프 씨를 더해서 여섯 명으로 토벌에 나섰다.

엘로 대미궁은 마물이 만만치 않기도 하지만 그 이상으로 지나치게 광대하다는 문제가 있었다.

사람들은 미궁 안내인을 동반하지 않으면 지도가 있어도 길을 헤매다가 결국은 영영 빠져나오지 못하게 된다고 말한다.

"여러분, 조심하십시오. 마물입니다."

미궁 안내인 고이에프 씨가 경고를 전했다.

잡담을 멈추고 임전 태세를 갖춘다.

나타난 마물은 예리하게 자라난 날붙이 모양의 뿔이 달린 사슴 비슷한 마물이었다.

"엘로 모와지시스. 위험도는 C. 뿔과 화염을 경계하십시오!"

고이에프 씨가 짤막하게 마물의 특징을 외쳤다.

뿔은 보이는 그대로. 거기에 화염을 쓴다는 건가.

나타난 사슴 마물의 수는 여덟 마리.

사슴의 뿔에 불꽃이 어렸다.

이글이글 타오르는 뿔을 내밀고 여덟 마리의 사슴이 옆으로 나란히 서서 돌진!

돌격이 끝나기 전에 나와 야나가 빛 마법으로 공격했다.

야나의 마법이 사슴 두 마리에게 꽂혀 들어가서 몸체를 꿰뚫고 절명시켰다.

내 마법은 선두에서 돌진하는 네 마리 쪽으로 명중했고 성공적으로 숨통을 끊어 놓았다.

한편 다른 한 마리는 지스칸이 던진 사슬낫에 붙잡혀 움직임을 멈추었고, 그때를 노린 호킨이 나이프를 투척해서 미간을 꿰뚫었다.

마지막 한 마리는 하이린스가 돌진 공격을 정면에서 방패로 막아 낸 다음, 우격다짐으로 방향을 틀고 밀어붙여서 벽면에 처박아버렸다.

격돌해서 멈칫거린 틈에 검을 휘둘러 목을 잘라 낸다.

"과연 훌륭합니다. C랭크 마물도 용사 파티에 걸리면 힘을 못 쓰는군요."

고이에프 씨가 약간 질린 기색으로 감탄의 말을 꺼냈다.

“그나저나 용사님은 검술 실력은 물론이고 마법 실력도 참으로 대단하십니다.”

“고이에프 선생. 세간에서는 율리우스를 검술의 달인이라고들 말합니다만, 실은 그 정도로 검술이 뛰어나진 않습니다.”

“그렇지. 순수한 기술로 비교하자면 내가 더 나으니까 말이야. 물론 제대로 한판 붙으면 능력치 차이 때문에 내가 지겠지만…….”

하이린스와 지스칸이 한마디씩 얄미운 소리를 늘어놓는다.

사실이긴 하지만 남 듣는 데서는 저런 말을 안 했으면 좋겠다.

나한테도 자부심이라는 것이 있으니까.

“동생들한테 추월당하지 않으려고 고생 중이니까 말이지.”

내 속마음을 훔쳐 들은 것처럼 하이린스가 히죽히죽하면서 말했다.

윽, 이럴 때 소꿉친구는 골치 아프다.

“말이 나왔으니까 말인데요, 율리우스는 굳이 따져보자면 마법 쪽이 특기이지 않나요?”

“그렇지, 뭐. 내 스승님이 마법사였으니까 그분의 영향일지도 모르겠네. 정말 굉장한 분이셨거든.”

여러 가지 의미로…….

하지만 사실 나는 스승님께 별로 많이 배우지 못했다.

스승님은 다른 나라의 국민이었기 때문에 정치적인 이유로 오랫동안 가르침을 청할 수가 없었다.

그래도 스승님이 전해준 가르침은 지금도 내 안에서 살아 숨 쉬고 있다.

“그렇군요. 어쩐지 마법을 구축하는 방식이 정갈하다 싶었습니다.”

"정말 그렇다니까요? 율리우스는 용사인 주제에 성녀인 저보다도 마법을 잘 쓴다고요. 그렇다고 자꾸 마법만 쓰면 제 존재 가치가 없어지니까 바깥에서는 되도록 마법을 쓰지 말아달라고 했어요."

"율리우스, 거기 바보 여자가 하는 말은 안 들어도 되는 거 알지?"

"누구더러 바보라는 거예요?!"

야나와 하이린스의 만담을 보고 있으면 저절로 미소가 지어진다.

우리가 대화를 나누고 있는 와중에 지스칸과 호킨은 마물에게서 채집을 마친 모양이었다.

"고이에프 씨, 요놈들한테 채집할 만한 건 고기와 뿔 정도인가?"

"채집이 주목적이라면 가죽도 쓸모가 있죠. 통째로 가지고 돌아가는 것이 이상적입니다만, 지나치게 짐을 늘릴 순 없으니 그 정도로 충분합니다. 뿔은 가공하면 좋은 나이프로 쓸 수 있어요."

"겉보기보다 훨씬 가볍고 튼튼하니까 제가 투척 나이프로 쓰면 좋을 것 같습니다요."

역시 전직 모험가에 전직 도적. 마물의 시체에서 돈이 될 만한 부위를 채집하느라 여념이 없다.

마물의 시체는 소재의 보고였다.

무기와 방어구에 일용품까지. 고기는 식량으로도 활용된다.

"죄송합니다, 고이에프 씨. 저희 파티는 동료들끼리 있으면 이런 느낌이거든요."

호킨이 고이에프 씨에게 살짝 귓속말을 했지만 청각이 강화된 내 귀에는 전부 들렸다.

“아니요, 괜찮습니다. 의외로 스스럼없는 분들이시라 저로서도 일을 하는 보람이 있군요.”

“그리 말해주시면 기쁘죠. 다들 용사 파티라고 주목받으면서 다녀야 되니깐 말입죠. 이렇게 동료들끼리 있을 때가 아니면 본성을 드러낼 수가 없습니다요. 게다가 저와 나리 말고 세 분은 나이도 아직 젊죠. 원래 저런 식으로 시시껄렁한 농담을 주고받는 게 어울리는데 말입니다.”

“그렇습니까? 수많은 무용담을 전해 들어서인지 저도 용사님과 다른 분들을 대할 때 어느 정도 색안경을 끼고 봤는지도 모르겠군요.”

“어지간한 사람들은 대체로 그렇습죠. 율리우스가 그런 기대에 일일이 맞춰준 것도 한 가지 원인이겠지만 말입니다. 요즘은 남동생한테도 존경을 받고 있다던가, 집으로 돌아가서도 긴장을 못 푸는 모양입니다그려.”

호킨의 말에 미묘한 분위기가 흘렀다.

우리는 모두 청각 강화 스킬을 가지고 있다.

당연하게도 호킨의 목소리는 모두에게 들리고 있었다.

그것을 호킨이 모를 리 없다.

그러니 우리에게 일부러 들으라고 하는 말이다.

어깨에서 조금 더 힘을 빼라고……. 호킨 나름의 마음 씀씀이일까?

고맙기도 하고 겸연쩍기도 하고, 미묘한 기분이었다.

“자, 다시 출발하시지요.”

고이에프 씨가 사슴에게서 채집한 소재를 챙기고 걸음을 옮겼다.

그 뒤를 우리가 따라간다.

"고이에프 씨, 여기에서 목적지까지 며칠이나 걸릴까요?"

엘로 대미궁은 광대하다. 이동하는 데만도 상당한 시일이 걸린다.

일단 사전에 어느 정도의 기간이 필요할지 들었지만 밤낮이 바뀌지 않는 미궁 안에서는 시간 감각이 흐트러진다.

"그렇군요, 여기부터 가면 앞으로 사흘 정도 걸릴 듯싶습니다."

"사흘이라."

사흘이면 목적지에 도착한다.

물론 사흘이나 지나고 보면 토벌 대상이 이동했을 가능성도 꽤 높겠지만…….

그랬을 경우에는 토벌 대상을 추적해야 하니까 예정보다 시간이 오래 걸릴지도 모르겠다.

"그 자리에 가만히 있어주면 좋겠군요."

"동감입니다. 특히 그곳은 중층에 가까운 장소거든요. 중층으로 도망쳐버리면 함부로 쫓아갈 수도 없습니다. 그곳은 인간이 들어갈 만한 곳이 아니니까요. 물론 불에 약한 타라텍트가 중층으로 향하는 일은 없겠지만 말입니다."

고이에프 씨의 말에 고개를 끄덕거린 우리는 목적지를 향해서 계속 나아갔다.

2. 탐지와 오만

마법을 쓰고 싶어라!

지금이라면 「나와 계약해서 마법 소녀가 되어줘」라고 말하는 하얀 악마가 나타나도 예스라고 대답해버릴 것 같아.

물론 그다음 흰둥이는 처단하겠지만…….

뭐, 실제로 놈이 나타나면 묻지도 따지지도 않고 사냥하겠지만 말이야!

자, 농담은 그만하고 원거리 공격을 어떻게 할지 진지하게 고민해보자.

그야 사용법을 연구해서 마법을 펑펑 날리는 것이 가장 이상적인 해결책이겠지만 그러기에는 사소한 문제가 있거든.

우선 내가 마법을 못 쓰는 이유부터. 애초에 사용하는 방법 자체를 모른다.

게임기는 있지만 전원 넣는 방식을 모르는 셈이지. 근본적인 문제구나.

또 다른 문제로, 나는 마법을 사용하는 데 뭔가 필수적인 스킬이 있지 않겠느냐고 추측 중이었다.

근거는 어느 스킬의 설명에서 그럴듯한 존재를 발견했기 때문이다.

마력 감지라는 스킬.

그야 그렇겠지. 마법이 있고 MP가 있는데 마력이 있을 법도 하잖아. 물론 MP의 다른 이름일지도 모르겠지만…….

이 스킬이 없으면 마력인지 뭔지도 감지를 못 한다는 뜻이 아닐까?

설득력 있는 가설이었다. 아니, 달리 생각할 도리가 없었다.

그에 더해서 마법을 쓰려면 바로 이 마력인지 뭔지를 사용할 수 있어야 한다고 가정했다.

그래서 나는 하늘의 목소리(일단은)에게 물어보면서 그럴싸한 스킬이 있는지 찾아봤다.

마력 조작이라는 스킬을…….

마력을 감지해서 조작한다. 그럼으로써 마법을 발동시킨다.

제법 그럴듯했다.

즉 감지와 조작, 두 스킬을 가지고 있지 않으면 마법을 발동시킬 수 없다는 뜻이 아닐까?

나는 그렇게 결론 내렸다.

지금의 나는 게임기의 전원도 켜지 못하면서 컨트롤러조차 없이 게임을 플레이하고 싶어 하는 셈이었다.

여기서 잠깐, 지금 내 스킬 포인트는 200.

마침 스킬을 두 개 획득할 수 있는 포인트고 필요한 스킬의 숫자도 두 개.

이건 하느님이 스킬을 배우라고 말씀하시는 것이나 다름없네요!

하지만, 잠시 기다려 달라.

지금까지 내가 겪은 수많은 고난을 떠올리도록.

하느님은 그렇게 다정하셨던가? 아니. 결단코 아니외다!

딱 중요한 상황에서 위기에 빠져버리는 내 사나운 운수를 만만하게 보면 안 된다. 반드시 함정이 숨어 있다.

그리고 사실 나는 함정의 이름을 이미 알고 있었다.

놈의 이름은 탐지라고 한다.

나는 탐지 스킬을 실부림과 같은 시기에 습득했다.

뱀을 쓰러트리고 첫 번째 진화를 마친 다음, 기습에 의존해서 싸워야 했던 나는 역으로 기습당하는 상황을 대단히 경계했다.

적을 먼저 발견하기 위해 색적 스킬이 필요했고 마침 탐지 스킬이 보여서 습득했다.

결과는 완전 꽝이었지만 말이야.

이유는 탐지 스킬이 너무나도 우수했기 때문.

〈탐지: 감지 계통 전체를 통합한 스킬. 상세: 마력 감지, 술식 감지, 물질 감지, 기척 감지, 위험 감지, 동태 감지, 열 감지, 반응 감지, 공간 감지〉

굉장하지?

감지 계열의 스킬 전부가 복합되어 있다고…….

그런 스킬을 겨우 100포인트로 획득했다. 획득해버렸다.

탐지 스킬이 무서운 이유는 앞서 언급한 감지 계열의 스킬 전부가 한꺼번에 발동되기 때문이었다.

개별 발동 따위의 편리한 기능은 없다.

그래서 스킬을 사용하면 무슨 일이 일어나느냐, 무시무시한 두통이 덮친다.

있잖아, 머리가 깨질 것 같다든지 그런 차원이 아니었어. 머리가 폭발하면 어쩌나 싶은 수준이었다고…….

짐작이지만 탐지가 지나치게 고성능이라서 내 머리로는 처리 속도가 따라가질 못하기 때문인 듯했다.

게다가 다른 스킬과 달리 레벨을 올린다고 뭔가 달라지지도 않는다.

왜냐면 처음부터 너무 고성능이라서 못 써먹는 스킬인데 레벨이 올라가면 출력이 더 많이 향상되거든? 그럼 사용하기가 오히려 더 어려워지잖아.

게다가 한꺼번에 감지 가능한 항목이 너무 많아서인지 레벨 오르는 속도가 쓸데없이 빠르다는 덤까지.

탐지를 발동한 횟수는 스킬을 막 익혔을 때, 그리고 격심한 두통에 놀라서 「방금 뭐였지?!」 상태로 흠칫흠칫 한 번 더 발동시켰을 때.

이렇게 두 번에다가 감정 님이 스킬의 개요를 표시해주게 된 다음에 탐지의 설명을 살펴보면서 시험 삼아 한 번.

겨우 세 번 썼는데 그때마다 레벨이 올랐다.

발동 한 번에 레벨이 하나. 다른 스킬에도 네 기막힌 성장력을 나누어 주지 않을래?

그리고 레벨이 올라가면 올라갈수록 점점 더 사용이 어려워진다는 악순환.

정말이지 대책이 없다.

이런 이유 때문에 탐지 스킬은 반영구 봉인했었다.

그런데 여기에서 엄청난 문제가…….

마법을 사용하려면 아마도 마력 감지가 필요하다.

그리고 마력 감지 말인데, 탐지의 항목에 포함되어 있단 말이지?

강화와 강대, 견고와 강고, 이렇게 두 쌍의 스킬을 보면 알 수 있듯이 스킬에는 상위 호환 격의 스킬이 존재한다.

강화와 견고 스킬은 칭호 〈마물 살해자〉를 얻었을 때 특전으로 받았고, 강대와 강고는 역시 칭호 〈마물 살육자〉를 얻었을 때 특전으로 받은 스킬이다.

강화와 견고는 스킬 레벨의 수치만큼 공격력과 방어력을 올려주는 능력치 상승 스킬인데 반해서, 강대와 강고는 스킬 레벨 × 10의 수치만큼 능력치를 올려줄 뿐 아니라 스킬 레벨만큼 레벨업 때 능력치의 성장 폭을 상승시켜주는 스킬.

아마도 전생 직후부터 가지고 있었을 위타천의 하위 버전에 속하는 스킬이겠지.

그리고 내가 강대와 강고를 획득했을 때 강화와 견고는 둘 다 상위 스킬에 통합되어버렸다.

아무래도 상위 스킬이 있으면 하위 스킬은 저절로 통합되는 듯했다.

그렇다면 상위 스킬임이 분명한 탐지를 가지고 있는 지금, 마력 감지 스킬을 새롭게 획득해 봤자 탐지에 통합될 가능성이 십중팔구였다.

다시 말하지만 탐지는 개별 발동 불가능.

으아, 이래선 탐지를 어떻게 하지 않으면 평생 마법을 못 쓴다는 뜻?

끄아앙!

반영구 봉인 처분으로 치워 놨더니 이제 와서 내 앞길을 가로막는구나!

으음. 뭔가 방법이 없을까?

요컨대 내 머리로는 처리 속도가 못 따라간다는 것이 문제니까, 그 부분을 보조할 스킬만 익히면 된다는 건데.

결코 내 머리가 나쁜 건 아니다. 아니라면 아닌 줄 알아.

탐지의 요구 사양이 너무 높아서 그래.

그리고 이때, 나는 감정 님의 신기능을 발견하고 말았다.

레벨이 오르면서 스킬 포인트 표시가 추가됐잖아? 그래서 해당 항목을 이중 감정해봤더니 놀랍게도 현재 소지한 스킬 포인트로 습득 가능한 스킬의 목록이 표시되었다는 말씀.

감정 님, 멋지세요!

덕분에 스킬이 있는지 여부를 하늘의 목소리(일단은)한테 일일이 물어봐서 확인할 필요도 없어졌다.

게다가 감정으로 표시된다면 이중 감정도 가능하다는 뜻.

습득하기 전에 스킬의 효과를 확인할 수 있다.

탐지 같은 습득 사고도 이제부터는 발생하지 않을 것이다.

그래서 곧바로 스킬 목록을 훑어보면서 탐지를 구제해줄 만한 스킬이 있는지 찾아봤다.

찾아봤는데 도중에 말도 안 되는 스킬을 발견하고 말았다.

너무나도 충격적이어서 두 번 보고 잠시 감정을 닫았다가 또다시 감정을 하고 쳐다볼 만큼…….

그만큼 다른 스킬하고는 격이 다른 스킬이었다.

여러 가지 의미로.

〈오만(필요 포인트 100): 신에 이르기 위한 n%의 힘. 습득하는 경험치와 숙련도가 대폭 상승하며 각 능력의 성장치 역시 상승한다. 또한 W의 시스템을 초월하여 MA 영역의 간섭권을 획득한다〉

의미를 모르겠다.

설명문의 의미도, 어째서 이런 스킬을 고작 100포인트로 습득 가능한지도.

n%, W, MA 영역. 우선은 의미 불명인 단어를 감정해봤지만 결과는 진부 〈감정 불가능〉.

설명문만 읽고 궁리해서 알아낸 것은 이 스킬에 경험치와 숙련도의 획득량을 늘려주는 효과가 있으며, 또한 레벨업의 성장 폭을 향상시켜준다는 정도뿐.

이것만으로도 파격적인 성능이었다.

오만, 7대 죄악으로 잘 알려진 말이다.

7대 죄악 중 가장 무거운 죄로써 악마의 정점을 대변하는 칭호다.

게임 같은 데서도 저 단어는 최종 보스급의 적이나 강력하지만 저주받은 무기의 이름 따위에 쓰이곤 했다.

어감을 되새겨 봐도 심상치 않은 스킬이라는 정도는 상상할 수 있었다.

오만 스킬 말고는 경험치와 숙련도를 올려주는 종류의 스킬이 보이지 않는다는 점도 불길한 예감을 들쑤셨다.

보통 게임에서는 비슷한 종류의 스킬이나 그렇고 그런 아이템이 흔히 등장하는데도 이제껏 본 적이 없다.

평범하게 있어야 하는 스킬이나 아이템은 없으면서 유일하게 존재하는 것이 오만……. 이름만 봐도 상위 스킬이라는 느낌이 풀풀 풍겼다.

게다가 상위 스킬이라고 반드시 좋으라는 법이 없다는 것은 탐지로 증명 종료.

탐지는 마법을 사용할 수 없게 되었다는 난감함만 제외하면 발동시키지 않는 한 피해가 나지는 않았다.

하지만 경험치 및 숙련도 증가라는 기능은 어떻게 생각해도 상시 발동 타입의 효과잖아?

여기에 탐지처럼 함정이 있고 게다가 온 · 오프 전환이 불가능한 타입의 스킬이라면?

왠지 예감이 딱 맞아떨어질 것 같아서 불안해지는걸.

그렇지만 당장 드러난 효과는 대단히 매력적이었다.

함정임을 알고 있어도 뛰어들고 싶을 만큼 유혹적이다. 그야말로 악마의 유혹.

오만 스킬의 설명문은 내가 가지고 있는 수수께끼의 스킬 「n%I=W」와 어쩐지 겹치는 부분이 많았다.

이만큼 비슷하면서 아무 상관 없다면 말이 안 된다.

지금으로선 이 수수께끼 스킬은 여전히 효과 불명.

플러스로도 마이너스로도 작용하지 않는다. 아마도…….

그렇게 생각하면 디메리트는 없는 건가?

……섣부른 판단은 좋지 않지만 말이야.

하지만 마음은 정해졌다. 아니, 처음부터 정해져 있었다고 해야 되려나.

예감이 든다.

이 스킬은 꼭 익혀야 한다.

메리트 디메리트를 따지지 말고 이 스킬은 무조건 익혀야 한다.

그런 충동을 주체할 수가 없었다.

스스로도 어째서 이토록 이 스킬에 끌리는 건지 모르겠다.

모르겠지만 감이란 원래 그런 법이니까 별로 이상할 건 없을지도 모른다.

아무튼 논리적인 이유가 있는 게 아니니까 말이야.

이 스킬을 본 순간부터 익혀야겠다는 직감이 솟구쳤거든.

《현재 소지한 스킬 포인트는 200입니다. 스킬 〈오만〉은 스킬 포인트 100을 사용하여 습득 가능합니다. 습득하겠습니까?》

네.

《〈오만〉을 습득했습니다. 남은 스킬 포인트는 100입니다.》

좋아.

저질렀도다!

《숙련도가 일정 수치에 도달했습니다. 스킬 〈금기 LV 2〉가 〈금기 LV 4〉로 성장했습니다.》

저질렀구나!

《조건을 충족시켰습니다. 칭호 〈오만의 지배자〉를 획득했습니다.》

《칭호 〈오만의 지배자〉의 효과로 스킬 〈심연 마법 LV 10〉과 〈나락〉을 획득했습니다.》

저질러버렸어!

오, 오오?

어째서 이렇게 됐담?

이건 좀 아닌데. 말이 안 되잖아?!

이게 뭐냐고……. 대체 뭐냐고……. 한 번 더 말한다? 뭐냐고, 이게!

금기의 레벨이 올랐다. 게다가 두 개나. 저질러버렸군!

뭔가 굉장한 칭호를 얻었다. 만세?

으음, 심연 마법은 느낌이 왠지 상당히 고위 마법 같은데? 게다가 레벨 10짜리.

이상하잖아?

일단 새롭게 추가된 심연 마법과 나락의 효과를 확인하자.

그런 생각에 스테이터스를 확인하려는데 뭔가 묘한 숫자가 보였다.

MP 156, 평균 마법 능력 127, 평균 저항 능력 127.

잠깐, 잠깐만 기다리시게. 방금 전보다 모두 100씩 늘었는데요?

왜지? 이것도 오만의 효과인가?

아니, 뭐, 늘어났다는 것 자체는 전혀 문제없지만…….

응, 신경 쓰면 지는 거야.

자, 감정이나 하자.

〈심연 마법: 심연의 어둠을 관장하는 최상급 어둠 마법. 사용 가능한 마법은 레벨에 따라 달라진다. LV 1: 지옥문, LV 2: 무신지옥, LV 3: 사음지옥, LV 4: 미식지옥, LV 5: 탐람지옥, LV 6: 분노지옥, LV 7: 이단지옥, LV 8: 포학지옥, LV 9: 기만지옥, LV 10: 반역지옥〉

〈나락: 나락을 현현시킨다〉

어, 으음. 무슨 말을 하면 될까요?

엄청 살벌하네요~.

무슨 지옥 시리즈가 이리도 많아? 나락을 현현시킨다고? 노골적으로 위험해 보이는데요.

〈지옥문: 시작의 문〉

〈무신지옥: 믿음과 마음 없는 자의 지옥〉

〈사음지옥: 사음에 물든 자의 지옥〉

〈미식지옥: 미식을 구가하는 자의 지옥〉

〈탐람지옥: 탐람에 부심하는 자의 지옥〉

〈분노지옥: 분노에 침식된 자의 지옥〉

〈이단지옥: 이단에 경도된 자의 지옥〉

〈포학지옥: 포학에 진력하는 자의 지옥〉

〈기만지옥: 기만을 속삭이는 자의 지옥〉

〈반역지옥: 반역을 결기한 자의 지옥〉

감정 결과는 또 왜 이러는데?

도대체가 마법 효과랑 상관이 없잖아. 누구야. 이딴 감정 결과는 누가 만들었어.

일단 나락을 사용 가능한지 시험해봤지만 어떤 반응도 일어나지 않았다.

살짝 유감스럽기도 하고 안심되기도 하는 미묘한 기분이었다.

아아, 뭔가 엄청난 짓을 저질렀다는 기분인걸.

이런 사기 스킬에 대체 어떤 함정이 숨어 있을지, 원…….

우려했던 대로 온 · 오프 전환도 불가능한 모양이고…….

익히자마자 칭호 획득은 아무리 생각해도 이상하잖아?

게다가 명백하게 위험한 칭호.

금기도 이거 레벨 올라가면 큰일 날 것 같은데.

금기는 올리지 말지어다, 감정 결과도 의미심장했고 말이야.

게임 같은 데서도 이런 식으로 올리면 안 되는 종류의 수치가 있잖아.

카르마 수치라든지 그런 비슷한 놈으로.

올리면 스토리가 점점 배드 엔딩 방향으로 흘러간다거나 마을 사람들의 반응이 싸늘해진다든가.

뭐, 스토리 따위 있지도 않고 애초에 사람이랑 만날 일이 없으니까 나는 상관없지만…….

하지만 다른 건 전부 감정으로 효과를 확실히 알 수 있는 반면에, 효과 불명인 스킬은 금기와 n%I=W 두 개뿐.

그중에서도 뭔가 까닭이라도 있는 것처럼 올리지 말지어다, 라고 나와 있었던 금기.

분명히 무슨 일이 일어난다.

올리면 분명히 터무니없는 사태가 벌어진다.

최고 레벨에 달하면 천벌이 내려서 죽는다든지?

무서워! 뭐야 그거 무서워!

으음, 뭐, 아직 허둥거릴 때는 아니다.

아직은 레벨 4니까. 천벌이 내린다고 정해진 것도 아니고…….

으음, 딱 이해되는 디메리트가 없으면 오히려 무서워지는구나.

금기도 지금으로선 효과가 없고 오만도 아무 일이 없으니까 말이지.

나도 모르는 사이에 조금씩 악영향을 받고 있었다는 전개는 제발 아니었으면 좋겠는데.

뭐, 반대로 생각하면 지금 당장 어떻게 되진 않는단 말이겠지.

세울 대책도 전혀 없으니까 허둥대는 건 그때가 오고 나서 하자.

그때 허둥거릴 여유가 있으면 좋겠지만…….

일단 남은 스킬 포인트는 잘 모아 놔야겠다.

굉장한 마법을 익혔으니까 써먹어보고 싶은 마음은 굴뚝같지만 탐지를 어떻게 하지 못하면 진전이 없을 것 같다.

아마 마력 조작 스킬도 필요할 테고, 그러면 탐지를 구제해줄 스킬과 마력 조작, 이렇게 두 개의 스킬이 필요해진다.

남은 100포인트로는 한쪽밖에 못 익힌다.

일단은 사용하지 말고 200포인트가 되기를 기다려야겠다.

그나저나 조용하구나.

평소였다면 멀리에서 마물의 소리라든지 곧잘 들려오고 그랬는데 지금은 마냥 조용했다.

주변에도 마물이 보이질 않고 이렇게 고요한 적은 거의 없었다.

역시 원숭이 때문일까?

뭐, 그만큼 많은 숫자가 대이동을 벌였으니까 다른 마물이 도망칠 만도 하겠다.

아마도 그런 이유라는 생각이 들었다.

《숙련도가 일정 수치에 도달했습니다. 스킬 〈예측 LV 1〉을 획득했습니다.》

응? 스킬 획득?

어디 보자.

〈예측: 예측할 때 사고 능력을 보조해준다〉

흐음. 뭐, 있어서 곤란하진 않겠지만 없다고 해도 별로 문제 되진 않을 스킬이긴 하구나.

결과나 해답을 알려주는 스킬이 아니라는 점이 좀 미묘한걸.

단지 머리 회전이 살짝 빨라진다는 정도니까 제한된 상황이 아니면 효과가 없겠어.

맞다, 100포인트로 습득 가능한 스킬 목록에 있었지.

이거랑 오만이 같은 포인트라니…….

역시 이상하구나.

그나저나 정말 마물이 한 마리도 안 보이네.

위태로운 느낌도 안 들고, 위험한 녀석이 어슬렁거려서 다른 마물이 도망친 것도 아닌 듯하다.

눈에 힘을 주고 주변을 빙글 둘러봐도 뭐 보이는 게 없는데?

《숙련도가 일정 수치에 도달했습니다. 스킬 〈시각 강화 LV 1〉을 획득했습니다.》

오오? 또 스킬 획득?

어디 보자.

〈시각 강화: 시각을 강화한다〉

이름 그대로잖아!

뭐, 짐작은 했지만…….

하지만 이것도 딱히 필요하다고 느껴지는 스킬은 아니구나. 거미는 눈이 상당히 좋은 모양이고…….

맞다, 이 스킬도 100포인트짜리였어.

그러고 보니 비슷한 느낌으로 다른 오감을 강화하는 스킬도 있었지.

지금 시각 강화를 획득한 조건이 눈에 힘을 주는 것이었다면 다른 종류도 하나하나 의식하면서 주의를 기울이면 숙련도가 오르지 않을까?

글쎄, 어떨까. 당장 시험해보자.

우선 귀부터.

그나저나 거미 귀는 어떻게 생겼을까? 내 몸뚱이인데도 수수께끼다.

《숙련도가 일정 수치에 도달했습니다. 스킬 〈청각 강화 LV 1〉을 획득했습니다.》

그래, 좋아. 노렸던 대로 스킬을 획득했다.

잘됐다, 이런 식으로 다른 스킬도 획득해야겠어.

《숙련도가 일정 수치에 도달했습니다. 스킬 〈후각 강화 LV 1〉을 획득했습니다.》

《숙련도가 일정 수치에 도달했습니다. 스킬 〈촉각 강화 LV 1〉을 획득했습니다.》

미각은 나중에 뭔가 먹으면서 시도해야지.

그나저나 스킬을 이렇게 간단히 익힐 수 있구나.

거미는 오감이 꽤 발달된 생물이라서 그런지 지금까지는 별로 의식한 적이 없었거든.

역시 의식적으로 집중해야 숙련도가 오르는 걸까?

그게 아니라면 한참 전에 획득했을 테니까 말이야.

《숙련도가 일정 수치에 도달했습니다. 스킬 〈예측 LV 1〉이 〈예측 LV 2〉로 성장했습니다.》

빠르잖아?! 방금 막 획득한 스킬이거든?!

왜 벌써 레벨이 오르는 거야?

아니, 뭐, 상관없지만……. 레벨업 자체는 완전 환영이지만 말이야.

《숙련도가 일정 수치에 도달했습니다. 스킬 〈병렬 사고 LV 1〉을 획득했습니다.》

어라, 또?!

게다가 얘는 탐지를 구제해줄 후보로 꼽아 놓았던 스킬이잖아!

〈병렬 사고: 복수의 사안을 동시에 사고할 수 있다〉

만세! 이제 두뇌의 처리 능력도 좋아졌겠지?

그런데 어째서 습득된 걸까?

별로 이것저것 동시에 생각하지도 않았는데 말이야.

앗, 감정 님이구나.

나는 언제나 감정 님을 온으로 해 두고 있다.

주변에 있는 무언가의 감정 결과가 항상 머릿속으로 흘러들어 오는 상태였다.

평소에는 적당히 흘려보내니까 별로 신경 쓰질 않았지만 복수의 사안을 사고했다고 말할 수도 있겠다.

그것 말고는 이유가 없으니까 그렇다고 치자.

아무튼 그런데 말이야, 역시 이건 좀 이상하지 않아?

스킬이 마구마구 생겨나잖아?

무슨 일이든 정도가 있는 법인데, 이런 식으로 갑자기 스킬이 펑펑 생겨나면 좀 수상하거든?

뭐, 원인은 이미 알고 있지만…….

오만…….

습득하는 숙련도가 대폭 상승한다.

응. 그렇겠지.

그건 그렇고, 획득 숙련도 상승량이 어마어마하지 않을까?

구체적인 수치를 모르니까 단정은 못하겠지만 엄청 늘어났을 것 같아.

《숙련도가 일정 수치에 도달했습니다. 스킬 〈예측 LV 2〉가 〈예측 LV 3〉으로 성장했습니다.》

거봐.

자, 드디어 탐지를 구제할지도 모르는 새로운 스킬을 획득했으니 바로 시험해볼까요?

후유, 하아. 좋아.

탐지 온.

꾸웩! 무리, 무리! 오프, 오프!

《숙련도가 일정 수치에 도달했습니다. 스킬 〈병렬 사고 LV 1〉이 〈병렬 사고 LV 2〉로 성장했습니다.》

《숙련도가 일정 수치에 도달했습니다. 스킬 〈탐지 LV 4〉가 〈탐지 LV 5〉로 성장했습니다.》

헉헉. 학학. 머리 아파~.

그렇구나. 병렬 사고는 레벨 1이었지.

지금까지 스킬을 쓰면서 알았을 텐데. 겨우 레벨 1짜리로 기대를 해선 안 됐다.

그전이랑 뭔가 달라진 것 같지가 않아.

방금 전에 병렬 사고도 스킬 레벨이 올라갔지만 동시에 탐지도 레벨업 해버렸다.

탐지도 같이 올라버리면 의미가 없잖아.

탐지까지 오르면 정보량이 늘어서 안 된단 말이야.

병렬 사고랑 탐지가 사이좋게 레벨업 해버리면 다람쥐 쳇바퀴인걸.

탐지는 진짜 발동시킬 때마다 레벨이 올라간다는 황당한 속도로 성장하고 있단 말이야. 이래서는 다람쥐 쳇바퀴가 뭐야, 오히려 혼자 앞서 나가겠어.

오만의 효과로 성장 속도가 더 빨라졌을 테고…….

그나저나 도대체 정체가 뭘까, 요놈의 탐지.

얘 대체 무슨 괴물이냐고……. 나를 속수무책으로 만들 줄이야.

설마 지룡 클래스의 강적이 바로 곁에 있을 줄은 몰랐는걸.

이길 가망이 없는데?

아무튼 당분간 병렬 사고 레벨이 올라가기를 기다릴 수밖에 없겠어.

지금으로선 사고를 분할한다든지 그런 건 어려워 보이고, 뭔가 궁리라도 하면서 감정 결과를 살펴보는 정도밖에 숙련도를 올릴 방법이 떠오르지 않았다.

탐지를 발동하면 오르겠지만 그래선 주객전도니까.

끙. 하지만 발상 자체는 틀리지 않은 것 같아.

사고 능력이 강화되면 탐지도 분명 써먹을 수 있을 거야. 아마도…….

어쨌거나 병렬 사고는 목록에서 확인한 스킬 중 가장 가능성이 있어 보인다고 생각했단 말이지.

으음. 한 번 더 목록을 확인했다.

포인트가 줄어서 전보다 표시된 스킬의 수가 줄어들었지만…….

그래도 표시된 숫자가 제법 많았다.

아마도 스킬 대부분은 100포인트로 습득이 가능한 듯하다.

성능이 뛰어난 몇몇 스킬이나 사기 스킬 따위를 빼면…….

뭐, 오만도 사기 스킬인데 무슨 까닭인지 100포인트로 습득했지만 말이야.

탐지를 구제하는 데 유용할 스킬은, 음.

〈연산 처리: 사고의 연산 능력을 강화한다〉

〈기억: 기억력이 향상된다〉

이 정도일까?

의외로 적었다. 게다가 기억은 뭔가 좀 아니라는 느낌이었다.

그렇다면 남은 스킬은 연산 처리뿐인데, 이걸 익힌다고 정말 탐지를 제대로 쓸 수 있을까?

끄응. 유력 후보자로 꼽아 놓았던 병렬 사고를 익히고도 생고생을 했는걸.

연산 처리도 레벨이 낮은 동안에는 별로 의미가 없을 테고…….

앗, 잠깐?

연산 처리는 결국 수학이잖아?

암산으로 머리를 굴리다 보면 습득되지 않을까?

응. 시도할 가치는 있겠어.

그러면 시험 삼아서 2의 n승을 쭉 계산해봅시다.

2, 4, 8, 16, 32, 64…….

……8192, 16384, 으음, 32768인가?

슬슬 버거워졌다.

다음은? 뭘까?

《숙련도가 일정 수치에 도달했습니다. 스킬 〈연산 처리 LV 1〉을 획득했습니다.》

오오! 그래, 좋아. 목표 달성!

으음. 여기서 일단 한번 시험해볼까?

아마도 안 될 것 같긴 하지만, 어쨌든 부딪쳐보자는 정신으로 해보자고…….

후유, 하아. 좋아.

탐지 온.

꾸웨엑! 무리, 무리! 오프, 오프!

《숙련도가 일정 수치에 도달했습니다. 스킬 〈연산 처리 LV 1〉이 〈연산 처리 LV 2〉로 성장했습니다.》

《숙련도가 일정 수치에 도달했습니다. 스킬 〈병렬 사고 LV 2〉가 〈병렬 사고 LV 3〉으로 성장했습니다.》

《숙련도가 일정 수치에 도달했습니다. 스킬 〈탐지 LV 5〉가 〈탐지 LV 6〉으로 성장했습니다.》

《숙련도가 일정 수치에 도달했습니다. 스킬 〈외도 내성 LV 2〉가 〈외도 내성 LV 3〉으로 성장했습니다.》

헉헉, 학학. 머리 아파~.

이건 무리야. 무리, 무리. 머리 깨져. 아픈 거 싫어.

으아~ 망했어요~.

대체 통각 경감은 뭘 하는 거야?

내가 말이야, 사경을 상당히 헤쳐 왔는데 말이지, 그런 내가 못 견뎌 내는 통증은 대체 뭐냐고!

그보다 외도 내성은 왜 오르는 건데?

혹시 탐지 씨의 공격은 외도 소리를 들을 만큼 지독하다는 뜻?

응, 공격이라도 말해도 되겠다.

그렇잖아, 내성이 올라버렸는걸.

진지하게 생각해보자.

외도 속성은 분명 혼을 직접적으로 해치는 그런 느낌의 속성이었지?

그런데 외도 내성이 올랐단 말이지. 따라서 탐지의 효과는 단순히 사고에 관계되는 것이 아니라 혼에 직접적으로 영향을 준다는 뜻인데.

혹시 두통의 절반은 혼에서 나온 걸까?

으앗, 무서워라!

이 짓을 계속하다간 혼이 닳아 없어진다든가, 정신을 차리고 보니 폐인이 되었다든가 그런 건 싫거든?

《숙련도가 일정 수치에 도달했습니다. 스킬 〈예측 LV 3〉이 〈예측 LV 4〉로 성장했습니다.》

아, 그러세요. 다행이다. 예측의 효과가 정답을 맞히는 것이 아니라서!

세이프. 아직은 예측이니까 세이프. 그렇다고 치고 넘어가자.

으음. 하지만 그러면 혼에 연관된 스킬도 익히면 탐지를 견딜 수 있으려나?

그렇지만 혼이랑 관련된 스킬은 목록에 없었는데.

유일한 스킬이 외도 내성이었고…….

외도 내성을 올리는 방법뿐인가?

……어떻게 올리는데?

아아, 안 되겠다.

역시 처음 계획대로 병렬 사고랑 연산 처리 스킬을 올리는 방향으로 가야겠다.

탐지를 발동했을 때 양쪽 모두 스킬 레벨이 올랐으니까 적어도 무언가 작용을 하고 있다는 뜻이잖아. 그때까지 탐지는 다시 봉인. 함부로 쓰기는 무섭고 말이야.

탐지는 그런 방침으로 가도록 하고 중층의 열기 대책은 어떡하면 될까.

불 내성 스킬을 익히면 조금은 나아지려나?

하지만 나는 실뿐만 아니라 본체도 불에 약할 것 같거든.

스킬 목록을 보면서 깨달았는데 불 내성은 표시가 안 됐다.

요컨대 200포인트로는 습득 못 한다는 뜻이겠지?

다른 내성은 있는데 불 내성이 없더라니까.

짐작하건대 나 자신이 불에 약하니까 불 내성을 익히기 어려운 것이 아닐까 싶었다.

《숙련도가 일정 수치에 도달했습니다. 스킬 〈예측 LV 4〉가 〈예측 LV 5〉로 성장했습니다.》

아, 그러세요. 댁은 레벨 오르는 속도가 굉장히 빠르시군요. 이것도 오만의 효과일까?

뭐, 그건 그렇다 치고, 습득이 어렵다는 건 이미 알았지만 그래도 불 내성 획득과 HP 자동 회복 스킬 레벨업을 목표로 하자.

목표 달성을 위해 날마다 몇 번씩 중층으로 갔다가 HP가 줄어들면 돌아오기를 반복했다.

대미지가 들어왔으니 불, 혹은 열기 내성 숙련도가 그럭저럭 쌓였을 것이다.

얼마나 되는지는 잘 모르겠지만 언젠가는 불 내성이나 내열 같은 스킬을 획득할 수 있겠지.

HP가 줄어들면 HP 자동 회복이 발동하면서 그쪽도 숙련도가 쌓이니까 일석이조였다.

방어력과 회복력이 대미지를 웃돌게 되면 돌아다니는 정도는 가능해겠지.

나머지 시간은 다른 스킬의 레벨을 올리는 데 썼다.

탐지 대책으로 병렬 사고와 연산 처리를, 그리고 능력치 상승 계열의 스킬을 올려보도록 할까.

특히 위타천과 강대와 강고는 올리면 올릴수록 성장치가 좋아지니까 우선적으로 올리고 싶었다.

하지만 위타천은 달리기 연습이라도 하면 올라갈 테고, 강대도 팔 굽혀 펴기가 아니라 다리 굽혀 펴기 따위의 행동을 하면 올라갈 테지만 강고는 어떻게 올려야 할까?

방어니까 역시 공격을 맞아야 하나?

으음, 실부림 스킬 레벨을 올릴 겸 내 몸에다가 채찍질을 한다든지?

아픈 건 싫지만 한번 시험해봐야겠다.

그리고 여기에서 오랫동안 머무르려면 식량 확보도 중요한 문제였다.

당장은 과식의 효과로 스태미나가 줄어들지 않지만 어쨌든 나중에는 뭔가를 먹어야 한다.

그때를 위해서라도 짬짬이 주변을 정찰하면서 미리 사냥 준비를 해 둬야겠다.

뭣하면 포획용으로 설치형 거미집을 지어 놓는 방법이 괜찮을지도 모른다.

실을 최대한 눈에 안 띄도록 뽑아서 포획용 함정을 만드는 거지.

응, 좋은 아이디어니까 써먹어야겠다.

만약 실을 잡아뗄 만큼 강력한 마물이 걸린다고 해도, 평소에 나는 거기 없을 테니까 실제로 피해를 입지 않을 테고…….

결정했으면 재빨리 행동 개시.

HP는 회복됐다. 다시 한 번 중층으로 가서 HP를 줄이는 작업을 하자.

……말하고 보니까 참 싫은 작업이구나.

어쨌거나 저쨌거나 찾아왔습니다, 중층이에요!

더워요! 다만 현재 기온은 측정 불가능이에요! 온도계를 멀리멀리 놓고 왔거든요!

오늘은 하루 종일 용암이 흘러 다니겠습니다!

이쯤 되면 기상 캐스터 언니가 외출을 삼가달라고 어쩌고 말할 수준을 가볍게 뛰어넘었죠!

이상, 중층 현장에서 전해드렸습니다! 철수!

후유. 뜨겁다~.

스킬은 아직 아무것도 안 올랐지만……. 뭐, 천천히 하자고…….

누가 쫓아오는 것도 아니니까 말이야.

S1. 학원

이 나라에는 학원이라는 기관이 있다.

원래 세계에서는 누구나 당연하게 학교를 다녔지만 이 세계에서는 학교를 다니는 아이가 오히려 적었다. 학교를 다니는 부류는 귀족 같은 특권층이나 일부 유복한 평민, 혹은 대단히 뛰어난 재능을 지닌 인재로 한정됐다.

내 경우는 왕족이기 때문에 학원을 다니는 데 문제가 없었다.

스우도 마찬가지였고 공작 영애인 카티아도 자격은 차고 넘쳤다.

올해 우리 세 사람은 나란히 학원에 입학하게 되었다.

학원에서는 원래 세계의 학교처럼 일반적인 공부를 배운다.

그와 동시에 전투를 대비하는 수업도 받는다.

오히려 그쪽이 중심이었다.

더즈톨디아 대륙은 인족의 영역으로 자리 잡았지만 다른 대륙에서는 아직도 마족이나 마물과 격렬하게 싸우고 있다.

더즈톨디아 대륙에도 마물이 서식하고 있는 까닭에 싸울 줄 아는 인재는 아무리 많아도 부족했다.

그 때문에 학원에서는 전투에 관해 배우는 것이 많았다.

나와 스우, 카티아 세 사람은 학원의 입학식이 열리는 회장에 있었다.

페이는 내 애완동물, 아니, 사역마 취급에 가까운지라 이런 자리에 데리고 오진 않는다.

수업에는 동반해도 괜찮다지만 역시 이런 행사까지 참가시킬 수는 없었다.

주변을 둘러보니 올해 입학하는 또래 학생들이 자리에 앉아서 행사가 시작되기를 기다리고 있었다.

이 학원은 인근에서 최대의 규모를 자랑하는 덕분에 타국에서도 많은 학생들이 입학하러 온다.

그런 학생들을 둘러보면 쓱 시선을 피하거나 반대로 빤히 쳐다보거나 한다.

때때로 힐끔거리는 시선이 느껴지기도 했고 소곤소곤 이야기 소리가 들려오기도 했다.

"저기 저 녀석이 이 나라의 왕자라더군."

"천재 소리를 듣는 것치고는 척 봐도 강하다는 느낌이 없는데?"

"어떻게 친해질 수 없을까?"

제멋대로 이러쿵저러쿵하는데 청각 강화 때문에 전부 다 들린다고…….

굉장히 불편한 기분이었다.

"안녕하세요~."

그런 분위기를 산산이 깨트리는 맥 빠지는 목소리가 내 귓가에 들려왔다.

고개를 돌리자 보인 얼굴은 예상대로 오카 쌤, 엘프 필리메스였다.

"안녕하세요. 선생님이 학생이라니 조금 이상한 기분이네요."

"선생님은 또다시 청춘을 맛보는 기분이어서 설렌답니다~."

선생님은 그대로 내 옆자리에 걸터앉았다.

반대쪽에 앉아 있었던 스우가 선생님에게 시선을 보내는데 왠지 쏘아보는 느낌이었다.

아니, 느낌이 아니라 그냥 대놓고 쏘아봤다.

그러고 보니 스우와 선생님은 초대면이었군.

"이봐, 스우. 다른 사람을 노려보면 못써. 죄송해요, 선생님. 얘는 스우라고 제 동생이에요."

"오호라, 흠흠~. 이건 제법 므흣한데요~."

선생님이 히죽히죽 웃음을 지으면서 스우를 관찰했다.

분명 가당찮은 생각을 하는 표정이었다.

"오라버니. 뭔가요, 이 수상한 애는."

스우가 살짝 움찔하면서 내 뒤로 몸을 숨기는 것도 무리는 아니었다.

"슌, 동생한테 이상한 짓을 하지는 않겠죠?"

선생님, 이럴 때만 정색하고 평범한 말투로 물어보지 마세요.

아무 짓도 안 한다고요.

"스우. 이쪽은 엘프고 앞으로 학원에서 함께 수업을 받을 필리메스 씨예요. 저와 슌은 먼저 만난 적이 있었죠. 어려 보이지만 엘프라서 성장이 느릴 뿐 저희와 같은 나이고요. 게다가 갖가지 현장에서 활동하고 계시니까 오히려 저희보다 견식이 넓으세요."

나를 대신해서 카티아가 스우에게 설명했다.

이럴 때 나는 능숙하게 둘러대질 못하는지라 카티아가 거들어주면 든든했다.

"잘 지내봐요~."

"잘 부탁해."

아직은 약간 경계하는 기색이었지만 스우는 선생님과 인사를 나눴다.

"카티아, 오라버니는 저런 꼬맹이 같은 애를 좋아해?"

"그렇진 않으니까 안심해요. 필리메스 씨는 저래 보여도 존경할 만한 분이거든요. 그래서 슌도 경의를 가지고 대하는 것뿐이랍니다."

조그만 목소리로 얘기해 봤자 전부 다 들리거든?

나는 절대로 로리콤이 아니다.

도와준 카티아한테는 나중에 답례를 하기로 하고 스우한테는 한마디 해 놔야겠군.

울컥하던 차에 선생님과 눈이 마주쳤는데, 역시 두 사람의 대화가 들리고 있었는지 쓴웃음을 짓길래 나도 따라서 쓴웃음을 지었다.

입학식은 별 탈 없이 마쳤다.

그다음엔 각자 흩어져서 볼일을 봤는데, 대부분은 새로 살게 될 기숙사로 돌아가거나 학원을 견학하러 다니는 경우가 많았다.

이 학원은 전원 기숙사제였다.

나도 물론 예외가 아니었고 학원을 다니는 동안은 기숙사에서 살아야 했다.

학원 부지 바깥으로 나가려면 어지간히 중대한 사태가 발생하지 않는 한 장기 휴가 말고는 기회가 없다.

"이제 어떻게 할래요?"

카티아가 아가씨 모드로 말을 건넸다.

우리는 이미 기숙사에서 생활할 준비를 전부 마쳐 놓았다.
가능하면 학교 시설을 둘러보고 싶은 참이었지만, 페이를 혼자 뒀다간 나중에 잔소리를 들을 테니까 결국은 한 번 기숙사로 돌아가야 한다.
"선생님은 만나고 싶은 사람이 있는데요~. 여러분도 함께 가지 않을래요~?"
내가 일단 기숙사로 돌아가려고 하던 차에 선생님이 그렇게 제안했다.
"만나고 싶은 사람요?"
"그렇답니다~. 미래의 성녀님이랑 검제님이에요~. 만나서 손해는 안 볼 거예요~."
성녀와 검제.
성녀라면 우리나라와 이웃한 성(聖) 아레이우스 교국의 상징적인 존재였다.
용사의 짝이라고 불리며, 대대로 나라에서 임명하는 성녀는 용사와 함께 행동하는 것이 의무였다.
성녀는 가문 따위의 요소를 제외하고 완전히 실력만으로 선발된다.
게다가 성 아레이우스 교국은 신언교라는 종교의 총본산이기 때문에 전 세계의 신언교 교도가 모여드는 장소이기도 했다.
즉, 성녀 후보는 전 세계에서 끌어모은 여성 신언교도 중에서도 최고 엘리트라는 뜻이다.
율리우스 형님의 곁에도 당대의 성녀가 수행하고 있다.
이름은 분명 야나 씨. 빛 마법과 회복 마법의 달인으로 형님의 파티에서는 유일한 여성.

나는 손꼽을 정도밖에 만난 적이 없지만, 성녀치고는 살짝 왈가닥이라는 인상이었다.

야나 씨의 후임 후보인가.

그리고 검제는 카사나가라 대륙의 인족 최대 국가, 렝잔드 제국의 국왕 본인을 가리키는 말이었다.

렝잔드 제국은 마족령과 인접해 있기에 전투가 끊이지 않는 나라다.

그런 나라의 국왕이 갖추어야 하는 제일 우선적인 조건은 실력.

그 때문에 렝잔드 제국의 국왕은 대대로 초대 국왕의 이명을 그대로 이어받아서 검제라고 불리게 되었다.

성녀는 소질 있는 후보 중에서 선발하지만 검제는 완전히 혈통.

즉, 당대 검제의 아들이 이 학원을 다니고 있다는 뜻이다.

"아, 렝잔드 제국의 왕태자 말씀이군요. 소문은 들어서 알고 있었어요. 분명 올해 저희들과 같이 학원에 입학한다고 했었죠. 그래요, 초대를 방불케 하는 검의 천재라던가요."

어라, 카티아는 알았구나?

나는 그런 정보 전혀 몰랐는데.

"슌, 조금 더 세상 물정이라는 것을 공부해야겠네요."

내 표정을 보고 뭔가 알아차렸는지 카티아는 기막히다는 얼굴로 핀잔을 놓았다.

윽, 반론을 못하겠다.

"하지만 선생님. 선생님이 일부러 만나러 간다는 건 역시 그런 이유겠네요?"

"바로 그런 이유랍니다~."

"그러면 저희도 꼭 만나봐야겠군요."

뭔가 둘이서만 이야기를 진행시키고 있다.

나와 스우는 무슨 말인지 종잡을 수가 없어서 대화에 끼지 못하고 가만히 지켜볼 뿐이었다.

"자, 슌. 저희도 가죠. 응? 뭔가요? 표정이 왜 그래요?"

"아니, 무슨 말인지 알아들을 수가 없어서……."

"스우는 그렇다 치고, 왜 당신이 모르는 거예요……."

카티아와 선생님이 동시에 안쓰러운 사람을 보는 표정을 지었다.

그, 그런 표정을 지을 건 없잖아.

"아니, 선생님이 만나는 게 좋다고 말씀하셨으니까 만날 생각이었어."

"슌, 당신 말이죠."

카티아가 두통을 견디려는 듯 이마에 손을 가져다 댔다.

"선생님을 너무 신뢰하는 거 아니냐?"

"응?"

카티아가 조그만 목소리로 한 말이 이해되질 않아서 어리둥절하게 되물을 뿐이었다.

그러자 카티아는 커다랗게 한숨을 쉬었다.

"앗, 굳이 만나러 갈 필요가 없어졌네요~."

선생님의 말에 고개를 돌려 그쪽을 바라봤더니 소년과 소녀가 이쪽으로 다가오고 있는 참이었다.

소년은 검은색에 가까운 갈색 머리카락에 갈색 눈동자로 용맹한 용모를 지니고 있었다.

소녀는 찰랑거리는 금발과 벽안에서 어쩐지 신비로운 가련함이 느껴졌다.

“어라, 거기 쪼끄만 엘프가 오카 쌤이야?”

“나츠메, 선생님한테 실례잖니. 오랜만이에요, 선생님.”

소년과 소녀는 일본어로 말을 건넸다.

그제야 겨우 선생님과 카티아의 대화를 이해할 수 있었다.

두 사람은 우리와 마찬가지로 전생자였다.

“오랜만이에요~. 나츠메도 하세베도 건강해 보여서 다행이네요~.”

선생님의 말에서 두 사람의 원래 이름을 알았다.

소년의 원래 이름은 나츠메 켄고, 반에서 남학생들의 중심 격인 존재였던 녀석이다.

다만 나는 나츠메를 별로 좋아하지 않았다.

운동 신경이 좋고 완력도 강했다.

실제로 폭력을 휘두르지는 않았지만 은근슬쩍 힘을 자랑하면서 주변에 자기 의견을 강요했다. 그렇게 강압적인 녀석이었고 언동도 다른 사람을 내려다보는 듯한 발언이 많았다.

그래서 우리 반은 나츠메를 따르는 쪽과 관련되지 않으려는 쪽으로 나뉘어 있었다.

나는 되도록 얽히지 않으려는 부류에 속했었다.

“하하! 오카 쌤은 원래부터 쪼끄맸는데 더 작아져버렸네! 웃기잖아!”

“나츠메!”

나츠메를 나무란 것은 원래 옆자리였던 하세베 유이카였다.

하세베는 나츠메와 다르게 별로 눈에 띄는 구석이 없는 평범한 여자애였다.

여학생 중에서는 페이, 시노하라 미레이의 그룹이 두드러졌지만, 하세베는 테마리가와라든지 후루타처럼 비교적 얌전한 아이들과 사이가 좋았다.

뭐 어디까지나 페이와 비교하면 그렇다는 이야기고, 그런대로 밝고 활발한 아이였지만 성녀 후보 소리를 들을 정도로 잠재력을 지니고 있었느냐고 물어보면 딱히 해줄 대답이 없었다.

"엘프니까 쪼그만 건 어쩔 수 없다고요~. 그리고요~. 지금은 나츠메도 별로 차이가 안 나는데요~."

"나는 앞으로 쑥쑥 자랄 테니까 상관없어. 그래서 말인데, 거기 있는 놈이 이 나라의 왕자겠지? 알맹이는 누구야?"

나츠메의 시선이 내게로 쏠렸다. 눈에는 사냥감을 주시하는 사나운 광채가 깃들어 있었다.

당장에라도 덮쳐들 것처럼 형형한 빛이다.

이 녀석, 전세에서도 분명히 거친 녀석이긴 했지만 이렇게까지 위험한 눈빛을 지었던가?

"야마다 슌스케다."

"오오시마 카나타다. 오랜만이네."

짤막하게 대답한 나와, 자신을 어필하려는 듯이 일부러 앞으로 나선 카티아.

"응? 오오시마?"

“그래, 맞아. 내가 오오시마야. 깜짝 놀랐지? 전생하고 보니까 여자더라고…….”

카티아가 유도했고 하세베는 걸려들었다.

그때부터 이야기꽃을 피우면서 나를 향하는 나츠메의 시선이 떨어져 나갔다.

고맙다, 카티아.

이러나저러나 나츠메, 지금 이름인 유고 반 렝잔드하고는 전세와 마찬가지로 별로 얽히고 싶질 않네.

막간. 걱정꾸러기 공작 영애와 선생님

"선생님, 이제 슬슬 무엇 때문에 학원을 다니는 건지 알려 줘."

"물론 한 번 더 학생이 돼서 청춘을 만끽하러 왔죠~."

"선생님, 나는 진지하게 물어보는 건데."

"농담이에요~. 뭐, 한마디로 말하자면 카티아처럼 신분이 높아서 보호할 수 없었던 전생자를 감시하기 위해서예요~."

"역시 그런 목적이었군."

"어머나? 예상했었나 봐요~?"

"이만큼 부자연스러울 정도로 전생자가 몰려 있으면 어느 정도는 눈치채지. 무슨 수를 썼는지 모르겠지만 엘프가 교섭해서 전생자를 이 학원으로 모아 놓았겠지?"

"나츠메는 그렇게 했는데요~. 하세베는 정말로 우연이었답니다~."

"절반은 부정 안 하는구나."

"눈치 빠른 카티아한테 어설프게 둘러대 봤자 안 통할 테니까요~."

"그러면 눈치 빠른 내가 물어보겠어. 나머지 여섯 명 있잖아. 걔네들, 살아 있는 거야?"

"……네 명은 사망을 확인했어요. 나머지 두 명은 소재지를 알아냈지만 지금으로선 손쓸 도리가 없는 상태고요."

"그렇군. 역시 그랬구나."

"미안해요."

"선생님이 사과할 일은 아니잖아. 물어봐도 될까? 죽은 녀석들

이름.”

“하야시 코타, 와카바 히이로, 코구레 나오후미, 사쿠라자키 잇세이. 이렇게 네 명이에요.”

“……그렇구나. 하지만 그러면 선생님이 학원을 다니겠다고 느긋한 소리를 하는 것도 납득이 되는데. 이제는 찾아다닐 필요가 없어졌기 때문이겠지?”

“나머지 두 사람도 일단 보호 활동은 계속하고 있지만요~.”

“그 두 사람은 대체 어떤 상황이고, 누구인데?”

“비밀이랍니다~.”

“선생님, 진지한 이야기라니까.”

“저도 아주 진지하게 비밀로 하는 거예요~.”

“혹시 보호했다는 녀석들과 만나면 안 된다는 이유와 관계가 있다거나?”

“으음. 그거하고는 또 다른 이유지만요~. 별로 관계는 없을 거예요~.”

“그렇구나. 그냥 궁금해서 묻는 건데, 보호된 녀석들은 건강해?”

“건강하죠~.”

“보호한 녀석들의 이름은?”

“그건 말 못해요~.”

“정말 안 돼?”

“언젠가는 알게 될지도 모르겠지만, 지금은 알 때가 아니라고 생각해요.”

“그래선 영문을 모르겠잖아.”

"미안해요. 하지만 필요한 일이에요. 필요한 일이고, 하나만 충고할게요."

"뭔데?"

"스킬을 너무 열심히 수련하지 마세요."

"왜?"

"말 못해요."

"선생님이 바깥 세계에서 무엇을 보고 왔는지 나로선 상상밖에 못하겠어. 하지만 슌의 형님이 용사라는 사실은 알잖아? 나는 슌에게서 그 용사님의 활약을 들었단 말이야. 뭐라더라, 마물 무리로부터 단신으로 마을을 지켜 냈다든가. 마족의 책략으로 독을 마시고도 물리쳤다든가."

"그게 왜요~?"

"이 세계에는 위험이 흘러넘쳐. 용사 정도는 아니지만 나도 슌도 나름대로 입장이 있어. 언젠가 전장으로 나가야 하는 상황이 벌어질지도 몰라. 나는 여자니까 그럴 가능성은 낮은 편이지만 슌은 왕족이고, 게다가 후계자도 아니지. 충분히 일어날 만한 일이야. 그런데 우리한테 스킬을 수련하지 말라는 건 나중에 죽으라는 소리나 마찬가지 아니야?"

"아니에요!"

"그렇겠지. 선생님이 그런 소리를 할 사람이 아니라는 정도는 나도 잘 아는걸. 잘 알긴 하는데, 이유도 못 듣고 무작정 알겠다는 말은 못해."

"그래요, 그렇겠죠."

"미안, 너무 몰아붙인 것 같네."

"아뇨, 괜찮아요. 비밀을 만든 건 선생님이니까요."

"왜 이렇게 비밀이 많은지 이유도 말 못하겠지?"

"미안해요."

"혹시 엘프하고 관계가 있어?"

"네?"

"이상하단 말이지. 어째서 엘프가 전생자의 보호를 거들어주는 거냐고……. 선생님은 엘프한테 벌써 사정을 설명한 것 같은데, 엘프는 신용할 수 있는 거야? 혹시 선생님은 엘프에게 뭔가 이상한 조건을 강요당하고 있는 건 아니야?"

"그런 거 아니에요~. 그저 선생님을 믿어달라고밖에 해줄 말이 없네요~."

"비밀이 이렇게 많은데도?"

"그것도 포함해서요~."

"나는 슌처럼 사람을 덜컥 믿어버리는 짓은 못해. 선생님을 믿고 싶지만 선생님이 비밀을 밝히지 않는 한 진심으로 신용하진 못할 거야."

"그게 오히려 올바른 처신이라고 생각하는데요~. 슌은 너무 순수하단 말이죠~."

"그건 동감이야. 가끔씩 생각하는데, 그놈은 내가 없으면 폭삭 망해버릴 것 같더라고……."

"어머, 어머나? 아직 싹이 트진 않았지만 씨앗 정도는 된다~? 그렇게 되면 재미있겠네요~."

“응? 무슨 소리야? 선생님, 그렇게 웃으면 엄청 기분 나쁘거든? 선생님도 지금은 겉만 보면 미소녀니까 그런 식으로 기분 나쁘게 웃으면 엄청나게 징그러운데.”

“천벌 받아랏~.”

“으헉?!”

3. 중층 공략 개시

왔습니다, 왔어요. 중층이랍니다! 오오~!

오늘 이 순간부터 중층 공략을 개시하겠도다! 오오~!

원거리 공격도 열기 대책도 아직은 모자라지만 간닷! 오오~!

하아……, 기분이라도 내야지. 아니면 못해 먹겠단 말이지.

처음 중층을 발견하고 벌써 며칠이 흘렀다.

나는 그동안 열심히 스킬을 수련하면서 제법 강해졌다.

지금의 스테이터스는 요 정도.

〈스몰 포이즌 타라텍트 LV 5, 이름 없음

스테이터스

HP: 57/83(녹)	MP: 181/181(청)
SP: 51/82(황) 2UP	: 82/82(적) 2UP
평균 공격 능력: 92	평균 방어 능력: 92
평균 마법 능력: 135	평균 저항 능력: 168
평균 속도 능력: 830 1UP	

스킬

「HP 자동 회복 LV 5」	「MP 회복 속도 LV 3」	「MP 소비 완화 LV 2」
「SP 회복 속도 LV 2」	「SP 소비 완화 LV 3 1UP」	「파괴 강화 LV 1」
「참격 강화 LV 1」	「독 강화 LV 2」	「기투법 LV 1」
「기력 부여 LV 2」	「맹독 공격 LV 3」	「독 합성 LV 7」

「실의 재능 LV 3」	「거미줄 LV 9」	「참사 LV 6」
「실부림 LV 8」	「투척 LV 6」	「명중 LV 7」
「회피 LV 3」	「입체 기동 LV 3」	「은밀 LV 6」
「집중 LV 9」	「예측 LV 8」	「병렬 사고 LV 4」
「연산 처리 LV 6」	「감정 LV 8」	「탐지 LV 6」
「외도 마법 LV 3」	「그림자 마법 LV 2」	「독 마법 LV 2」
「심연 마법 LV 10」	「파괴 내성 LV 1」	「타격 내성 LV 2」
「참격 내성 LV 3」	「불 내성 LV 1」	「어둠 내성 LV 1」
「맹독 내성 LV 1」	「마비 내성 LV 3」	「석화 내성 LV 3」
「산 내성 LV 4」	「부식 내성 LV 3」	「기절 내성 LV 2」
「공포 내성 LV 7 1UP」	「외도 내성 LV 3」	「고통 무효」
「통각 경감 LV 7」	「시각 강화 LV 8」	「밤눈 LV 10」
「시각 영역 확장 LV 2」	「청각 강화 LV 8」	「후각 강화 LV 7」
「미각 강화 LV 4」	「촉각 강화 LV 6」	「생명력 LV 7」
「마력량 LV 8」	「순발력 LV 8 1UP」	「지구력 LV 8 1UP」
「강대 LV 3」	「강고 LV 3」	「호법 LV 3」
「위타천 LV 3」	「오만」	「과식 LV 7」
「나락」	「금기 LV 4」	「n%I=W」

스킬 포인트: 180 〉

후후, 꽤 강해졌는걸.

새로운 스킬도 제법 늘었고…….

감정 님이 미습득 스킬을 표시해주는 덕분에 좋아 보이는 스킬을 딱 정한 다음, 해당 스킬과 관련 있는 행동을 해서 숙련도를 쌓는 방법으로 스킬을 습득했다.

덕분에 예전부터 관심 있었던 스킬도 포함해서 스킬이 상당히 늘어났다.

뭐, 이렇게까지 단번에 늘어난 데에는 오만의 효과가 큰 역할을 했겠지만…….

MP랑 SP하고 연관된 스킬도 전부 갖춰 놓았다.

회복 속도와 소비 완화.

회복 속도는 글자 그대로 자연 회복되는 속도가 빨라지는 스킬이고 소비 완화는 소모량을 줄여주는 편리한 스킬이다.

특히 SP 소비 완화는 붉은색과 노란색 양쪽 모두에 작용하는 듯했다.

구체적으로는 붉은색 총합 스태미나의 감소량이 줄어들었고 달리는 동안 노란색 스태미나가 줄어드는 정도도 적어졌다.

입체 기동이라는 새로운 스킬도 제멋대로 생겨났다.

천장 가까운 곳에다가 홈을 지었기 때문인지 오르락내리락하는 동안에 저절로 획득했다는 말씀.

효과는 번쩍번쩍 펄쩍펄쩍 뛰어다닐 수 있는 것.

필요 없거든~. 그런 건 원래부터 할 줄 알았다고…….

나머지 스킬은 천천히 설명할래.

그리고 UP이라는 글자가 있는 스킬은 아무래도 마지막으로 본 결과에서 변화된 내용을 표시하는 것 같다.

이번에 올라간 스킬은 SP 소비 완화랑 공포 내성에 순발력과 지구력.

순발력과 지구력은 강화 스킬의 SP 버전인데 각각 순발력이 노란색, 지구력이 붉은색 SP에 대응하고 있다.

참고로 능력치에서 속도와 SP도 올랐다.

요 며칠 사이에 깨달았는데 스킬뿐 아니라 능력치도 수련하면 레벨업이 아니어도 올릴 수 있었다.

위타천 스킬의 레벨을 올리려고 달리기 연습을 한 덕분에 능력치가 올라서 알아낸 사실이었다.

지금까지는 마물한테 이리저리 쫓겨도 능력치가 오른 적이 없었는데 단순하게 달리기 거리가 모자라서였을까, 아니면 오만의 효과로 내 성장 속도가 빨라졌기 때문일까.

뭐라고 단정 짓기는 어렵지만 오만이 작용하는 건 틀림없다고 생각한다.

나는 언제나 감정을 발동시키고 있으니까 UP 표시가 있다는 것은 바로 직전에 스킬과 능력치가 올랐다는 뜻.

이 표시는 내가 확인하고 시간이 좀 지나면 저절로 사라진다.

즉 이번에 올라간 스킬과 능력치는 직전의 행동으로 올라갔다는 말이었다.

후후후, 이만큼 스킬이랑 능력치가 단번에 올랐다니 굉장하지?

그야 그렇지.

전력 질주 했거든. 목숨 걸고…….

〈지룡 카구나 LV 26

스테이터스

HP: 4198/4198(녹)　　MP: 3339/3654(청)

SP: 2798/2798(황)　　　: 2995/3112(적)

스테이터스 감정에 실패했습니다 〉

용(龍)이었다.

전에 본 지룡 아라바와 비교하면 덩치가 크다는 인상이었다. 그만큼 파워는 강할 것 같았다.

아라바와 마찬가지로 날개는 없었다.

그 녀석은 갑작스럽게 나타났다.

여느 때처럼 사냥을 나서려고 했는데 등 뒤의 마이 홈이 날아가버렸다.

여파에 휩쓸려서 데굴데굴 굴러가다가 시야에 언뜻 들어온 것이 바로 지룡.

그다음은 온 힘을 쏟아 도망쳐서 앞뒤 가릴 겨를도 없이 중층으로 뛰어들었다는 것이 이번 사건의 진상이었다.

하하핫, 그야 죽을 각오로 도망쳤죠.

얼마나 필사적이었으면 스킬에다가 능력치까지 올랐을까!

그나저나 말이야, 지룡은 거미집을 발견하면 브레스 콰르릉이 규칙이라도 되나?

뭐야 그거 무서워.

하층이 실은 나만 눈치 못 채서 그렇지, 지룡 소굴이었던 걸까?

뭐야 그거 무서워.

아냐, 아냐. 아무렴 그런 녀석들이 아무 데나 어슬렁거리면 아무도 못 산다고…….

감정이 성공한 부분의 스테이터스를 떠올려보자.

전부 네 자릿수였다. 이상하잖아. 무슨 수로 이기라는 거야.

게다가 말이야, 내 홈을 콱 날려버릴 만큼 강력한 공격을 하고 나서도 MP랑 SP가 잔뜩 남아 있었다니까?

즉, 그 공격은 단발이 아니라 연발도 가능하다는 거지.

무리야, 무리. 뭐냐고, 완전 괴물이잖아. 지룡 무서워.

그건 그렇다 치고, 그 지룡은 전에 마주친 지룡 아라바와 다른 종류였다.

지룡 아라바보다 레벨은 낮았지만 아라바한테는 감정을 실패했었으니까 어느 쪽이 강한지 잘 모르겠다.

하지만 어느 쪽이든 내가 싸워서 이길 만한 존재가 아니라는 건 똑같겠구나.

아라바도 카구나도 어쨌든 같은 지룡이니까 무언가 관계가 있는 걸까?

원래는 같은 종류였고 진화하면서 갈라졌다든가.

앗, 그럴듯한걸?

용이라면 상위 종족의 상징이나 마찬가지니까 진화 루트가 잔뜩 있지 않을까?

그게 아니라면 각각의 지룡은 한 종류마다 한 마리만 존재한다든가? 역시 가능성은 있겠다.

상위종인 만큼 수는 적지만 개체 하나하나가 초강력하다는 거지.

그래, 능력치를 보면 초강력이라고 해도 손색이 없어.

그럼 마주칠 확률이 낮아질 테니까 괜찮겠다.

아니지, 잠깐만 기다려 봐.

방금 전 가설이 맞다면, 나는 마주칠 확률이 엄청나게 낮은 지룡한테 두 번이나 습격당했다는 말이 되잖아.

오히려 내 악운이 초강력인가?

그, 그그그, 그렇진 않을 거, 거야…….

몇 번이고 죽을 뻔했지만 최종적으로는 살아남았으니까 운은 아마도 좋을 거야.

어라? 하지만 애초에 운이 좋은 녀석은 몇 번이고 죽을 뻔하지는 않을 텐데?

으응?

……모르겠다. 응, 쓸데없는 고민이야.

정말이지 종이 한 장 차이였다. 마침 바깥으로 나가려던 참이어서 다행이었지.

내 악운도 아직은 쓸 만한가 보다.

그렇다고 치고 넘어가자.

누가 맞다고 말해줘요.

《숙련도가 일정 수치에 도달했습니다. 스킬 〈예측 LV 8〉이 〈예측 LV 9〉로 성장했습니다.》

너한테 안 물어봤거든!!

뭐냐고! 완전 칼 타이밍이잖아!

노리고 기다린 거냐?!

하늘의 목소리(일단은)가 실은 개그맨 지망생이었어?!

후유, 하도 어처구니가 없어서 살짝 흥분했다.

응. 최악으로 재수 없는 스타트지만 차근차근 중층을 공략하자.

지룡에게서 한시라도 빨리 멀어지고 싶으니까.

자, 일단 현재 상태를 확인해볼까.

현재 위치는 부글부글 끓어오르는 마그마로 둘러싸인 한복판. 육지와 마그마의 비율은 비슷비슷한 정도.

내친걸음에 여기까지 와버렸는데 맞는 길일까?

뭐, 어차피 맞는지 틀렸는지 알 방법이 없으니까 되는대로 전진할 수밖에 없겠다.

아무튼 지룡한테 공격당한 여파와 한계를 넘어서 쭉쭉 달린 결과 HP가 살짝 줄어들었다.

줄어든 양이 그리 많지는 않지만 줄곧 대미지를 받아야 하는 작열지대에서는 자동 회복이랑 상쇄돼버리니까 회복을 기대하기 어렵다.

중층과 하층을 왔다 갔다 하면서 불 내성을 획득하는 데는 성공했지만 아직은 1레벨.

불 내성 1레벨과 HP 자동 회복 5레벨로 열기 대미지를 상쇄할 수 있게 됐다.

다행이기는 하지만 바꿔 말하면 한번 체력이 줄어들 경우 회복이 어렵다는 뜻이기도 했다.

회복하려면 레벨업으로 인한 완전 회복, 아니면 HP 자동 회복이나 불 내성의 스킬 레벨을 올려서 회복과 대미지의 균형을 무너뜨리는 방법뿐.

그렇다 해도 바로 근처에 마그마가 넘실거리고 있으니까 오히려 대미지가 더 커지는 최악의 경우도 각오해야 한다.

되도록이면 유난히 더 뜨거운 장소는 피해 다니고 싶은 심정이지만 앞일을 누가 알겠어.

지금까지 상층이나 하층에서 겪은 경험으로 짐작하건대 이곳 중층도 상당히 넓다고 가정하는 편이 좋겠다.

어쨌든 세계 최대의 미궁이니까.

대륙과 대륙을 연결할 정도잖아. 중층을 빠져나가려면 며칠이 걸릴지 모르니까 각오는 해야지.

갈 길이 먼데 출발부터 된통 당했고 말이야. 재수도 없어라.

좋아, 그럼 출발해볼까.

으음. 그나저나 뜨거운걸.

거미로 전생한 다음부터는 뜨겁지도 춥지도 않은 쾌적한 기온 속에서 살아왔잖아.

이렇게 급격하게 환경이 바뀌면 몸도 나른해진다.

일단 불 내성 스킬 레벨을 올리겠다고 종종 드나들었으니까 못 견딜 정도는 아닐 거야.

그래도 중층을 빠져나갈 때까지는 쭉 이런 상태일 거라고 생각하면 역시 진절머리가 나는걸.

특히 다리.

여기는 마그마가 바로 옆에서 흘러가는 장소잖아?

당연히 지면도 엄청나게 뜨겁다고…….

뭐랄까, 여름 햇볕에 달궈진 아스팔트는 비교도 안 돼.

여기에다가 달걀을 깨트려 놓으면 익어서 프라이가 되기도 전에 그대로 타버릴걸?

그런 데를 맨발로 다니는 거야.

이쯤 되면 뜨겁다는 수준을 넘어서 아프니까, 통각 경감과 HP 자동 회복이 없었다면 진입도 못했을 거야.

앗, 마물 발견.

〈엘로 게네러시 LV 5

스테이터스

HP: 159/159(녹)　　MP: 145/148(청)

SP: 145/145(황)　　: 116/145(적)

평균 공격 능력: 83　　평균 방어 능력: 81

평균 마법 능력: 79　　평균 저항 능력: 77

평균 속도 능력: 88

스테이터스 감정에 실패했습니다 〉

후후훗, 감정 님이 레벨업을 하더니 공격력 따위의 능력치도 꿰뚫어 보게 되었답니다!

꺄~ 멋있어요~!

뭐, 성공률은 별로 안 높지만…….

재는 중층에 도착하고 처음으로 봤던 마물이구나.

해마처럼 생긴 녀석이지.

첫날과 마찬가지로 마그마 속에서 유유히 헤엄치고 있다. 보고도 못 믿겠네, 끙.

나를 알아차린 기색은 없었다. 이대로 지나치고 싶었지만 재가 딱 진행 방향에 있단 말이지.

어떻게 할까. 으음.

잠깐 고민하는 사이에 해마가 나를 발견해버렸다.

저번과 마찬가지로 마그마 속에서 불덩어리를 뱉어 낸다.

으랏차! 피했다.

응. 저만한 스피드라면 맞을 일이 없겠다.

옛날에는 개구리의 타액 공격도 못 피했었지만 지금은 속도를 쑥쑥 키워 놓았고, 회피 스킬도 익혔고, 그때와 비교가 안 될 만큼 강해졌으니까.

이제는 게임 캐릭터한테도 뒤지지 않는 신의 회피력을 갖췄단 말이다!

한 방만 맞아도 숯덩이로 변하는 저질 방어력이지만 안 맞으면 아무렇지도 않다는 말씀!

그나저나 이건 좀 곤란한데.

양쪽 다 결정타를 못 때린다.

상대의 불덩어리는 나를 못 맞히고…….

나도 실을 못 쓰는 이상 저 녀석을 공격할 수단이 없었다.

양쪽 다 속수무책.

앗, 아니다. 재 조금 있으면 MP가 바닥나겠어. 불덩어리 공격에 MP를 쓰나 보다.

그럼 MP가 바닥나면 불덩어리가 안 날아오겠구나.

역시 감정 님은 치트 스킬이었네. 싸우면서 상대의 정보가 훤히 다 보이는걸.

좋아, 마지막 불덩이를 피했다. 이제 쟤는 남은 MP가 없다.

놈이 다음으로 취할 행동에 따라 승부의 향방이 달라지겠군. 어떻게 나올까?

앗, 마그마 바깥으로 기어 올라왔다.

그대로 돌진하네?

바보구나~. 나라면 MP가 바닥난 시점에서 전략적 후퇴를 선택했을 텐데.

내가 보기에는 느려 터진 돌진을 여유롭게 피했다.

그대로 해마의 등에 달라붙어서 발톱에다가 독 공격을 실어 찔러 넣었다.

그건 그렇고 요놈도 몸뚱이가 뜨겁네! HP가 살짝 줄었잖아! 귀중한 HP가!

어쨌든 맹독에 중독된 해마는 털썩 숨이 끊어졌다.

음. 첫 전투는 어찌어찌 돌파했는걸.

불덩어리가 선을 그리면서 뒤쪽으로 지나쳐 갔다.

두 개였다. 뭐, 둘이든 셋이든 지금의 나는 간단히 피한다.

힐끔 시선을 보낸 저편에 해마가 두 마리.

아마도 이곳 주변이 해마의 서식지인지 여기저기에서 잔뜩 튀어나왔다.

무리를 짓는 건 아니고 저마다 제멋대로 어슬렁거리는 정도였지만 이렇게 우연히 같이 있을 때면 동시에 덤벼들기도 했다.

뭐, 원숭이처럼 작당해서 습격하진 않으니까 그건 편하고 좋구나.

또다시 날아온 불덩어리를 피했다.

평소에 따로따로 생활하기 때문인지 연계는 별로 좋지 않았다. 각자가 제 맘대로 불덩이를 날린다는 느낌이랄까?

아니었으면 고전했을지도 모른다.

안 맞으면 아무렇지도 않지만 반대로 말하자면 맞은 순간 끝장이니까.

불에 약한 내가 평범한 공격도 아니고 불덩어리를 뒤집어썼다간 어떤 꼴을 당할지 모른다.

게다가 단순하게 회피만 해서는 안 됐다. 이곳은 마그마가 펄펄 끓어오르는 작열 지대.

깜빡 실수로 마그마 바다에 떨어지면 내 몸은 분명 타오를 짬도 없이 녹아서 사라진다.

불덩어리를 피할 때마다 발밑을 잘 확인해야 했다.

마치 탄막 슈팅 게임에서 목숨 달랑 하나만 가지고 노 히트 플레이를 강요받는 기분인걸.

게다가 걸려 있는 건 내 목숨.

나는 공격이 불가능하니까 더 힘들었다.

실을 뽑아내 봐야 곧바로 불타버리니까 의미가 없고, 마그마로 가까이 다가가는 건 얼토당토않은 짓이다.

상대는 마음껏 공격하는데 난 회피밖에 못한다는 딜레마.

뭐, 해마의 MP가 바닥날 때까지만 버티면 되지만…….

해마는 MP가 떨어지면 육지로 올라온다.

자신에게 유리한 입장을 스스로 버리고 굳이 상대와 같은 필드로 나와주는 셈이었다.

신사다. 바보다. 돌대가리다.

지금도 MP가 바닥난 해마 한 마리가 어슬렁어슬렁 땅으로 올라오고 있었다.

재빨리 독성을 먹인 발톱으로 처리했다.

수련하면서 새로 획득한 파괴 강화와 참격 강화 덕분에 위력도 향상됐다.

파괴 강화는 이름 그대로 파괴력을 강화해준다. 이렇게만 설명하면 효과가 살짝 아리송하겠지만 요컨대 공격력이 전반적으로 상승하는 스킬이라고 생각하면 된다.

참격 강화도 비슷비슷했다. 다만 이건 참격 한정이지만…….

타이밍 좋게 또 다른 해마도 마그마 바깥으로 기어 올라오길래 같은 방식으로 마무리했다.

《경험치가 일정 수치에 도달했습니다. 개체, 스몰 포이즌 타라텍트가 LV 5에서 LV 6으로 성장했습니다.》

《각종 기초 능력치가 상승했습니다.》

《스킬 숙련도 레벨업 보너스를 습득했습니다.》

《숙련도가 일정 수치에 도달했습니다. 스킬 〈독 강화 LV 2〉가 〈독 강화 LV 3〉으로 성장했습니다.》

《숙련도가 일정 수치에 도달했습니다. 스킬 〈회피 LV 3〉이 〈회피

LV 4〉로 성장했습니다.》

《스킬 포인트를 입수했습니다.》

오오! 레벨업!

HP가 은근히 줄은 상태였으니까 마침 반가운걸. 줄었던 HP가 탈피하면서 회복됐다.

해마는 비교적 간단하게 사냥할 수 있지만 몸에 닿으면 나한테 대미지가 들어온다.

한 마리 정도로는 대단한 영향이 없지만 몇 마리의 대미지가 자꾸 쌓이면 무시할 수 없다.

회복 수단이 레벨업에 의한 완전 회복뿐인 지금 상태로는 약간의 대미지라도 가능한 한 피하고 싶었다.

참고로 먹을 때는 잠시 시간을 두고 기다리면 식으니까 식힌 다음에 먹는다.

이번 레벨업으로 불 내성이나 HP 자동 회복 중 하나가 올랐으면 좋았겠지만 세상은 역시 만만하지 않았다.

불 내성은 1레벨인 채로 오르질 않고, HP 자동 회복도 그대로였다.

불 내성이 안 오르는 건 대책이 없다. 아무래도 나의 종족은 원래 불에 약한 듯했다. 그걸 하루아침에 극복하기는 불가능하겠지.

HP 자동 회복도 편리한 스킬이라서 그런지 레벨이 잘 오르질 않았다.

뭐, 자동 회복은 게임 같은 데서는 후반부나 돼야 익히는 스킬이니까.

그런 스킬을 포인트도 치르지 않고 얻은 것만 해도 충분한데, 여기에다가 빠른 성장까지 바라는 건 욕심쟁이 심보다.

가지고 있는 것만으로도 이득이라고 생각해야지.

실제로 HP 자동 회복이 없었으면 중층을 돌파할 엄두도 내지 못했을 거야.

응, 완전 무리인걸.

자동 회복도 없이 상시 대미지가 계속 들어오는 지대로 돌입하는 건 자살행위나 마찬가지니까.

자살하는 취미는 없고, 만약 있었어도 절벽 길을 찾아서 하층을 헤매고 다녔겠지.

바로 그 지룡이 있는 하층을. 웃기지도 않아~, 곱게 죽고 싶다고!

중층 공략은 그런대로 순조로웠다.

해마 말고도 다른 마물과 몇 종류 마주쳤지만 전부 별것 아니었다.

지형이 불리하지만 않으면 절대로 안 지겠던데.

다만 요놈의 지형의 불리함이 문제지만 말이야.

우선은 마그마. 대책이 없다.

상대 마물이 마그마 속에 있으면 나는 돌팔매질밖에 할 게 없었다.

투척 스킬도 있으니까 한번 해볼까 싶은 마음에 원숭이 흉내를 내면서 돌을 던져봤지만 별반 대미지를 주지 못했다.

결국 상대가 땅으로 올라와주지 않으면 난 아무것도 못하는 것이나 다름없었다.

해마처럼 MP가 바닥난 뒤 어슬렁어슬렁 올라오면 고맙겠지만, 개중에는 곧장 마그마 속으로 잠수하거나 도망치는 마물도 있어서 골치가 아팠다.

반대로 처음에는 육지에 있다가 불리해지면 마그마 속으로 도망치는 놈도 있고…….

실을 못 쓰는 것도 악조건이었다.

실의 재능이라고 실과 관련해서 공격력을 올려주는 멋진 스킬도 획득했는데 말이야…….

돌을 주워다가 던지는 정도라면 괜찮지만 계속 내놓고 있으면 육지인데도 불이 붙어버린다.

곤란하게도 나는 평소에도 무의식적으로 실을 흘리고 다녔다.

이동할 적에 별생각 없이 흘리는 실이 여기에서는 불타버린다.

불이 붙으면 도화선처럼 타고 올라와서 꽁무니가 뜨거워지고…….

처음에 비유가 아니라 진짜로 꽁무니에 불이 붙었을 때는 당황했었지.

그때 HP도 상당히 깎여 나갔다. 불을 끄려고 독 합성을 사용한 탓에 또 HP가 줄었다.

그래도 달리 불을 끌 만한 도구가 없었으니까 울며 겨자 먹기였지, 뭐…….

하는 수 없이 무의식중에 흘리고 다니는 실을 부지런히 끊어내고 있다.

그렇게라도 하지 않으면 꽁무니에 불이 붙을 테니까. 비유가 아니라…….

잠자리도 문제였다.

이런 상태로 집을 지어 봐야 집과 함께 타오르는 광경이 훤히 보였다.

그러니까 순순히 포기하고 바위터 뒤에 숨어서 자려고 했다.

물론 잠이 올 리 없었지만…….

항상 대미지가 들어오는 작열지옥에서 마물의 기척에 벌벌 떨며 자라고?

내 정신머리가 아무리 탄탄해도 말이야, 한도라는 게 있어.

그래도 수면은 취해야 한다.

어쩔 수 없으니까 거의 못 자더라도 적당한 바위터를 발견하면 잠을 자보려고 노력 중이었다.

뭐, 이러저러해서 어떤 의미로는 하층보다 열악한 환경이지만 유일한 위안이라면 마물이 약하다는 것이구나.

이곳의 마물은 강한 정도로 보자면 상층의 마물과 별 차이가 없었다.

뱀처럼 그 지역에서 강한 축에 속하는 마물이 있을지도 모르지만 지금까지 마주쳤던 마물은 전부 약한 편이었다.

상층의 마물과 가장 다른 점은 역시 지형을 이용하느냐 아니냐는 것.

이것 때문에 별로 강하지도 않은 마물이 골치 아픈 존재가 된다.

회복 수단이 한정된 이상, 한 방이라도 공격을 먹었다간 곧바로 위기에 빠져버리니까.

게다가 지금까지는 마물이 약한 덕에 어찌어찌 전진하고 있지만 개중에는 하층 클래스의 거물이 있을지도 모른다.

지형만으로도 이만큼 고생하고 있는데 그런 상대가 나타나면…….

되도록이면 그런 일이 없기를 기원하자.

마법만 쓸 수 있으면 상황이 확 바뀔 텐데.

그리고 마법을 쓰려면 지형과 비슷한 정도로, 어쩌면 그 이상으로 난적인 탐지를 공략해야 한다.

어느 쪽이든 하루아침에 해결될 일은 아니었다.

아아~ 마법 쓰고 싶어라~.

Y2. 악몽의 잔재

엘로 대미궁으로 진입하고 며칠이 흘렀다. 우리는 드디어 모험가가 타라텍트의 변이종과 마주쳤다고 보고한 위치에 도착했다.

이제부터는 고이에프 씨의 안내를 따라 주변을 탐색하면서 토벌 대상을 탐색한다.

"아무쪼록 조심하시길. 이 부근은 길이 넓고 지룡 같은 대형 마물도 출현합니다."

지룡(地竜)이라. 용종은 대체로 강했다.

하위 용종은 여기저기 널린 마물과 별 차이가 없지만 상위 용종쯤 되면 위험도가 훌쩍 뛰어오른다.

그야말로 능력치에 한해서라면 용사인 나와 호각, 혹은 그 이상으로 올라설 만큼…….

"너무 조용한데."

지스칸이 중얼거리자 나는 말없이 고개를 끄덕였다.

막상 탐색을 시작했지만 웬일로 마물이 한 마리도 보이지 않는다.

마물의 소굴이라고 일컬어지는 엘로 대미궁인데도…….

명백한 이상 사태.

그리고 피부를 따끔따끔 찌르는 감각.

나는 방심하지 않고 검을 쥐었다.

하이린스가 방패를 들어 올렸고 야나는 언제든 마법을 쓸 수 있도록 정신을 집중했다.

지스칸과 호킨은 주변을 경계.

고이에프 씨도 얼굴에 식은땀이 주르륵 흘러내렸다.

『용사, 왔군.』

그리고 머릿속으로 직접 울리는 목소리.

소리가 아니라 사념으로 전달되는 목소리.

돌아봤다.

그곳에 나타난 것은 거대한 거미 마물이었다.

"그, 그레이터 타라텍트."

고이에프 씨가 신음하듯 중얼거렸다.

그레이터 타라텍트는 상위 용(竜)과 비견되는 강력한 마물이다.

그것이 눈앞에 셋이나 나타났다.

하지만 내 눈은 그런 거대한 마물을 지나쳐서 한 마리의 조그만 마물을 뚫어져라 주시하고 있었다.

그레이터 타라텍트의 거구에 숨어 가만히 서 있는 하얀 몸체.

"나, 나왔다! 저것이 이번 토벌 대상! 악몽의 잔재! 〈미궁의 악몽〉이 남겼다고 알려진 마물입니다!"

미궁의 악몽. 그 존재는 십수 년 전에 갑작스럽게 나타난 마물이다.

악몽이라는 호칭에 어울리는 부조리할 정도의 강력함.

인간을 마치 벌레처럼 날려버리는 거미 마물.

그리고 내게 패배의 쓴맛을 가르쳐준 최초의 존재.

그 악몽이 남겼다고 알려진 타라텍트의 변이종, 악몽의 잔재. 상위 용(竜)마저 초월해서 용(龍)에 필적할 만큼 강력한 마물. 저것이 이번 토벌 대상이었다.

저놈은 모험가 그룹을 습격해서 거의 전멸로 몰아넣었기에 우리에게 토벌 의뢰가 떨어졌다.

『용사, 죽어라.』

악몽의 잔재의 형체가 쓱 사라진다.

사라졌다고 착각할 정도의 고속 이동.

즉시 옆에 있던 야나를 끌어안으면서 옆으로 몸을 날렸다.

직후 내가 있던 자리를 낫이 가로질렀다.

여덟 개 있는 다리 중에서 낫 모양을 지닌 두 개의 앞다리가 허공을 갈랐다.

야나를 끌어안은 채로 지면을 굴러서 낙법을 취했다.

구르는 기세를 이용하여 자세를 바로잡고 그대로 야나를 일으켜 세웠다.

"야나, 마법으로 지원 부탁해. 공격을 맞힐 생각은 안 하는 게 좋겠어."

"알겠어요!"

터무니없는 속도였다. 마법의 명중 정밀도가 어지간히 뛰어나지 않는 한 공격은 맞지 않을 것이다.

스승님이라면 맞힐 수 있겠지만 그분과 같은 능력을 야나에게 요구하는 건 가혹하다.

그분은 여러모로 파격적이었으니까.

내 지시와 동시에 동료들이 행동을 개시했고, 그에 호응하는 것처럼 그레이터 타라텍트 세 마리도 움직였다.

그레이터 타라텍트는 평균 능력치가 2천 전후인 강력한 마물이다.

하지만 지금 이곳에서 가장 위험한 마물은 그것들을 통솔하는 악몽의 잔재가 틀림없었다.

"그레이터 타라텍트는 내가 처리하겠어! 다들 그동안 악몽의 잔재를 견제해줘!"

지시를 내리면서도 닥쳐들고 있는 그레이터 타라텍트를 향해 달려 나갔다.

지스칸이 사슬낫을 악몽의 잔재에게 던졌다.

그것을 악몽의 잔재는 수직으로 뛰어올라서 회피했다.

그대로 천장에 도달해서 거꾸로 달라붙는 악몽의 잔재.

호킨이 즉시 나이프를 투척했지만 악몽의 잔재는 엄청난 속도로 천장을 달림으로써 조준을 흩뜨려 놓았다.

결국 투척 나이프는 천장의 바위 표면에 튕겨 나가 허무한 소리만 울렸다.

"천장이든 어디든 스피드는 여전하다는 겁니까."

호킨의 목소리가 약간 상기되었지만 그럴 만했다.

빨리 그레이터 타라텍트를 처리하고 합류하는 편이 좋겠다.

나는 검에 성광(聖光)을 불어넣었다.

그레이터 타라텍트는 달려드는 나에게 실을 붙여서 발을 묶으려고 했다.

하지만 눈부시게 빛나는 검이 그 실을 잘라서 날려버리고 소멸시켰다.

거미형 마물의 실은 물론 까다롭지만 내 성광을 옭아매지는 못한다.

그대로 달려들어서 선두의 그레이터 타라텍트를 베었다.

그레이터 타라텍트는 앞다리로 방어 자세를 취했지만 앞다리째로 머리 부분이 두 동강 났다.

체액을 흘리면서 쓰러지는 그레이터 타라텍트.

놈의 거구를 뛰어넘어서 또 다른 그레이터 타라텍트가 나를 덮쳤다.

미리 준비해 놓았던 마법으로 쏘아 떨어뜨린다.

성광구(聖光球). 부유하는 조그만 구슬이 거대한 그레이터 타라텍트의 몸체를 날려버렸다.

날아간 그레이터 타라텍트의 몸체는 충격을 견디지 못하고 쪼개지면서 추락했다.

남은 건 한 마리!

공방을 주고받는 동안 야나의 마법이 우리 파티를 감쌌다.

각종 능력치를 향상시키는 마법에 독 내성을 높여주는 마법.

거미형 마물을 상대할 때 경계해야 하는 것은 독과 실!

힐끗 뒤쪽을 돌아봤더니 천장에서 동료들을 향해 실이 떨어지고 있었다.

지스칸이 화염에 휩싸인 사슬낫을 휘두르면서 걷어 냈다.

실은 불에 약하다. 지스칸은 경험이 풍부하니까 쉽사리 실에 붙들리지는 않을 것이다.

그대로 악몽의 잔재 본체를 노리고 사슬낫을 날려 보낸다.

하지만 사슬낫이 천장에 다다랐을 때 악몽의 잔재는 이미 모습을 감춘 뒤였다.

천장에서 뛰어내리며 지스칸을 향해 똑바로 날아가는 악몽의 잔재.

하이린스가 그 사이로 파고들어서 돌격하는 악몽의 잔재를 방패로 막아 냈다.

악몽의 잔재가 휘두른 낫과 하이린스의 방패가 맞부딪치자 귀를 찌르는 둔탁한 소리가 울려 퍼졌다.

충격으로 하이린스의 몸이 한 걸음만큼 뒤로 기울어졌고, 악몽의 잔재는 스스로 후방을 향해 뛰어서 거리를 벌렸다.

그곳으로 호킨이 곧장 단도를 들고 달려들었다.

악몽의 잔재는 호킨의 단도를 종이 한 장 차이로 피하고 더더욱 뒤쪽으로 물러나려 했다.

잠깐 사이에 일진일퇴의 공방이 반복되고 있었다.

내가 상황을 살핀 것은 일순간뿐.

그 일순간을 그레이터 타라텍트는 빈틈으로 보고 공격을 개시했다.

맹독을 머금은 거대한 이빨이 나를 노리고 날아든다.

날 얕봤군.

그레이터 타라텍트의 이빨은 내 눈앞에서 빛의 벽에 가로막혔다.

빛 마법의 광벽(光壁).

본래는 화살 따위의 위력 낮은 공격을 막는 것이 고작인, 얇은 방벽을 만들어 내는 마법이다.

하지만 내 스테이터스로 사용하면 두꺼운 방벽이 된다.

움직임을 멈춘 그레이터 타라텍트에게 성광구가 작렬했다.

나는 서둘러서 발길을 돌렸다.

악몽의 잔재는 나를 보고 있지 않았다.

기회라는 생각에 뒤에서 검을 휘둘렀다.

악몽의 잔재는 그 참격을 마치 뒤에도 눈이 달린 것인지 의심스러울 정도의 반응으로 여유롭게 피했다.

하지만 이미 예상했었다.

뒤쪽으로 뛰어오르는 악몽의 잔재를 조준해서 빛 마법을 날렸다.

빛 마법은 벼락 마법과 함께 최속(最速)을 자랑한다.

악몽의 잔재가 아무리 빠르다고 해도 이번에는 피하지 못한다.

직격을 확신하고 쏜 마법은, 막혀버렸다.

악몽의 잔재가 날린 어둠 마법과 상쇄되면서…….

"뭣?!"

놀라서 나도 모르게 소리를 지르고 말았다.

마법을 사용하는 것 자체는 놀랄 일이 아니다.

인간의 말을 알아듣는 시점에서 상당히 높은 지능을 지녔음은 알고 있었다.

그렇다면 마법을 사용한다고 놀랄 이유는 없다.

하지만 내가, 용사가 사용한 마법을 상쇄시킬 줄이야. 게다가 급히 날린 마법으로.

어쩌면 스테이터스가 상위 용종(竜種), 어쩌면 그보다 더한 용종(龍種)에 필적할지도 모르겠다.

불길한 예감에 식은땀이 배어났다.

호킨이 던진 나이프를 악몽의 잔재가 피하고, 피할 장소를 예측한 지스칸이 그곳으로 화염에 휩싸인 검을 내리쳤다.

지스칸은 다양한 무기를 그때그때 상황에 따라 적절하게 사용할 줄 알았다.

평소 자주 사용하는 무기는 위력이 높은 대형 도끼지만, 이번에는 상대의 스피드에 대응하기 위해서 검을 선택한 듯했다.

하지만 악몽의 잔재는 검격을 피하는 것은 물론이고 스쳐 지나가면서 낫으로 지스칸의 몸을 베기까지 했다.

"크윽!"

짧게 신음하면서 그 자리에 무릎 꿇는 지스칸.

추가 공격을 하려고 몸을 돌려 다가오는 악몽의 잔재를 하이린스가 달려와 막아섰다.

"야나!"

"네!"

하이린스가 소리치자 야나가 대답한다.

곧바로 지스칸의 곁에 다가가 마법으로 치료를 시작했다.

하이린스가 악몽의 잔재의 공격을 막아 내는 순간을 노려서 나는 마법을 날렸다.

이번에는 상쇄시키지도 않고 미리 간파해서 회피해버린다.

하지만 그것도 이미 예상했다.

나는 악몽의 잔재가 피하는 위치로 발동 준비를 마쳐 놓은 마법을 날려 보냈다.

빛 마법 레벨 10, 광계(光界).

재빠른 적과 마주쳤을 때에는 도망칠 여지가 없는 광범위 공격을 날려버리면 된다.

광계는 넓은 범위를 빛으로 뒤덮으면서 대미지를 가하는 범위 마법이다.

악몽의 잔재가 얼마나 대단하든 공간을 통째로 덮어버리면 피할 도리가 없다.

그러나 녀석이 최고 스피드를 내면 광계의 범위마저 빠져나가버릴 것이다.

그러므로 나는 뻔히 회피당할 마법을 날려서 자세를 무너트린 다음에 이 마법을 사용했다.

악몽의 잔재가 내 노림수대로 빛 속에 삼켜졌다.

이번에야말로 적중했다.

그럼에도 불구하고 빛을 꿰뚫고 날아드는 독무(毒霧). 독 마법의 일종이었다.

악몽의 잔재가 빛에 휩싸여 타오르는 중에도 독 안개를 발생시켜서 반격한 것이다.

"크읏!"

몸 전체를 휩쓰는 통증.

급속도로 HP가 줄어드는 것을 스스로도 알 수 있었다.

이리도 강력한 독이 있단 말인가. 야나의 마법으로 분명 독 내성이 올랐는데…….

"율리우스 씨!"

갑자기 몸이 편안해졌다. 야나는 아니었다. 고이에프 씨?

"이 정도밖에 못해드립니다만, 저는 독에는 강하니까 맡겨주십시오."

아마도 고이에프 씨가 해독 마법으로 도와준 모양이었다. 고마운 일이었다.

시선을 되돌렸다. 악몽의 잔재가 빛 속에서 기어 나오는 모습이 보였다.

대미지는 분명 들어갔다. 들어가기는 했지만 치명상에는 전혀 이르지 못했다.

게다가 상처가 서서히 회복되고 있었다. HP 자동 회복인가, 아니면 회복 마법인가.

어느 쪽이든 정말이지 만만치가 않다.

"빌어먹을. 공격은 제대로 맞지도 않는데 맷집은 또 대단한걸. 기가 질리는군그래."

하이린스가 웃으면서 농담조로 응수했다.

실제로는 농담을 꺼낼 만큼 상황이 좋지는 않다. 하이린스는 그걸 알면서도 더 이상 분위기가 악화되는 것을 막기 위해 농담을 입에 담았다.

빛 마법 최고의 범위 공격으로도 숨통을 끊을 수 없다면, 그보다 뛰어난 위력의 마법을 사용할 수밖에 없다.

광계보다 위력이 뛰어난 마법이 있기는 하다.

내가 사용할 줄 아는 마법 중에서 가장 뛰어난 위력을 지닌 마법, 성광 마법 레벨 7, 성광선(聖光線).

다만 이 마법은 위력이 높은 반면 공격 범위는 직선을 그린다.

맞힐 수 있을까?

아니, 나는 혼자 싸우는 것이 아니다.

분명 동료들이 놈에게서 빈틈을 만들어줄 것이다.

신뢰하는 동료를 믿고 마법을 준비하기 위해 막 움직인 순간, 이변이 일어났음을 깨달았다.

악몽의 잔재의 낌새가 이상했다.

무언가를 겁내고 있나?

어찌 되었든 절호의 기회였다.

지스칸이 경직된 채 움직이지 않는 악몽의 잔재를 사슬낫으로 구속했다.

그제야 뒤늦게 몸을 움직이면서 구속을 풀려고 발버둥 치는 악몽의 잔재.

놈에게 호킨의 투척 나이프가 꽂혀 들어갔다.

마비 효과를 부여한 나이프였다.

악몽의 잔재는 몸을 경련시키면서 움직임을 멈췄다.

그때 나는 준비를 마친 마법, 성광선을 발동시켰다.

"고생하셨습니다."

고이에프 씨의 한마디 위로가 왠지 아득하게 들렸다.

주변을 둘러봐도 우리 말고 다른 마물은 없었다.

악몽의 잔재가 움직임을 멈춘 이유는 대체 무엇이었을까?

그러지 않았다면 패배한 쪽은 우리였을지도 모른다.

"율리우스, 신경 쓰일지도 모르겠지만 우리의 승리야. 지금은 그렇다고 받아들이자."

하이린스의 말에 고개를 끄덕였다.

그렇지. 모르는 일을 고민해 봐야 알 길이 없으니까.

어째서 악몽의 잔재는 용사인 나를 노렸는가.

어째서 놈은 움직임을 멈췄는가.

어째서 이겼는데도 이토록 불안해지는가.
모르면서 고민해 봤자 어쩔 도리가 없다.
앞으로 무엇과 맞닥뜨리든 무슨 일이 일어나든, 나는 용사로서 계속 싸워 나갈 수밖에 없으니까.
"일단은 임무 완료구나."
"네. 이런 곳은 빨리 나가버리자고요."
"앗, 뒤에 거미다."
"뭐라고요?! 어디, 어디요?!"
"미안. 잘못 봤네."
하이린스에게 놀림당한 것을 깨닫고 야나가 볼을 부풀렸다.
지스칸이 둘을 어이없다는 듯이 응시했고 호킨은 쓴웃음을 지으면서 쳐다봤다.
평소 모습이었다.
응. 조금 꺼림칙하지만 이걸로 된 거다.
악몽의 잔재로 인한 피해는 이제 발생하지 않는다.
사람들의 안전을 수호하는 것이 용사의 사명.
그렇다면 사명을 성공적으로 달성한 기쁨을 순순히 누리도록 하자.
우리는 그 이후, 아무런 문제도 없이 엘로 대미궁을 빠져나오는데 성공했다.

☆

"무슨 일 있으십니까?"

"응? 아니야. 반칙하는 녀석이 있어서 처리 좀 하느라고……."

"그렇군요."

"앗, 괜찮아. 걱정 마. 너하고는 상관없는 일이니까. 신경 안 써도 돼."

"그렇다면 다행입니다만……."

"그런 것보단 나는 자기 일을 열심히 해주면 기쁘겠어."

"분부대로 하겠습니다. 마왕님."

4. 용? 물고기가 아니라?

뭔가 불길~한 예감이 들긴 했거든.

해마가 용(竜)이라는 사실을 알았을 때부터.

〈용(竜): 용(龍)의 하위 종족이라고 불리는 마물의 일종. 하위에 속하기는 하지만, 개중에는 용종(龍種)에 필적하는 부류도 존재한다〉

응. 지룡(地龍)의 하위에 속하는 마물이었다.

계통을 따지면 화룡(火竜)이 되려나?

지룡이 있는데 그야 화룡도 있겠지, 뭐.

그래도 설마 중층에는 없을 거야.

없기를 기도하자.

사고가 잠시 현실 도피 쪽으로 나아가려고 했지만, 슬슬 눈앞의 문제를 어떻게 할지 진지하게 고민해야겠다.

〈엘로 게네세븐 LV 7

스테이터스

HP: 461/461(녹)　　MP: 223/223(청)

SP: 218/218(황)　　: 451/466(적)

평균 공격 능력: 368　　평균 방어 능력: 311

평균 마법 능력: 161　　평균 저항 능력: 158

평균 속도 능력: 155

스테이터스 감정에 실패했습니다 〉

〈엘로 게네세븐: 엘로 대미궁 중층에 서식하는 하위 용종 마물. 잡식성이며 거대한 주둥이로 모조리 집어삼킨다〉

그 마물은 마그마 속에서 천천히 헤엄치고 있었다.

하위 용이라는데 생긴 모습은 굳이 말하자면 메기 같았다.

게다가 세븐이라는 이름도 안 어울렸다.

이 세계에서 이름을 뭐라고 짓든 불평해도 소용없지만 말이야.

가장 눈에 띄는 부분은 역시 메기처럼 큼지막한 주둥이였다.

저 입을 쩍 벌리면, 어머나, 나 정도는 꿀떡 삼키겠는걸.

스테이터스 감정을 성공해서 다행이다.

스테이터스 감정이 성공할 확률은 대체로 세 번 중 한 번.

운 좋게도 지금 그 한 번이 들어맞았다.

메기를 정확한 능력치도 모른 채 상대하기는 아무래도 너무 위험하니까.

중층에서는 이제껏 약한 축의 마물만 마주쳤지만 메기는 그중에서도 첫손가락에 꼽힐 만큼 강했다.

되도록이면 조용히 지나가고 싶었다.

하지만 메기가 헤엄치는 장소는 마침 내가 지나가려는 길 바로 근처였다.

지금까지의 경험을 돌이켜 보면 덮쳐들 확률이 높았다.

으음. 어떻게 할까.

그야 도망치려고 들자면 내 스피드로 어찌어찌 뿌리칠 수는 있겠지만, 저 녀석은 붉은색 게이지가 굉장히 높으니까 계속 쫓아오면 골치 아프거든.

노란색 게이지는 비교적 적은 편이라지만 그래도 내 곱절은 되는걸.

무엇보다도 스킬까지는 확인을 못했으니까 말이야.

혹시 메기가 SP 소비 완화라든지 그런 스킬을 고레벨로 가지고 있다면 최악의 경우 도망치다가 내가 먼저 뻗을지도 몰라.

뭐, 설마 그런 일은 없겠지만…….

싸우기에는 조금 강하다.

그러면 역시 지금은 도망치는 게 나을까?

응. 무리하는 건 좋지 않아.

요즘 기세를 올리고 있긴 하지만 이럴 때 우쭐대다간 험한 꼴을 보는 법이지.

나도 말이야, 배울 건 배운다고요. 아무 때나 우쭐거리면 안 된답니다.

조심조심히 다녀야 하지 않겠어요?

결론을 내렸으니까 슬그머니 행동을 개시했다.

들키면 죽기 살기로 도망쳐야지.

그때였다. 바로 옆쪽의 마그마에서 또 다른 메기가 떠올랐다.

응?

으아앗?! 대체 왜?

이번에는 우쭐거리지도 않았는데 위험해졌잖아?!

메기가 나랑 눈을 마주치고는 일순간 어리둥절하다가 거대한 주둥이를 쩍 벌렸다.

백 스테엡!

메기의 거대한 주둥이가 다물리면서 내가 있던 자리를 베어 물었다.
그러고는 느릿느릿 육지로 기어 올라오는 메기.
이 녀석, 마그마 속에 있을 때는 몰랐는데 팔다리가 달렸다.
게다가 비늘 같은 것으로 온몸이 뒤덮여 있어.
방어력이 무지무지 높아 보였다.
응, 도망치자.
으엑?!
도망치려고 방향을 돌렸는데 방금 전의 메기가 또 육지로 기어 올라왔다.
가운데로 끼이는 위치라서 도망칠 길이 사라져버렸어?!
어떡하지?!
에잇, 이리 된 이상 눈앞의 메기부터 후딱 해치울 수밖에!
독 실을 메기의 몸에 둘러 감았다.
독 공격으로 실에도 독을 부여할 수 있다는 사실은 수련 중에 확인을 마쳤다.
여기에서는 불타버리니까 쓸 기회가 거의 없지만 말이야!
곧바로 타버리겠지만 조금이라도 좋으니까 독이 들어가라!
아니나 다를까 금세 타올라버리는 실.
독의 효과를 확인하기 위해 메기의 HP를 들여다봤다.
살짝 줄었다. 통하긴 통하나 보다.
그럼 어떻게든 독을 먹이면 된다.
메기가 주둥이를 쩍 벌렸다.
그대로 돌진해 온다.

아이코! 무서워라!

하지만 꾹 참고 아슬아슬한 지점까지 끌어들인다!

눈앞까지 거대한 주둥이가 들이닥친 순간을 노려서 독 합성 발동!

간발의 차이로 이탈!

메기는 나 대신 합성해 놓은 거미 맹독을 덥석 삼켰다.

내 독 공격은 수련 중에 스킬 레벨 10이 되었고 그대로 상위 스킬인 맹독 공격으로 진화했다.

안 그래도 거대 원숭이조차 끝장낼 만큼 강력한 독이었던 거미독이 거미 맹독으로 진화했답니다.

메기는 거미 맹독을 삼킨 순간 무시무시한 기세로 HP가 줄어들었다.

줄어드는 속도가 장난이 아니었다.

격하게 감소되는 HP처럼 메기가 괴로이 몸부림쳤다.

오오, 내 독이 이렇게 강력해졌구나…….

강할 것이라고 생각은 했지만 내가 봐도 무시무시한 위력인걸.

아차, 다른 한 마리는?!

시선을 돌렸다. 다른 한 마리의 메기는 동료의 참상을 보고 살짝 기가 죽었는지 뒷걸음질 치던 참이었다.

응, 그렇겠지. 그야 동료가 이토록 괴로워하는 꼴을 보면 위기감이 들 만도 하니까.

용은 도망 안 치는 줄 알았는데 해마만 그랬나 보다.

멀쩡한 쪽의 메기는 그대로 발길을 되돌려서 도망쳐버렸다.

살짝 어리벙벙한 기분이었다. 처음에는 내가 도망칠 생각이었는데 이렇게 될 줄이야.

설마 상대가 도망치다니.

이럴 때는 살짝 잘난 척해도 되지 않을까?

나 제법 강하지 않아?

일단 괴로워하는 메기를 마무리했다.

펄쩍펄쩍 뛰어오르는 메기의 얼굴을 향해서 독 합성.

움찔 경련하고는 메기가 움직임을 멈췄다.

《경험치가 일정 수치에 도달했습니다. 개체, 스몰 포이즌 타라텍트가 LV 6에서 LV 7로 성장했습니다.》

《각종 기초 능력치가 상승했습니다.》

《스킬 숙련도 레벨업 보너스를 습득했습니다.》

《숙련도가 일정 수치에 도달했습니다. 스킬 〈집중 LV 9〉가 〈집중 LV 10〉으로 성장했습니다.》

《조건을 충족시켰습니다. 스킬 〈집중 LV 10〉으로부터 스킬 〈사고가속 LV 1〉이 파생되었습니다.》

《숙련도가 일정 수치에 도달했습니다. 스킬 〈회피 LV 4〉가 〈회피 LV 5〉로 성장했습니다.》

《숙련도가 일정 수치에 도달했습니다. 스킬 〈생명력 LV 7〉이 〈생명력 LV 8〉로 성장했습니다.》

《스킬 포인트를 입수했습니다.》

응? 방금 레벨업 하면서 집중이 최고 레벨을 달성했다.

살짝 기대했던 집중이 드디어 최고 레벨까지 올랐구나.

집중은 티는 잘 안 나지만 눈에 띄지 않는 데서 착실하게 나를 도와주는 스킬이었다.

거기에서 파생된 스킬에도 기대감이 들지 않겠어?

그럼 새롭게 습득한 파생 스킬, 사고 가속을 감정해보자.

〈사고 가속: 사고를 가속시킴으로써 지각 가능한 시간을 연장한다〉

……굉장한 스킬이다.

응, 진짜 정말로 굉장하지 않아?

이건 요컨대 그런 거잖아?

시간의 흐름이 느리게 느껴지는 스킬이라는 뜻이지?

일류 스포츠 선수가 때때로 체험한다는, 공이 느릿하게 보이는 현상이지?

그걸 임의로 발동시킨다고?

끝내주는데?

재빨리 발동.

으음. 발동 자체는 문제없이 이루어졌다.

과연 어떤 느낌일까?

으응? 아주 살짝 마그마의 움직임이 느려졌다?

그리고 뭔가 위화감이 느껴지는데?

몸의 이런저런 감각이 빨라진 듯하면서 느려진 듯한, 뭐라 말할 수 없는 기묘한 감각이구나.

시험 삼아 몸을 움직여봤다.

뭐랄까, 물속에 있을 때처럼 묘한 무게감이 느껴졌다.

마치 몸이 뜻대로 움직여지지 않을 때의 답답함 같은걸.

이게 사고 가속을 발동했을 때의 기본 상태인가?

요즘은 자신의 스피드를 주체 못한 적도 있었으니까 최고 속도를 낼 때 발동시키면 괜찮겠다.

어라? 그런데 이거 아무것도 소비를 안 하는데?

MP도 SP도 아까부터 안 줄었는걸.

그렇다면 혹시 상시 발동형 패시브 스킬이라는 뜻?

온, 오프는 전환이 가능한 듯한데 하루 종일 온으로 해 놓아도 디메리트가 없다?

와, 굉장하다. 나는 당연히 MP든 뭐든 소비할 거라고 생각했는데.

MP를 소비해서 몇 초 동안만 발동하는 그런 식으로…….

언제 어디서든 소비 없음?

말도 안 되는 스킬 아니야?

딱히 디메리트도 없잖아.

굳이 말하자면 이런 감각에 익숙해질 때까지 얼마간 위화감이 느껴진다는 정도이다.

어쩌면 기막힌 치트 스킬을 얻었는지도 모르겠다!

《숙련도가 일정 수치에 도달했습니다. 스킬 〈예측 LV 9〉가 〈예측 LV 10〉으로 성장했습니다.》

《조건을 충족시켰습니다. 스킬 〈예측 LV 10〉이 스킬 〈예견 LV 1〉로 진화했습니다.》

앗, 예측 씨 반가워요.

그러고 보니 얘도 최고 레벨을 앞두고 있었구나.

뭐, 있는 듯 없는 듯한 스킬이었지만 진화했으니까 조금은 쓸 만해졌으려나?

〈예견: 예측 효과가 높아진다. 그럼으로써 미래의 가능성을 얼마간 내다볼 수 있다〉

응? 미래의 가능성? 그게 무슨 소리야?

일단은 발동.

응. 이것도 문제없이 발동되는구나.

하지만 아무것도 안 바뀐 것 같은데?

앗, 아니다. 뭔가 마그마의 움직임이 조금 이상해.

여기저기 부예졌는데?

아니다, 겹쳐 보이는 거야.

겹쳐 보이는 부분이 미래의 가능성인지 뭔지 하는 건가?

요컨대 미래시라는 뜻?

뭐, 가능성이니까 무턱대고 받아들이면 안 되겠지만 이 스킬도 수련하면 상당히 도움이 될 것 같다.

지금은 겹쳐 보이는 부분이 적어서 별 쓸모없지만…….

어라? 잠깐만 기다려 봐. 얘도 아무것도 소비를 안 하네?

음, 이것도 패시브 스킬?

……굉장한 스킬이다.

설마 천덕꾸러기였던 예측이 이런 보물로 둔갑할 줄이야.

예측아, 미안했어. 꼴찌도 노력하면 남들만큼 할 수 있구나.

《숙련도가 일정 수치에 도달했습니다. 스킬 〈감정 LV 8〉이 〈감정 LV 9〉로 성장했습니다.》

원조 꼴찌 대장님이 왔습니다!

감정 님! 이번 레벨업에서는 어떤 변화가 있으실까요?!

조속히 살펴보겠습니다!

〈스몰 포이즌 타라텍트 LV 7, 이름 없음

스테이터스

HP: 88/88(녹)	MP: 185/185(청)
SP: 88/88(황)	: 88/88(적) + 612
평균 공격 능력: 109	평균 방어 능력: 108
평균 마법 능력: 139	평균 저항 능력: 173
평균 속도 능력: 956	

스킬

「HP 자동 회복 LV 5」	「MP 회복 속도 LV 3」	「MP 소비 완화 LV 2」
「SP 회복 속도 LV 2」	「SP 소비 완화 LV 3」	「파괴 강화 LV 1」
「참격 강화 LV 1」	「독 강화 LV 3」	「기투법 LV 1」
「기력 부여 LV 2」	「맹독 공격 LV 3」	「독 합성 LV7」
「실의 재능 LV 3」	「거미줄 LV 9」	「참사 LV 6」
「실부림 LV 8」	「투척 LV 7」	「입체 기동 LV 4」
「명중 LV 8」	「회피 LV 5」	「은밀 LV 6」
「집중 LV 10」	「사고 가속 LV 1」	「예견 LV 1」
「병렬 사고 LV 4」	「연산 처리 LV 6」	「감정 LV 9」
「탐지 LV 6」	「외도 마법 LV 3」	「그림자 마법 LV 2」
「독 마법 LV 2」	「심연 마법 LV 10」	「파괴 내성 LV 1」
「타격 내성 LV 2」	「참격 내성 LV 3」	「불 내성 LV 1」
「어둠 내성 LV 1」	「맹독 내성 LV 2」	「마비 내성 LV 3」

「석화 내성 LV 3」	「산 내성 LV 4」	「부식 내성 LV 3」
「기절 내성 LV 2」	「공포 내성 LV 7」	「외도 내성 LV 3」
「고통 무효」	「통각 경감 LV 7」	「시각 강화 LV 8」
「밤눈 LV 10」	「시각 영역 확장 LV 2」	「청각 강화 LV 8」
「후각 강화 LV 7」	「미각 강화 LV 5」	「촉각 강화 LV 6」
「생명력 LV 8」	「마력량 LV 8」	「순발력 LV 8」
「지구력 LV 8」	「강대 LV 3」	「강고 LV 3」
「호법 LV 3」	「위타천 LV 3」	「오만」
「과식 LV 7」	「나락」	「금기 LV 4」
「n%I=W」		

스킬 포인트: 220

칭호

「악식」	「혈족 포식자」	「암살자」
「마물 살해자」	「독 술사」	「실 술사」
「무자비」	「마물 살육자」	「오만의 지배자」 〉

오, 오옷! 칭호가 생겼다!

이것도 은근히 신경 쓰였단 말이지.

그리고 붉은색 게이지 옆에 보이는 숫자는 혹시가 아니라 틀림없이 과식의 비축분이겠지?

비축분이 이렇게 많았구나.

시간이 아무리 지나도 안 줄어들 만했네.

자, 그러면 당장 칭호를 감정해볼까요.

감정 님의 힘으로 칭호도 열람이 가능해졌으니 곧장 상세한 정보를 감정해봤다.

〈칭호: 특정 조건을 충족시킴으로써 획득하는 강화 코드. 입수 시 스킬을 두 가지 획득할 수 있다. 칭호 중에는 특수한 효과를 지니거나 능력치를 올려주는 종류도 존재한다〉

와. 칭호는 그냥 스킬만 두 개 던져 주는 게 아니었구나.

틀림없이 그게 전부라고 생각했는데.

그렇다면 내 칭호에도 여태 몰랐을 뿐, 무언가 특수 효과가 있을지도 모르겠는걸.

감정 결과가 어떻게 나올지 점점 더 기대된다.

두근두근 렛츠 고!

〈악식: 습득 스킬 「독 내성 LV 1」「부식 내성 LV 1」. 습득 조건: 일정 기간 동안 독물이나 그에 준하는 것을 대량으로 섭취한다. 효과: 위장이 강해진다. 설명: 독물마저도 식량으로 삼는 자에게 수여하는 칭호〉

아, 그러세요. 그렇겠죠. 나는 태어나서 지금까지 쭉 독물만 먹었으니까요.

이래선 악식가 소리를 들어도 별말 못하겠는걸.

그건 그렇고 위장이 강해진단 말이지…….

뭐, 독물을 잔뜩 먹고 다녔으니까 자각은 못했어도 의외로 도움이 되었으려나?

이 칭호를 따서 부식 내성을 얻지 않았다면 우렁이 벌레를 잡아먹은 순간 승천할 수도 있었으니까 제법 신세를 졌을지도? 이름은 좀 그렇지만…….

〈혈족 포식자: 습득 스킬 「금기 LV 1」 「외도 마법 LV 1」. 습득 조건: 육친을 잡아먹는다. 효과: 없음. 설명: 육친을 잡아먹은 자에게 수여하는 칭호〉

효과는 없음.

이 칭호는 습득해 봤자 의미가 없지 않나?

아무리 생각해봐도 마이너스 효과 스킬인 금기가 있는 시점에서 이건 습득하면 안 되는 칭호인데?

외도 마법도 결국 못 써먹고 있으니까 플러스가 안 되고…….

지금은 그냥 마이너스 칭호구나…….

〈암살자: 습득 스킬 「은밀 LV 1」 「그림자 마법 LV 1」. 습득 조건: 기습으로 일정 횟수만큼 암살을 성공시킨다. 효과: 불의의 일격에 대미지 보너스. 설명: 암살을 거듭하는 자에게 수여하는 칭호〉

오오. 습득한 스킬도 그렇지만 효과도 꽤 그럴듯했다.

이건 역시 닌자였어.

닌자한테도 암살자 같은 일면이 있으니까 틀림없겠구나.

나도 나중에는 맨손 기습으로 목을 끊는다든지 그럴 수 있을까?

앗, 나는 맨손이어도 손톱이 달려 있으니까 마음만 먹으면 가능하겠구나.

〈마물 살해자: 습득 스킬 「강화 LV 1」 「견고 LV 1」. 습득 조건: 일정 수의 마물을 격파. 효과: 마물을 상대로 주는 대미지가 약간 증가. 설명: 수많은 마물을 쓰러트린 자에게 수여하는 칭호〉

맞았어. 역시 처치한 마물의 숫자랑 관련이 있었구나.

일정 수라는 부분이 정확히 어느 정도인지는 잘 모르겠지만 이 칭호를 획득했을 때에는 마물을 많이 쓰러트리긴 했지.

효과도 제법 쏠쏠하고 이런 칭호라면 언제든 환영이야.

〈독 술사: 습득 스킬 「독 합성 LV 1」 「독 마법 LV 1」. 습득 조건: 독을 일정량 사용한다. 효과: 독 속성을 강화. 설명: 독을 부리는 자에게 수여하는 칭호〉

엄청나게 쓸모 있었던 칭호 1탄.

독 합성은 신세 많이 졌습니다.

그건 그렇고 효과도 굉장한걸. 그야말로 나를 위해 존재하는 칭호잖아.

여기에 독 마법도 쓸 수 있으면 최고일 텐데.

습득 조건에는 독을 일정량 사용하면 된다고 나와 있는데, 독의 강약은 관계가 없는 건가?

혹시 그렇다면 내 독은 상당히 강하니까 오히려 사용량이 적어졌을지도 모르겠는걸.

태어나서 쭉 끊임없이 독을 사용했는데도 이 칭호를 습득하는 시점이 늦었던 이유는 그 때문일지도 몰라.

〈실 술사: 습득 스킬 「실부림 LV 1」 「참사 LV 1」. 습득 조건: 실을 사용해서 일정 횟수 공격한다. 효과: 실을 사용할 때 공격력이 증가. 설명: 실을 무기로 삼는 자에게 수여하는 칭호〉

엄청나게 쓸모 있었던 칭호 2탄.

내 메인 웨펀인 실을 엄청나게 강화해준 칭호다.

아쉽게도 중층에서는 별로 등장할 기회가 없지만!

그나저나 습득 조건도 그렇고 효과도 그렇고 설명도 그렇고, 실을 공격에 쓰기 위한 칭호였구나.

내 경우 점착사가 주력이었지만 말이야.

그건 공격이라기보단 보조였거든.

그래서 이 칭호도 습득하기까지 시간이 좀 걸렸구나.

점착사로는 공격 판정이 나지 않았을 거야.

쿠모닝스타나 투망을 썼을 때부터는 어쨌든 공격 판정으로 카운트됐겠지?

습득 조건을 더 빨리 알았으면 조금 쉽게 땄을지도 모르는데.

〈무자비: 습득 스킬「외도 마법 LV 1」「외도 내성 LV 1」. 습득 조건: 무자비한 행위를 저지른다. 효과: 죄악감을 누그러뜨린다. 설명: 무자비한 자에게 수여하는 칭호〉

전체적으로 애매모호하다. 설명은 좀 더 분명하게 해달라고요.

습득 조건도 그렇고 너무 애매하지 않아?

으음, 효과도 미묘하고 전체적으로 미묘한 칭호인걸.

〈마물 살육자: 습득 스킬「강대 LV 1」「강고 LV 1」. 습득 조건: 일정 수의 마물을 격파. 효과: 마물을 상대로 주는 대미지가 증가. 설명: 방대한 수의 마물을 쓰러트린 자에게 수여하는 칭호〉

응. 이건 완전히 마물 살해자의 상위 호환이구나.

아마도 마물 살해자보다 많은 마물을 쓰러트리면 이 칭호가 나오겠지?

효과나 설명문을 살펴보면 그런 느낌이 나는걸.

〈오만의 지배자: 습득 스킬「심연 마법 LV 10」「나락」. 습득 조건: 「오만」을 획득. 효과: MP, 마법, 저항 각 능력치 상승. 정신계 스킬의 숙련도를 추가 획득. 지배자 계급 특권을 획득. 설명: 오만을 지배하는 자에게 수여하는 칭호〉

잠깐. 아무튼 잠깐, 잠깐만…….

무슨 효과가 이래?

갑자기 능력치가 뛰어오른 건 너 때문이었냐?!

더군다나 능력치 상승이 전부가 아니라 숙련도를 또 추가로 올려준다고?

오만의 효과로 이미 보너스를 받고 있는데?

그래서 예측 같은 스킬의 레벨이 유난히 빨리 올랐던 건가!

그나저나 지배자 계급 특권은 뭐지?

〈지배자 계급 특권: 지배자에게 수여하는 세계의 일부를 관리하는 권한〉

응? 그게 뭔데? 나도 쓸 수 있어?

《오만의 지배자로부터 권한 행사를 요청받았습니다. 현재 오만의 지배자가 행사 가능한 권한은 없습니다.》

없냐?!

어휴, 정말 요놈 대체 뭐냐고…….

오만 스킬은 도대체가 수수께끼다.

뭐, 칭호에 대해선 이것저것 알았다.

역시 감정 님은 믿음직하구나.

감정 님의 효과에 만족했으므로 식혀 놓은 메기를 먹도록 하자.

중층에 있는 마물은 이렇게 시간을 보내지 않으면 먹을 수가 없어서 난감하단 말이야.

시간이 흘러도 식는 부분은 표면뿐, 속은 아직도 꽤 뜨겁고…….

잘못하면 HP가 줄어드니까 먹을 때도 조심조심해야 돼서 조금 성가시다.

앗, 메기 맛있다.

뭣이라?!

이제껏 거미생을 살아오면서 처음으로 맛있다는 생각이 드는 식자재와 마주쳤도다!

끙, 다른 한 마리도 그냥 보내는 게 아니었는데.

아니지, 당장 쫓아가서 사냥하면 돼.

속도는 상당히 느렸으니까 지금이라도 따라잡을 수 있겠지?

앗, 그래도 마그마 속으로 도망치면 답이 없겠구나.

젠장, 실수했다.

일단 이 메기는 음미하면서 먹도록 하자.

《숙련도가 일정 수치에 도달했습니다. 스킬 〈미각 강화 LV 5〉가 〈미각 강화 LV 6〉으로 성장했습니다.》

맛있어~. 태어나길 정말 잘했어. 완전 꿀맛.

물론 전세에서 먹은 음식하고는 비교가 안 되지만 지금까지 내내 맛없는 음식만 먹었잖아.

드디어, 정말이지 드디어 제대로 맛이 나는 음식을 발견한 거야.

전세에서는 별로 음식에 구애되거나 하지 않았었는데 말이지.

그 시절이 얼마나 풍요로웠는지 거미가 되고 비로소 깨달았다.
이제 맛없는 마물은 정말 지긋지긋해.
맛있는 밥을 먹고 싶단 말이야.
좋아. 메기를 사냥하자.
메기가 조금 강하다고 망설일 필요는 없다.
이 욕구를 채우기 위해서라면 목숨도 걸어주겠어.
그만한 가치가 있으니까.
후후. 기다려라, 메기야. 멸종할 때까지 죄다 잡아먹어줄게.
메~기~! 메~기~! 메~기~야~ 어~딨~니~!
메기를 찾아 미궁 안을 배회했다.
없다.
없으랄 때는 불쑥 튀어나오더니 나오랄 때는 꼭 안 나온다.
빨리 나오란 말야. 그래야 내가 또 잡아먹지.
쳇, 이럴 때만 꼭 다른 놈이 튀어나오네.

〈엘로 게네러시 LV 8

스테이터스

HP: 170/170(녹)	MP: 161/161(청)
SP: 158/158(황)	: 156/167(적)
평균 공격 능력: 87	평균 방어 능력: 84
평균 마법 능력: 84	평균 저항 능력: 81
평균 속도 능력: 91	

스킬

「화룡 LV 1」 「명중 LV 4」 「유영 LV 4」
「염열 무효」 〉

나타난 마물은 해마 세 마리.

그중 한 마리의 스테이터스에 지금까지 안 보였던 항목이 추가됐다.

오오, 맞아, 그랬지!

감정 님의 레벨이 올라간 덕에 이제는 상대의 스킬도 보이는구나!

으핫! 드디어 감정 님이 치트 스킬 같아졌어!

그런데 해마, 너 스킬이 너무 적지 않니? 겨우 네 개라니.

허전하잖아. 어쩐지 능력치에 비해 약한 것 같더라.

게다가 염열 무효, 십중팔구 불 내성의 진화 버전으로 짐작되는 스킬 말고는 레벨도 전부 낮았다.

일단 처음 본 스킬을 감정해볼까?

〈화룡(火竜): 화룡종이 보유하는 특수 스킬. 레벨에 따라 특수한 효과를 발휘한다. LV 1: 화염구 브레스〉

〈유영: 헤엄치는 동작이 보다 높은 효율을 발휘한다〉

흠. 화룡은 예상한 대로 화룡종만 소유하는 특수 스킬인가 보구나.

내 거미줄 같은 스킬이겠지.

레벨 1로는 그전처럼 불덩어리를 날리는 것밖에 못하나 보네.

그건 그렇고 본인 레벨은 8이면서 화룡 스킬은 왜 달랑 1이야?

스킬 레벨을 올리기가 어려운 걸까, 아니면 얘만 특히 숙련도 쌓기를 게을리한 걸까?

그리고 유영은 헤엄을 잘 치게 해주는 스킬이라고?

응. 스킬을 보고 확신했다. 얘네한테는 질 수가 없어.

그런고로 단숨에 후딱 해치우고 싶기는 한데 이게 또 그렇지가 않다.

왜냐하면 놈들이 마그마 속에 있으니까.

난 돌을 던지는 정도밖에 공격 수단이 없는 상황이었다.

으음. 돌멩이에다가 독을 발라볼까?

당장 시험했다. 그 결과 대미지는 별로 달라지지 않았다.

거미 맹독에는 접촉 대미지와 섭취 대미지 두 종류가 있다.

접촉 대미지는 독이 피부나 몸에 닿았을 때 발생하는 대미지고, 섭취 대미지는 상대의 체내로 독이 침입했을 때 발생하는 대미지다.

접촉 대미지와 섭취 대미지를 견주어 보면 섭취 대미지가 압도적으로 강했다.

접촉 대미지는 아주 강하지는 않지만 독을 부착시킨 상태로 방치해 놓으면 일정 시간 뒤에 폭발적으로 대미지가 불어난다.

부착된 독이 침투해서 체내로 들어가기 때문이었다.

요컨대 접촉 대미지 쪽도 마지막엔 섭취로 바뀌는 셈이다.

뭐, 그 전에 씻어서 제거하면 얘기가 또 달라지지만…….

그런고로 독을 씻어서 제거한다는 발상조차 못하는 마물을 상대할 때는 굳이 입을 노리지 말고 몸 어딘가에 독을 묻혀 놓으면 된다.

급할 때는 입이나 눈을 노리는 것이 가장 좋지만, 안전을 고려하면 빈틈이 많은 부위에 붙이는 편이 좋다. 그때그때 상황에 따라 목표가 달라지지만 말이야.

설명은 이제 끝. MP가 바닥나서 느릿느릿 땅으로 올라온 해마한테 순서대로 듬뿍 독을 발라주었다. 얘네들은 입이 조그매서 겨냥하기 어려우니 몸에다가 끼얹을 수밖에 없으니까!

메기야~ 만나고 싶었어! 메기야~ 드디어 찾았다! 메~기~!

자, 어서 고기를 내놔라! 지금 당장 내놔라!

선택지는 죽여서라도 빼앗는 길 하나뿐! 눈이 빠지게 찾아다니던 메기를 발견했다!

놈은 마그마 속에서 유유히 헤엄치고 있었다.

우선은 마그마 바깥으로 끄집어내야 했다.

참고로 메기도 스킬 감정에 성공했다.

능력치는 전에 만난 녀석과 비슷비슷.

메기가 가지고 있는 스킬은「화룡 LV 2」,「용린 LV 1」,「명중 LV 7」,「유영 LV 6」,「염열 무효」,「과식 LV 2」였다.

화룡 레벨 2로 사용 가능한 것은 열기 두르기라는 기술이었는데, 이름처럼 몸으로 열기를 피어 올리는 효과였다.

처음에는 방어계 기술이라고 생각했지만 감정 님의 설명을 참고하면, 가장 중요한 효과는 기술을 발동하는 동안 운동 능력이 상승한다는 부분 같았다.

하지만 자신의 몸이 타오르는 셈이니까 불 내성을 가지고 있지 않으면 오히려 자신의 몸이 다칠 것 같다. 메기는 염열 무효를 가지고 있으니까 상관없겠지만…….

용린은 온몸에 특수한 비늘이 돋아나는 스킬.

어떻게 특수하냐면 방어력이 높은 것은 물론이고 마법의 힘까지 어느 정도는 막아 낸다고 한다.
단순하게 막기만 하는 것이 아니라 마법의 구성에 간섭해서 위력을 떨어트린다는 설명이었다.
뭐, 어느 쪽이든 나는 마법을 못 쓰니까 그냥 딱딱한 비늘이라고 알아 두면 되겠다.
다른 건 전부 잘 아는 스킬이겠지?
그나저나 문득 떠올랐는데 말이야, 메기는 혹시 해마의 진화형이 아닐까?
똑같이 화룡종인 데다가 가지고 있는 스킬도 해마의 상위 호환이잖아.
해마랑 비교하면 스킬 레벨이 조금 높고, 거기에다가 용린과 과식을 추가했다는 느낌이지.
종족이나 스킬 구성을 보면 가능성이 있겠어.
하지만 만약 그렇다면 진화로 이렇게나 모습이 바뀐다는 소린데.
해마였다가 메기가 된다는 건 생물학적으로는 오히려 퇴화 아닐까?
그리 잘 알지는 못하니까 단정은 못하겠지만 말이야.
겉모습이 상당히 바뀌었는데 앗, 그래도 동그스름한 입을 한껏 늘어뜨려 놓고 몸을 두툼한 느낌으로 만들면 메기가 되려나?
으음. 미묘하다.
뭐, 아무래도 좋아.
나는 메기의 고기에만 관심 있거든.
그러니까 선제공격, 독 돌멩이를 던지자!
내가 던진 독 돌멩이가 메기의 등에 맞았다.

응. 역시 HP는 거의 안 줄었네.

저번이랑 마찬가지로 돌진할 때를 노려서 독 합성을 먹이는 작전으로 가야겠다.

그렇게 생각했건만……. 메기 녀석, 얄밉게도 마그마 속에서 화염구 브레스를 날렸다.

치사하잖아. 게다가 해마의 화염구보다 커다랗고 빨랐다.

뭐, 그래 봤자 안 맞지만 말이야. 폴짝 뛰어서 날아오는 화염구를 피했다.

사고 가속은 지금으로선 체감 시간이 살짝 길어지는 정도였지만, 그래도 보통 때와 비교하면 세계 전체의 움직임이 느리게 느껴진다.

나 자신은 엄청나게 빠른 속도 덕분에 그런 천천히 흐르는 시간 속에서도 비교적 평범하게 움직일 수 있었다.

사고 가속의 스킬 레벨이 올라가면 시간이 더 많이 느려질 테니까, 그때는 어떻게 될지 잘 모르겠지만 말이야.

지금은 1초가 1.1초 정도로 늘어났다는 느낌이려나.

체감상 그렇다는 거니까 아주 정확하게는 모르겠지만 대체로 그쯤 되지 않을까 싶다.

메기는 곧바로 제2탄을 쏘았다.

이 녀석, 해마랑 똑같은 짓을 하는데?

역시 메기는 해마의 진화형 같은걸.

요전에 만난 메기는 어쩌다 보니 처음부터 육지로 올라왔을 뿐이고 원래는 해마랑 똑같은 전략을 쓰는 거 아닐까?

앗, 하지만 열기 두르기라는 기술도 늘어났으니까 그때그때 상황에 따라 대응법이 바뀔지도 모르겠는걸.

전에는 얼굴을 내밀었더니 눈앞에 뭔가가 불쑥 보이니까 일단 덮치고 보자는 식으로 나왔던 것일 수도 있고…….

메기의 화염구를 피했다.

이제 슬슬 MP가 바닥날 텐데 메기는 어떻게 나올까?

해마는 MP가 떨어지면 느릿느릿 육지로 기어 올라왔는데, 메기도 그럴까?

육지로 올라와주지 않으면 내가 곤란한데. 전에 도망친 녀석도 있으니까 신변에 위험을 느끼면 도망칠 것 같단 말이지.

그런 짓은 용납 안 할 거야. 땅끝까지 쫓아갈 거야.

그때, 내 걱정과 달리 메기는 화염구 뱉기를 그만뒀다.

응? MP는 아직 조금 남아 있는데?

앗, 지금 줄었네. 혹시 열기 두르기를 쓴 걸까?

이런 걸 알아낸다는 건 대단하지. 상대의 정보가 훤히 들여다보이잖아. 감정 님은 역시 사기예요.

응? 메기가 커다랗게 입을 벌렸잖아?

뭘 하려고 저러지?

한계까지 쩍 벌린 메기의 입에서 두둥둥두둥, 같은 효과음이 들려왔다.

응? 뭘 하려고?

저런 스킬도 있었나?

어안이 벙벙한 내 몸에 바람이 닿았다.

어라, 메기의 입속으로 빨려 들어가네?

분홍 별 악마라도 되는 거냐, 네놈?!

스킬에는 저런 게 없었는데, 설마 과식을 응용한 건가?!

위험하다. 이대로는 빨려 들어가서 마그마로 끌려 들어가지, 는 않겠군.

응, 효과음은 무시무시하고 실제로 바람이 불어닥치고 있지만 내 몸이 움직일 정도는 아니니까.

그걸 깨달았는지 메기가 숨 들이마시기를 그만뒀다.

그대로 나와 눈이 맞는다.

뭘까, 이 미묘한 분위기…….

묘하게 겁 많은 구석도 그렇고 메기 특유의 얼빠진 얼굴도 그렇고, 이 녀석 혹시 중층의 치유 담당이라든지 그런 거 아냐?

메기가 부리나케 마그마 바깥으로 기어 나왔다. 그러는 동작도 왠지 괜히 귀여워 보였지만…….

그대로 커다란 주둥이를 벌린 채 이쪽으로 돌진.

앗, 저건 안 귀여운걸. 그나저나, 바로 이걸 기다렸다고!

충분히 끌어당겨서 독 합성.

그와 동시에 나는 쓱 회피했다.

맹독을 집어삼키면서 직진하는 메기.

나는 그러는 모습을 지켜보다가, 앗, 메기가 넘어졌다.

움찔움찔하네.

거미 맹독은 효과가 정말 무시무시했다.

평범한 독으로는 이만한 효과가 없을 테고 타고난 거미독과 만나서 독 합성의 위력이 뛰어오른 거겠지.

정말이지 이 스킬은 나와 상성이 좋았다.

자, 괴로워하는 메기한테 추가로 독을 끼얹어줬다.

마지막으로 세차게 경련하고 숨이 끊어지는 메기.

남은 건 열기 두르기와 마그마의 영향으로 뜨거워진 몸체가 식을 때까지 기다리는 것뿐.

밥이다, 밥이야.

지금까지는 쓰러트린 마물을 의무적으로만 먹었지만 이제는 다르다.

맛있게 음미하면서 먹을 수 있다.

아아, 식사란 이리도 멋진 일이었구나.

빨리 식으면 좋겠다.

얼마나 맛있을지 벌써부터 기대되는걸.

마물 도감

file.07 엘로 게네세븐

LV.01

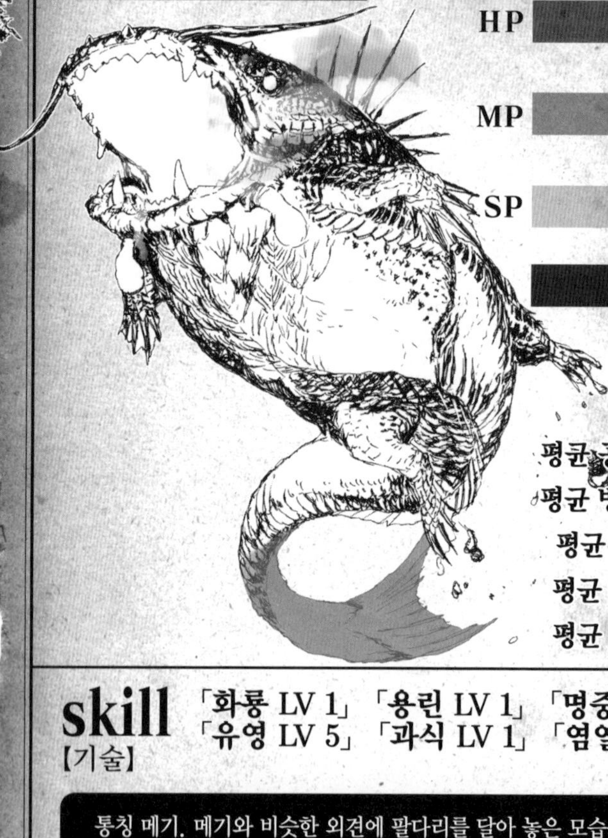

status【능력치】

HP

390 / 390

MP

150 / 150

SP

148 / 148

395 / 395

평균 공격 능력 : 296

평균 방어 능력 : 256

평균 마법 능력 : 91

평균 저항 능력 : 88

평균 속도 능력 : 89

skill【기술】

「화룡 LV 1」 「용린 LV 1」 「명중 LV 6」
「유영 LV 5」 「과식 LV 1」 「염열 무효」

통칭 메기. 메기와 비슷한 외견에 팔다리를 달아 놓은 모습을 한 마물. 하위 용종. 해마의 진화형. 거대한 주둥이로 모조리 집어삼킨다. 해마와 비교하면 대단히 겁 많은 성질을 지니고 있으며, 상대가 조금이라도 강하면 금세 도망친다. 위험도 C.

S2. 마법 수업

오늘 수업은 마법 실습이었다.

어느 정도 이론을 배운 우리는 직접 마법을 사용하는 단계로 들어섰다.

“그러면 이제부터 마법을 사용하는 데 필요한 지팡이를 나눠 드리겠습니다. 오늘은 안전을 고려해서 물 마법이 내장된 지팡이를 준비했어요.”

다소 심드렁한 목소리로 말하고는 마법 담당 교사인 올리자 선생님이 지팡이를 나눠 주었다.

모여 있던 학생들이 앞다투어 지팡이를 받으러 다가갔다.

“여러분, 마력 감지와 마력 조작은 가지고 있죠? 아닌 사람은 수업을 진행할 수 없답니다? 안 가지고 있으면 솔직하게 손들고 나와주세요.”

마력 감지와 마력 조작을 보유하지 못한 학생은 없었다.

그것참, 저번 수업에서 올리자 선생님 본인이 가르친 내용인데 저러신다.

“그럼 마력을 집중해보세요.”

올리자 선생님의 말을 따라 마력을 집중했다.

“집중이 되면 지팡이에다가 마력을 흘려 넣습니다. 그러면 지팡이에 내장된 마법이 저절로 발동돼요.”

응? 그게 다야?

“내장된 마법은 물 마법 레벨 1의 물 포탄이에요. 물로 형성된 탄환을 날리는 간단한 마법이지만 절대로 사람을 겨냥하지는 말아주세요. 과녁은 따로 있답니다.”

올리자 선생님이 가리킨 곳에는 과녁이 몇 개 설치돼 있었다.

학생들은 저마다 과녁을 향해 마법을 날렸다.

대부분은 마력이 부족하거나 마법이 불완전해서 과녁까지 도달하기도 전에 사라져버렸다.

“이번 시간 내내 마음껏 마법을 사용해도 좋습니다. 많이 사용하면 물 마법 스킬을 획득할 수도 있거든요. 다만 본인의 마력 잔량만큼은 주의를 기울여주세요. 위험하다고 생각이 들면 곧바로 중단할 것. 무리하다가 쓰러져도 전 몰라요.”

참으로 무책임한 발언이었다.

그렇지만 아마도 매년 쓰러지는 학생이 나올 듯싶었다.

처음으로 마법을 써보는 학생이 대부분이고 개중에 몇 명은 정말 마법이 발동했다고 몹시 상기돼 있었다.

들뜬 마음에 연거푸 마법을 사용하다가 자신의 한계를 넘어버릴 만도 했다.

『물 마법이구나. 이왕이면 흙 마법이 좋았을 텐데.』

어깨에 올라앉은 채 페이가 불평을 늘어놓았다.

페이는 지룡이니까 적성을 따져보면 물보단 흙 마법이 특기일 것이다.

나는 감정 의식 때 자신의 적성 속성을 봐서 알고 있었다.

빛이 제일 높고 그다음으로는 물이 높았다.

그런 점에서 보자면 이 수업은 내게도 의미 있는 시간이었다.

다만 속성의 상성까지 표시해주는 감정석은 그야말로 손가락으로 꼽을 정도밖에 존재하지 않는다.

그런 고위 감정석을 쓰지 못하는 사람들은 지금 하는 것처럼 마법이 내장된 마도구로 마법을 계속 발동시키면서 스킬을 획득하고는 한다.

해당 스킬을 획득하는 속도에 따라 적성의 정도를 짐작할 수 있기 때문이었다.

다만 그것도 복수의 속성을 지닌 마도구가 갖춰져 있을 때의 이야기고, 가난한 마법사 가문은 속성 하나의 마도구만 겨우겨우 마련해 놓는 경우도 있다.

그런 경우는 적성 여부를 따지지도 못하고 해당 속성을 사용할 수밖에 없었다.

이 학원에서는 물론 모든 속성의 마도구를 갖춰 놓았기에 별로 걱정은 없지만…….

"저는 물 속성이 서툴러요. 반대로 불은 특기지만요."

"별일이군. 나도 마침 물은 안 맞고 불이 특기다."

카티아와 유고의 대화가 귀에 들어왔다.

말로는 서투르다고 하지만 카티아의 물 포탄은 과녁을 정확하게 꿰뚫었다.

과녁까지 제대로 도달시킨 학생이 거의 없었던 만큼, 빗나가지 않고 과녁에 명중한 것만으로도 충분히 뛰어난 성적이었다.

쓱 둘러봤지만 마법을 제대로 날려서 과녁을 맞힌 학생은 카티아와 유고, 지금은 유리라고 불리는 하세베 말고는 없었다.

유리는 온 정신을 집중한 채 과녁을 향해 쉴 새 없이 마법을 발동시키고 있다.

저렇게 마구 써 대도 괜찮은 걸까? 걱정은 됐지만 지금의 유리에게는 무슨 소리를 해도 들리지 않을 것이다.

분명 MP가 떨어져도 기합으로 견디면서 스킬을 획득할 때까지 물고 늘어지겠지.

참고로 오카 선생님은 이곳에 없다.

선생님은 수업에 참석했다 빠졌다를 반복하고 있었다.

수업을 불참했을 때 무엇을 하는지 가르쳐주지도 않는다.

또 한 명, 스우도 아마 무난하게 성공할 텐데 줄곧 내 뒤쪽에 있을 뿐 마법을 사용하려고 들지 않았다.

"스우, 마법 연습은 안 해도 괜찮겠어?"

"오라버니보다 제가 먼저 나설 순 없으니까요. 오라버니가 저기의 어중이떠중이들에게 완벽한 마법을 선보이고, 동경의 시선을 한 몸에 받고 계실 때 몰래 연습할 거예요."

아, 그러니. 왠지 난이도가 무시무시하게 올라간 기분이다.

동생에게 자랑스러운 오빠가 되겠다고 결심했지만, 요즘 들어 그런 의지가 막중한 압박감으로 느껴지고 있는 탓에 굉장히 부담스러웠다.

이러저러하는 동안에 학생 몇 명이 마력 고갈로 실습을 중단하고 휴식을 취했다.

과녁에 빈자리가 생겼으니 나도 마법을 사용해볼까.

그러고 보니 이것이 인생 첫 마법 체험이었다.

지금까지는 안나의 만류 때문에 마력 제어 연습은 꾸준히 했어도 마법을 사용한 적은 없었으니까 말이지.

살짝 두근두근했다.

동시에 뒤쪽에서 꽂히는 동생의 시선 때문에 압박감도 들었지만…….

“훗, 적성에 맞지도 않는 마법을 연습해서 뭘 하겠어.”

하지만 그런 내 기분에 찬물을 끼얹는 것처럼 유고가 손에 쥔 지팡이를 내동댕이쳤다.

“서툰 부분을 연습하기보단 특기를 살리는 쪽이 효율적이지.”

유고가 마력을 끌어모았다. 무엇을 할 작정이지?

다음 순간, 유고가 마법을 발동시켰다. 지팡이도 없이.

발동시킨 것은 불 마법. 저 녀석, 벌써 스킬로 불 마법을 습득한 건가!

옆으로 늘어선 과녁들 전부가 화염에 휩싸였다.

압도적인 파괴력.

과녁을 맞히지도 못했던 학생들은 저 마법이 어느 정도의 수준인지 분명하게 느꼈을 것이다.

자신의 힘을 과시하기에 딱 좋은 타이밍이었다. 유고는 빈틈없이 예측한 다음 자신의 힘을 과시하기 위해 의도적으로 저런 짓을 저질렀을 것이다.

하지만 정도가 지나쳤다!

과녁이 위치한 장소에서 화염이 소용돌이치고 있었다.

이대로 자칫 불길이 번져 나갔다간 주변 일대에 화재가 발생할지도 모른다.

나는 손에 쥔 지팡이에다가 마력을 있는 대로 불어넣고 화염을 향해 쏟아 냈다.

내 마력을 빨아들이고 지팡이 안에 내장되어 있던 물 마법이 발동되면서 물 포탄을 쏘아 날렸다.

화염에 직격한 물 포탄이 그곳에서 폭발을 일으키고 물기둥처럼 솟구쳤다.

……내가 봐도 터무니없는 위력이었다.

지팡이에서 생성된 물 포탄은 내 마력에 호응해서 거대해졌다. 폭발해서 물기둥을 일으킬 정도로.

화염은 그 물기둥에 짓눌려서 싹 사그라졌다.

《숙련도가 일정 수치에 도달했습니다. 스킬 〈물 마법 LV 1〉을 획득했습니다.》

물 마법 스킬을 획득했다.

한 번 발동으로 획득할 만큼 내 적성이 높기 때문이었을까.

그게 아니라면 발동한 마법의 규모가 컸기 때문일까. 어쩌면 둘 다일지도 모른다.

“대단해요, 오라버니! 1레벨 물 마법으로 5레벨 불 마법을 꺼트릴 수도 있네요!”

현실 도피하던 내 정신을 돌려놓으려는 듯 스우가 유난히 커다란 목소리로 나를 칭찬했다.

그렇군, 저건 레벨 5의 불 마법이었구나.

그건 그렇고 스우, 방금 너 일부러 그랬지? 평소에는 그렇게 큰 소리 안 내잖아.

아니나 다를까, 내 들러리 신세가 되어버린 유고가 이쪽을 쏘아봤다.

그렇지만 녀석이 뭔가를 하기도 전에 이미 올리자 선생님이 뒤쪽에서 이마에 손을 얹은 채 서 있었다.

"유고 학생, 잠깐 얘기 좀 할까요?"

"앙? 내가 댁하고 무슨 얘기를 한다고?"

"잔말 말고 이리 오세요."

문답무용으로 유고를 데리고 가는 올리자 선생님.

이곳에는 모조리 파괴된 과녁과 어쩔 줄 모르고 어리둥절하는 학생들만 남겨졌다.

『으엑, 나츠메 꼴사나워.』

페이의 혼잣말 소리만 괜히 내 귓가에 맴돌았다.

시야 한구석으로 웅성거리는 학생들을 달래고 있는 카티아의 모습이 비쳤다. 매번 미안!

이날을 경계로 유고는 나를 적대하면서 눈엣가시 취급을 했다.

막간. 걱정꾸러기 공작 영애와 여동생

“카티아, 오라버니가 활약해서 다들 흥분했는데 왜 진정시킨 거야?”

“스우, 당신은 슌이 그래 주기를 바랐다고 생각해요?”

“그건 아닐, 거야. ……카티아는 치사해. 있잖아, 카티아는 오라버니랑 무슨 사이야?”

“그냥 친구 사이랍니다. 뭔가 문제라도 있나요?”

“거짓말. 그냥 친구는 아니잖아. 선생님인지 하는 엘프도 그렇고, 성녀 후보랑 차기 검제도 똑같아. 다들 도대체 뭐야?”

“답을 저한테 들어도 되겠어요?”

“무슨 뜻이야?”

“당신이 정말로 대답을 듣고 싶은 사람이 저인가요?”

“그건…….”

“그런 질문은 슌 본인한테 하세요.”

“하지만…….”

“제가 직접 설명드려도 상관없어요. 하지만 당신이 과연 받아들일 수 있을까요?”

“받아들여?”

“저한테 묻는 건 도피 행위예요. 당신이 슌을 생각하는 마음은 그 정도인가요?”

“그렇지 않아!”

"그러면 제가 아니라 슌에게 물어보세요. 그러는 편이 당신에게도 슌에게도 좋을 거예요."

"그렇긴, 하겠지만……."

"당신이 지금 어떤 감정을 가지고 있을지 조금은 짐작이 돼요. 그래서 더더욱, 그런 감정은 본인에게 쏟아야 한다고 말해주고 싶네요."

"……알았어. 미안. 그리고 고마워."

"뭘요, 별일 아니에요. 맞다, 이왕 말이 나왔으니 말인데요. 저희가 분명 특수한 관계이기는 하지만, 그렇다고 해서 연애 방면의 감정을 가지고 있지는 않아요. 그 부분은 안심하세요."

"으, 으응."

"대답이 왜 그래요? 정말이거든요?"

"아무것도 아니야. 아직 자각은 못하는 것 같고……. 그거야말로 내가 할 말이 아니니까."

"네? 으음……?"

"왜 라이벌이 될 수도 있는 사람한테, 내 입으로 등 떠미는 말을 해줘야 되는데?"

"네? 뭐라고요?"

"아무것도 아니야."

"완전히 떠넘긴 셈이지만 이 정도면 됐겠지. 어쨌든 남매 두 사람의 문제니까. 상관도 없는 나를 끌어들이지 말란 말이다. 그래, 상관없어. 상관없다고……. ……내일 슌한테 살짝 말해줘야겠네."

5. 거미 VS 화룡

메기는 맛있게 먹어 치웠습니다. 정말정말 맛있었어요.

식사 중에 미각 강화가 레벨 7로 올랐다.

얼마나 집중해서 먹은 거냐고 나 자신에게 핀잔을 놓고 싶었다.

그래도 어쩔 수 없잖아!

지금까지 맨날 맛없는 것만 먹었으니까!

맛있는 밥은 음미하면서 먹고 싶은걸!

참고로 과식도 레벨 8로 올랐다.

지금도 비축분은 충분하지만 레벨이 오르면 그만큼 저장 가능한 총량도 늘어날 테니 나쁠 건 없었다.

이제 레벨 10도 머지않았는데 과식의 파생, 혹은 진화 스킬은 무엇일지 신경도 쓰인다.

굉장히 편리하게 써먹은 스킬이었기에 기대감도 상당했다.

게다가 모종의 이유로 은근히 눈여겨보기도 했고…….

모종의 이유란 바로 오만 스킬에서 비롯됐다.

오만 했을 때 떠오르는 말은 7대 죄악.

그리고 7대 죄악 중 하나로 폭식이라는 것이 있다.

과식과 폭식. 둘 다 발음도 의미도 비슷했다.

어쩌면 과식이 진화한 끝에 폭식이 되지는 않을까?

그런 기대감이 도무지 사라질 줄을 몰랐다.

오만의 효과는 그야말로 파격적이었고, 혹시 과식이 폭식으로 진화한다면 같은 시리즈니까 오만에 필적하는 효과를 발휘할 수도 있잖아.

다만 그랬을 경우 역시 오만과 똑같은 근심거리가 따라붙는 셈인데.

뭐, 이제 8레벨이잖아. 걱정하기는 아직 이르다.

게다가 어차피 스킬 레벨은 제멋대로 오르니까 걱정해 봤자 결국 대책이 없거든.

자, 그러면 다음 메기를 찾아서 또 탐색을 시작해볼까.

메~기~!

메기를 찾아 중층을 배회했다.

하지만 메기가 보이지 않는다.

으음. 애초에 마그마 속으로 잠수하면 찾을 길이 없는걸.

맨 처음 마주친 것도 마그마 속에서 불쑥 튀어나온 놈이었고 말이야.

평소 마그마 속에 잠긴 채로 다닌다면 발견도 어렵겠다.

아마도 스킬에 기대지 않는 내 본연의 색적 능력은 상당히 높다고 추측되거든?

별로 자각은 없었지만 돌이켜 보면 감이 살짝 좋다는 말로 넘어가기에는 꽤 정확했고 말이야.

상층과 하층에서 지내던 시절부터 기습을 받은 적은 한 번도 없었던 데다, 신변의 위험을 느낄 때면 대체로 맞아떨어지기도 했고…….

그냥 짐작이지만 거미가 원래부터 갖추고 있는 감각이라는 생각이 든다.

의식하지 않았을 뿐 공기의 흐름 따위를 감지해서 적의 접근을 알아차리는 형태인 듯싶었다.

그렇게 생각하면 메기가 바로 옆쪽 마그마 속에 있었는데 눈치채지 못한 이유도 납득이 가는구나.

공기의 흐름으로 감지한다면 마그마 속에 있는 녀석은 당연히 범위의 바깥이잖아.

물속이나 땅속처럼 차단된 곳에 있다가 기습하면 대책이 없겠다.

역시 마그마 근처는 위험 지대였다.

불의의 기습을 당하고 그대로 마그마 속으로 끌려갔다간 사망 확정이니까.

물론 마그마는 그냥 접근해도 위험하니까 되도록 거리를 두고 다녔지만…….

앞으로는 마그마 속에서 갑자기 마물이 튀어나와도 상대할 수 있도록 태세를 갖춰야겠다.

지금처럼 말이야.

마그마 바깥으로 튀어 올라서 내 앞에 나타난 녀석을 한마디로 표현하자면, 음, 장어?

맞아. 팔다리에 비늘이 붙어 있는 장어처럼 생긴 마물이었다.

〈엘로 게네레이브 LV 2

스테이터스

HP: 1001/1001(녹) MP: 511/511(청)

SP: 899/899(황) : 971/971(적) + 57

평균 공격 능력: 893 평균 방어 능력: 821

평균 마법 능력: 454　　평균 저항 능력: 433

평균 속도 능력: 582

스킬

「회룡 LV 4」　「용린 LV 5」　「불 강화 LV 1」

「명중 LV 10」　「회피 LV 1」　「확률 보정 LV 1」

「고속 유영 LV 2」　「염열 무효」　「생명력 LV 3」

「순발력 LV 1」　「지구력 LV 2」　「강화 LV 1」

「견고 LV 1」　「과식 LV 5」

〉

큰일 났다. 장어가 엄청나게 강하다.

〈엘로 게네레이브: 엘로 대미궁 중층에 서식하는 중위 용종 마물. 잡식성이지만 다른 마물을 즐겨 먹는 습성이 있다〉

이만큼 강한데도 중간이라고?

그건 그렇고 스킬 구성을 보면 장어도 역시 메기의 진화형이려나?

아차, 지금은 딴생각할 틈이 없었지.

서로 떨어진 거리는 대략 15미터 정도.

장어는 이미 나를 발견해서 주시하고 있었다.

속도는 내가 더 빠르지만 다른 능력치는 절망적일 만큼 뒤처졌다.

특히 위험한 부분이 총합 스태미나를 의미하는 붉은색 게이지였는데, 과식의 추가 비축분을 포함하고도 뒤지고 말았다.

도망쳐도 스태미나 고갈로 붙잡힐 가능성이 높았다.

그 전에 추격을 포기해주면 다행이겠지만…….

가뜩이나 나는 노란색 스태미나가 낮아서 최고 속도를 유지할 수 있는 시간이 짧았다.

최악의 경우 순발력을 나타내는 노란색 게이지가 바닥난 시점에서 기력 고갈로 잡혀버릴 가능성도 있다.

도주가 과연 가능할까?

그렇게 생각했을 때 장어의 형체가 둘로 흔들렸다.

예견의 발동으로 일어난 현상이었다.

또한 흔들려 보인 쪽의 장어는 무언가를 뱉는 동작을 취하고 있다.

그다음 곧바로 흔들려 보였던 영상과 마찬가지로 장어가 화염구를 토했다.

역시 기본 전술은 똑같구나.

하지만 해마나 메기와는 비교도 되지 않을 만큼 커다란 화염구였고 게다가 빨랐다!

허둥지둥 피했다.

사고 가속이 작동하고는 있지만 효과가 느껴지지 않을 만큼 빠른 속도로 화염구가 날아왔다. 그것은 내가 원래 있던 자리에 폭발을 일으키며 직격했다.

예견과 사고 가속의 힘을 빌리고도 간신히 피했다.

조금 더 여유롭게 피할 수 있다고 생각했는데 어떻게 된 거지?

〈확률 보정: 확률이 관여하는 스킬의 작용에 성공률 보너스를 더한다〉

이 스킬 때문이었군. 이 스킬 때문에 명중률이 높아진 듯했다.

그렇다면 내 회피 능력으로도 언제까지 피할 수 있을지 장담을 못하겠다.

혹시 까딱하면 끝장나는 상황?

장어가 뱉어 내는 화염구를 피했다.

피한 곳으로 또다시 화염구가 날아온다.

이래선 도망치고 자시고 할 것도 없었다.

폭발의 여파로 HP가 조금씩 깎여 나갔다.

최고 속도를 내면 못 피할 공격도 아니었지만 노란색 게이지가 빠르게 줄어들고 있었다.

계속 최고 속도로 움직이다 보면 순식간에 노란색 게이지가 바닥을 보일 테고 기력도 고갈되겠지.

그렇게 되면 끝장이다.

예견과 사고 가속의 힘으로 화염구의 궤도를 예측하면서 한발 앞서 피했다.

하지만 장어도 내가 움직이려는 곳을 읽어 내면서 수시로 궤도를 수정한다.

어느 쪽이 상대의 허를 찌르는가. 허의 허까지 읽어 내야 하는 긴장감.

하지만 상대는 예측이 빗나가도 별반 피해가 없는 데 반해, 난 한 번이라도 예측이 빗나가면 죽어버린다는 커다란 차이가 있었다.

《숙련도가 일정 수치에 도달했습니다. 스킬 〈사고 가속 LV 1〉이 〈사고 가속 LV 2〉로 성장했습니다.》

《숙련도가 일정 수치에 도달했습니다. 스킬 〈예견 LV 1〉이 〈예견 LV 2〉로 성장했습니다.》

이런 타이밍에 스킬 레벨업은 굉장히 반가웠다.

날아오는 화염구의 속도가 조금은 완만하게 느껴졌다.

그만큼 내 몸이 움직이는 속도도 체감적으로 느려지니까 그 점은 꼭 명심해야겠다.

화염구를 피했다.

그때 예견으로 장어가 지금까지와 다른 행동을 취하는 모습이 보였다.

분명 브레스를 뱉는 동작이었지만 이번에는 예비 동작이 유독 길었다.

나는 아껴 놓았던 최고 속도를 해방시켰다.

잔상을 남겨 놓고 가는 듯한 속도로 달려 나갔다.

그 뒤쪽을 격렬한 불꽃이 불살랐다.

〈화염 브레스: 광범위를 불사르는 화염의 숨결을 토한다〉

화룡 스킬 레벨 4로 사용 가능한 기술이었다.

직격을 당하진 않았지만 방사열만으로도 등이 뜨거워진다.

HP도 조금씩 줄어들고 있었다.

이대로 버텨 봐야 결국은 차근차근 죽을 뿐이고, 한 방이라도 직격을 맞았다간 목숨이 사라진다.

그렇다고 마땅한 타개책이 떠오르지도 않았다.

지금은 이렇게 계속 피하면서 기회를 기다릴 수밖에 없다.

생명이 조금씩 깎여 나가는 기분이어서 초조감이 솟구쳤다.

또 화염구가 날아온다.

장어는 10레벨 명중 스킬과 확률 보정 스킬 때문에 조준이 터무니없이 정확했다.

나도 회피와 사고 가속, 예견 스킬의 조합이 아니었다면 과연 피할 수 있었을지 자신이 없다.

《숙련도가 일정 수치에 도달했습니다. 스킬 〈회피 LV 5〉가 〈회피 LV 6〉으로 성장했습니다.》

좋아! 상황을 역전시킬 정도는 아니었지만 지금은 조금이라도 플러스 요소가 필요했다.

화염구를 피하면서 장어의 MP 잔량을 확인.

꽤 줄었지만 그래도 아직 절반 이상은 남아 있었다.

화염 브레스는 광범위 기술인 만큼 화염구보다도 MP 소비가 심한 모양이었다.

난사가 불가능하다는 걸 알았으니 다행이지만 아예 쓰지 말았으면 하는 심정이었다.

예견이 반드시 발동한다는 보장도 없고 예견 없이 완벽하게 피할 자신도 없다.

눈을 크게 뜨고 장어의 낌새를 최대한 주의 깊게 관찰해야겠다.

그렇게 생각한 순간, 곧바로 장어가 화염 브레스를 토하는 모습이 예견에 포착했다.

다시 한 번 최고 속도로 달음박질친다.

하지만 장어도 이번에는 브레스를 직선으로 토하지 않고 고개를 옆으로 흔들면서 좌우로 넓게 숨을 뱉었다!

그렇지 않아도 넓은 화염 브레스의 공격 범위가 저 동작으로 더욱 더 넓어졌다.

으윽! 살짝 스쳤다.

스치기만 했는데도 HP가 10이나 줄었다.

스친 곳은 등 일부와 뒷다리 하나.

뒷다리에 살짝 통증이 느껴지지만 움직이는 데는 문제없겠어.

그렇지만 속도를 내는 데 약간이나마 지장이 생길지도 모르겠다. 위험한걸.

《숙련도가 일정 수치에 도달했습니다. 스킬 〈불 내성 LV 1〉이 〈불 내성 LV 2〉로 성장했습니다.》

바로 이때, 줄곧 제자리였던 불 내성이 드디어 레벨업 했다.

좋은 타이밍이다.

불 내성의 레벨이 오르면 자동 회복량이 지형 대미지의 피해를 웃돌게 된다.

회복량은 미미하겠지만 있는 것과 없는 것은 천지 차이였다.

장어의 MP를 확인.

좋아. 절반 아래로 떨어졌다.

MP 소비량은 화염구가 대략 10, 화염 브레스가 50쯤 됐다.

절반 밑으로 줄었다고는 하나, 장어가 마음만 먹으면 앞으로도 네 번은 화염 브레스를 사용할 수 있다는 계산이 나온다.

그건 좋지 않았다.

장어와 거리를 벌리면서 이동했다.

용납하지 않겠다는 듯 장어가 화염구를 토하면서 뒤따라온다.

노린 대로였다.

이동 중에는 역시 화염 브레스를 사용하지 못하리라고 생각했다.

이제 최대한 바삐 도망 다니면 장어는 자꾸자꾸 화염구를 토하다 언젠가 MP 고갈을 일으킬 것이다.

그때까지만 견디면 분명히 기회가 온다.

지금은 오로지 피하기만 하자.

되도록 뒤쪽으로 물러나며 회피를 우선해서 행동했다.

마그마 쪽으로 몰리지 않도록 신중하게 도주 루트를 선택했다.

한 걸음만 잘못 내디뎌도 목숨이 사라진다.

마치 외줄 타기를 하는 기분이었다.

《숙련도가 일정 수치에 도달했습니다. 스킬 〈HP 자동 회복 LV 5〉가 〈HP 자동 회복 LV 6〉으로 성장했습니다.》

그래! 좋았어!

실전에서는 역시 최고로 집중하기 때문인지 스킬 레벨 오르는 속도가 빠르다.

불 내성과 함께 레벨업을 고대했던 스킬이 이 타이밍에 올랐다.

들뜬 것은 잠시였다. 하지만 그 잠깐이 치명적이었다.

장어의 목이 브레스의 예비 동작을 취했다.

완전히 예상 밖. 예견도 발동하지 않았다.

이번에는 피할 수 없다.

장어의 입에서 브레스가 뿜어 나왔다.

나는 그 직후 지면을 있는 힘껏 박차고 공중으로 날아올랐다.

브레스가 내 다리를 스치고 지나간다.

통증을 견디면서 기력 부여로 강화한 실을 천장을 향해 뻗쳤다.

기력 부여는 붉은색 SP를 소비해서 대상을 강화하는 스킬이다.

이 스킬을 사용하면 중층의 열기에도 짧은 시간이나마 견디는 실을 뽑아낼 수 있다.

그럼에도 어디까지나 잠깐이었기에 서둘러 실을 잡아당기면서 천장으로 착지했다.

타오르기 전에 실을 끊어 냈다.

《숙련도가 일정 수치에 도달했습니다. 스킬 〈입체 기동 LV 4〉가 〈입체 기동 LV 5〉로 성장했습니다.》

천장에서 장어를 내려다보는 나.

마그마 속에서 나를 올려다보는 장어.

천장으로 도망친 건 어쩔 수 없었지만 지금 상황은 별로 좋지 않았다.

천장에 달라붙은 상태로는 지상에 있을 때보다 여러모로 움직임이 제한된다.

지상에서도 아슬아슬했는데 천장에서 장어의 연속 공격을 피하기는 불가능했다.

한시라도 빨리 지상으로 돌아가지 않으면 저격당하고 끝장이다.

그렇지만 장어도 썩 여유로워 보이진 않았다.

장어의 MP가 상당히 줄었다.

잔량으로 셈하면 화염 브레스가 세 번, 화염구라면 열여섯 발.

처음과 비교해서 상당히 줄었다.

하지만 천장에 있는 나를 쏘아 떨어트릴 여력은 됐다.

내가 지상으로 돌아가는 것이 먼저인가, 장어가 나를 쏘아 떨어트리는 것이 먼저인가.

지금은 힘을 아낄 때가 아니구나.

기투법, 발동!

기투법은 붉은색 SP를 소비해서 물리계 능력치를 일시적으로 향상시키는 스킬이다.

붉은색 스태미나는 내 생명선이니까 가능하면 소비하고 싶지 않아서 지금까지는 발동한 적이 없었다. 하지만 이런 위기 속에서도 그런 소리를 할 순 없는 노릇이었다.

곧바로 이동을 개시했다. 목표는 가장 가까운 벽.

하지만 장어도 이미 예측했나 보다.

정확하게 이동을 방해하는 자리로 화염구가 날아왔다.

천장에 달라붙은 상태로는 회피가 어려웠다.

지금은 노란색 게이지가 어쩌고저쩌고할 때가 아니다.

날아오는 화염구를 낼 수 있는 최대한의 속도로 피했다.

기투법으로 상승된 능력치와 SP 소비 완화 및 SP 회복 속도에 의지해서 무작정 돌파할 수밖에 없다.

노란색 게이지가 바닥나기 전에 어떻게 해서든 벽 쪽까지 물러나야 했다.

날아드는 화염구를 간신히 회피했다.

하지만 그 때문에 좀처럼 벽까지 도달할 수가 없었다.

이러저러하는 사이에 노란색 게이지는 점점 줄어든다.

큰일이었다. 노란색 게이지가 바닥나면 천장에 달라붙는 것도 어려워진다.

그런 사태만은 반드시 피해야 했다.

마음은 급했지만 절묘한 화염구 저격 때문에 좀처럼 전진할 수가 없었다.

그리고 마침내 노란색 게이지가 바닥났다.

즉각적으로 몸을 덮치는 피로감. 때마침 가차 없이 날아드는 화염구.

크! 나는 회피가 불가능하다고 판단한 뒤 스스로 천장에서 허공으로 몸을 던졌다.

바로 곁에서 화염구가 폭발했고 폭풍이 내 몸을 휘어 감았다.

빙글빙글 회전하려고 하는 몸을 간신히 제어한 다음 기력 부여로 강화한 실을 날렸다.

벽에 달라붙은 실을 곧바로 끌어당겼다.

방금 전까지 내가 있던 공간으로 화염구가 휙 날아왔다.

내 몸은 진자처럼 흔들리다가 아슬아슬하게 마그마로 추락을 면하고 지상에 착지하는 데 성공했다.

그곳으로 가차 없이 날아오는 화염구.

착지하는 기세를 이용해서 곧장 바닥을 구르며 화염구를 피했다.

괴롭다. 노란색 게이지가 바닥났는데도 계속 움직인 대가로 나는 지독한 호흡 곤란과 더불어 온몸을 뒤덮는 권태감과 통증을 맛보고 있었다.

고통 무효와 통각 경감의 힘으로 무시하고 힘겹게 몸을 움직였다.

왜냐하면 장어의 입에서 또다시 화염 브레스가 쏟아져 나오려고 했으니까.

부들대는 몸을 채찍질해서 전속력으로 달렸다.

시야 한쪽이 화염으로 새빨갛게 물들었다. 등 뒤에서 열기가 들이닥쳤다.

그것들을 뿌리치기 위해서라도 달린다.

그리고 나는 화염 브레스를 완전히 피했다.

《숙련도가 일정 수치에 도달했습니다. 스킬 〈회피 LV 6〉이 〈회피 LV 7〉로 성장했습니다.》

화염 브레스를 완전히 피한 나는 꾹 참고 있었던 숨을 토했다.

노란색 게이지가 다시 회복된다.

화염구는 이제 날아오지 않았다.

마침내 장어의 MP가 바닥났다.

원거리 공격 수단을 잃어버린 장어가 미끄러지듯이 움직이면서 육지로 모습을 드러냈다.

장어처럼 보이는 부분은 얼굴뿐이었다.

저곳에 있는 것은 동양의 용(龍)을 방불케 하는 기다란 체구를 지닌 용(竜)이었다.

MP가 떨어졌어도 시선은 여전히 나를 주시하고 있었다.

아무래도 나는 완전히 적으로 인식되어버린 모양이었다.

처음에는 그냥 눈에 거슬려서 해치우려는 의도였을지도 모르겠지만, 도중부터 화염구 공격에 진지한 기색이 어렸었다.

화염 브레스를 발사할 정도였으니까 완전히 진심이었다.

아무래도 자꾸자꾸 공격을 피해 다녔던 나 때문에 심기가 편찮으신가 보다.

이대로 도망쳐도 가만히 지켜볼 것이라는 생각은 도저히 들지 않았다.

MP가 바닥나기는 했지만 SP는 아직 건재하다.

반면에 내 SP는 상당히 깎여 나갔다.

노란색 게이지가 떨어지고도 행동을 멈추지 않은 대가로, 붉은색 스태미나 쪽도 많은 양이 줄어든 상태였다.

아직 과식의 비축분이 있으니까 당장 행동 불능에 빠지는 일은 없겠지만 장어와 체력 승부를 벌일 경우 패배하는 쪽은 분명 나였다.

도망쳐 봐야 따돌리지 못한다.

그렇다면 선택지는 하나. 싸워서 이길 수밖에…….

능력치의 수치만으로 견주면 내게 승산은 없었다.

하지만 수치가 전부는 아니다.

싸우다 보면 싫어도 깨닫게 되지만 이 세계에서는 스킬이야말로 가장 중요한 요소였다.

애초에 이만큼 수치가 차이 나는데도 아제껏 내가 살아 있는 자체가 기적이니까.

그런 기적을 일으킨 것은 틀림없이 스킬의 효능이었다.

스킬의 힘을 최대한으로 발휘해서 능력치의 차이를 메운 덕분에, 이렇게 장어를 같은 무대로 올려놓을 수 있었다.

능력치의 차이는 분명 커다란 차이지만 절대적인 차이는 아니다.

스킬의 활용으로 충분히 뒤집을 수 있는 차이였다.

그리고 장어의 스킬은 전부 파악했다.

MP가 바닥난 지금, 경계할 스킬은 명중과 회피, 확률 보정의 콤보.

그리고 용린의 방어력. 아직껏 쓰지 않은 화룡 3레벨의 기술.

그리고 저 거대한 몸체에서 터져 나오는 순수한 물리 능력.

이것만 놓고 봐도 상당히 강적이었다.

하지만 내게도 아직 히든카드는 있다. 내 최강의 공격 수단, 맹독 공격이…….

일단 맹독 공격이 적중하면 상대의 방어력은 별 의미가 없어진다.

비늘의 방어마저도 침식해서 체력을 좀먹는 맹독.

마지막까지 내가 의지할 데는 스킬뿐이었다.

스킬이 아니면 앞서 나갈 요소가 없다.

하지만 동시에 앞서 나갈 가능성이 있음을 의미하기도 했다.

서로 간에 방어력은 있으나 마나 한 상황.

공격을 적중시키면 승부가 판가름 나는 일격 필살의 승부.

그렇다면 승부를 결정짓는 수단은…….

이렇게 지상에서 펼쳐지는 제2 라운드가 신호도 없이 개시되었다.

장어가 기다란 몸을 구부러트렸다.

이제까지 벌인 공방을 통해서 장어는 나를 상당히 경계하는 듯했다.

원숭이 정도는 아니었지만 이 장어도 다른 마물과 비교하면 머리가 좋다.

그만큼 상대하기가 까다롭지만 말이야.

《숙련도가 일정 수치에 도달했습니다. 스킬 〈사고 가속 LV 2〉가 〈사고 가속 LV 3〉으로 성장했습니다.》

《숙련도가 일정 수치에 도달했습니다. 스킬 〈예견 LV 2〉가 〈예견 LV 3〉으로 성장했습니다.》

하늘의 목소리(일단은)가 들린 순간 장어가 행동에 나섰다.

몸을 구부러뜨리고 꼬리를 내리치면서 공격한다.

물론 회피. 하지만 장어의 공격은 한 번으로 끝나지 않았다.

곧바로 꼬리를 옆으로 후려치면서 나를 덮친다.

더욱더 뒤로 물러나면서 회피.

이번에는 꼬리와 위치를 뒤바꾸고 내 쪽으로 머리를 들이밀었다.

나는 바로 이때를 기다렸다.

사고 가속으로 살짝 느릿해진 세계 속에서 육박하는 장어의 주둥이를 응시했다.

회피가 가능하다고 판단되는 아슬아슬한 거리에서 독 합성을 발동.

곧바로 후퇴했다.

메기와 완전히 같은 전법. 하지만 효과는 절대적이다.

장어는 내 예상대로 맹독을 손수 삼켜버리고 말았다.

장어의 HP가 급속도로 줄어든다.

괴롭게 몸부림치는 장어가 거대한 몸체를 사정없이 뒤흔들었다.

나는 장어가 요동치는 범위 바깥으로 이탈했다.

결국 공격력에서 양쪽 모두 똑같이 일격 필살의 힘을 가지고 있다면 먼저 공격을 맞히는 쪽이 승리한다.

그렇다면 어떤 방법으로 공격을 적중시킬 것인가. 물론 더 뛰어난 작전을 세운 쪽이 승리하게 되어 있다.

한마디 더 하자면 내 회피력은 장어의 명중력을 넘어섰다.

명중 레벨 10과 확률 보정의 힘을 가지고도 나의 회피, 사고 가속, 예견의 조합은 당해 낼 수 없었다.

그러니까 지상으로 장어를 끄집어낸 시점에서 이미 내 승률은 훌쩍 올라간 셈이다.

하지만 아직 끝나지 않았다.

앞에서는 일격 필살의 위력이라고 장담했지만 아마도 장어는 방금 전 일격만으로는 죽지 않을 것이다.

메기조차도 일격으로는 완전히 헤치우지 못했는데, 메기의 상위종인 장어가 한 번에 죽으리라는 생각은 들지 않았다.

게다가 장어에게는 아직도 그 스킬의 힘이 남아 있었다.

내가 보고 있는 눈앞에서 장어의 HP가 급속도로 회복됐다.

〈생명 변천: SP를 소비해서 HP를 회복한다〉

화룡의 스킬 중 레벨 3짜리 기술이었다.

SP를 소비하면서 그만큼 HP가 회복된다.

SP의 양 때문에 완전 회복은 무리겠지만 그래도 맹독을 견딜 만큼의 HP는 확보가 된다.

게다가 내게 보이는 장어의 감정 결과에 〈독 내성 LV 1〉과 〈HP 자동 회복 LV 1〉이 새롭게 추가됐다.

그럼에도 체내의 독은 장어의 HP를 조금씩 깎아 먹었으나 피해는 많이 적어졌다.

뭐, 장어가 부활할 때까지 내가 잠자코 구경만 하진 않겠지만…….

장어의 몸에 최대한 튼튼하게 만든 실을 둘러 감았다.

금방 타올라 부스러지더라도 상관없었다.

일순간만 장어의 움직임을 묶어주면 된다.

노렸던 대로 딱 한순간 움직임을 멈추는 데 성공했다.

그 순간 나는 장어의 얼굴을 겨냥해서 독 합성을 연발했다.

맹독을 품은 물방울이 장어의 얼굴에 몇 개나 떨어졌다.

장어가 실을 잡아 뜯으면서 날뛰었다.

입과 눈으로 침입한 독은 장어의 HP를 가차 없이 깎아 먹었다.

그 속도는 방금 막 습득한 자동 회복으로 어찌할 수준이 아니었다.

그 위력은 방금 막 습득한 독 내성으로 견딜 수준이 아니었다.

내가 거미로 살아오면서 쭉 갈고닦아온 무기는 급조한 방패에 막힐 만큼 호락호락하지 않았다.

더 이상 회복에 사용할 SP도 남지 않은 장어가 내 맹독 공격을 견디고 살아남기는 불가능했다.

《경험치가 일정 수치에 도달했습니다. 개체, 스몰 포이즌 타라텍트가 LV 7에서 LV 8로 성장했습니다.》

《각종 기초 능력치가 상승했습니다.》

《스킬 숙련도 레벨업 보너스를 습득했습니다.》

《숙련도가 일정 수치에 도달했습니다. 스킬 〈병렬 사고 LV 4〉가 〈병렬 사고 LV 5〉로 성장했습니다.》

《숙련도가 일정 수치에 도달했습니다. 스킬 〈SP 회복 속도 LV 2〉가 〈SP 회복 속도 LV 3〉으로 성장했습니다.》

《스킬 포인트를 입수했습니다.》

《경험치가 일정 수치에 도달했습니다. 개체, 스몰 포이즌 타라텍트가 LV 8에서 LV 9로 성장했습니다.》

《각종 기초 능력치가 상승했습니다.》

《스킬 숙련도 레벨업 보너스를 습득했습니다.》

《숙련도가 일정 수치에 도달했습니다. 스킬 〈순발력 LV 8〉이 〈순

발력 LV 9〉로 성장했습니다.》

《숙련도가 일정 수치에 도달했습니다. 스킬 〈지구력 LV 8〉이 〈지구력 LV 9〉로 성장했습니다.》

《스킬 포인트를 입수했습니다.》

《경험치가 일정 수치에 도달했습니다. 개체, 스몰 포이즌 타라텍트가 LV 9에서 LV 10으로 성장했습니다.》

《각종 기초 능력치가 상승했습니다.》

《스킬 숙련도 레벨업 보너스를 습득했습니다.》

《숙련도가 일정 수치에 도달했습니다. 스킬 〈연산 처리 LV 6〉이 〈연산 처리 LV 7〉로 성장했습니다.》

《숙련도가 일정 수치에 도달했습니다. 스킬 〈시각 강화 LV 8〉이 〈시각 강화 LV 9〉로 성장했습니다.》

《숙련도가 일정 수치에 도달했습니다. 스킬 〈생명력 LV 8〉이 〈생명력 LV 9〉로 성장했습니다.》

《스킬 포인트를 입수했습니다.》

《조건을 충족시켰습니다. 개체, 스몰 포이즌 타라텍트가 진화할 수 있습니다.》

《진화 가능 후보가 복수 존재합니다. 다음 중에서 선택하십시오.》

—포이즌 타라텍트

—조아 에레

앗, 진화구나.

진화라고?! 벌써?! 원숭이 때도 그랬지만 이번에도 너무 빠르잖아?!

뭐, 진화는 나중에 하기로 하고…….

지금은 잠시 감동을 음미하고 싶다.

이겼도다~!!

이얏호~! 이겼어, 이겼다고! 그토록 강한 장어한테 이겨버렸어!

굉장하지 않아?! 나 엄청 강하지 않아?!

으헤, 으헤헷.

실도 거의 안 쓰고 정면으로 싸워서 이겼거든?

이제 약하단 소리는 안 들어도 되겠지? 나는 강~하다!

이얏호~!

장어는 강적이었다. 분명 강적이었다. 사투였다.

하지만 승리자는 바로 나다!

아임 넘버원! 우흐헤헤헷.

이겼다! 제3부 끝! 뿌이!

마물 도감

file.08 엘로 게네레이브

LV.01

status 【능력치】

HP 980 / 980

MP 490 / 490

SP 880 / 880

950 / 950

평균 공격 능력 : 881
평균 방어 능력 : 809
평균 마법 능력 : 444
평균 저항 능력 : 421
평균 속도 능력 : 573

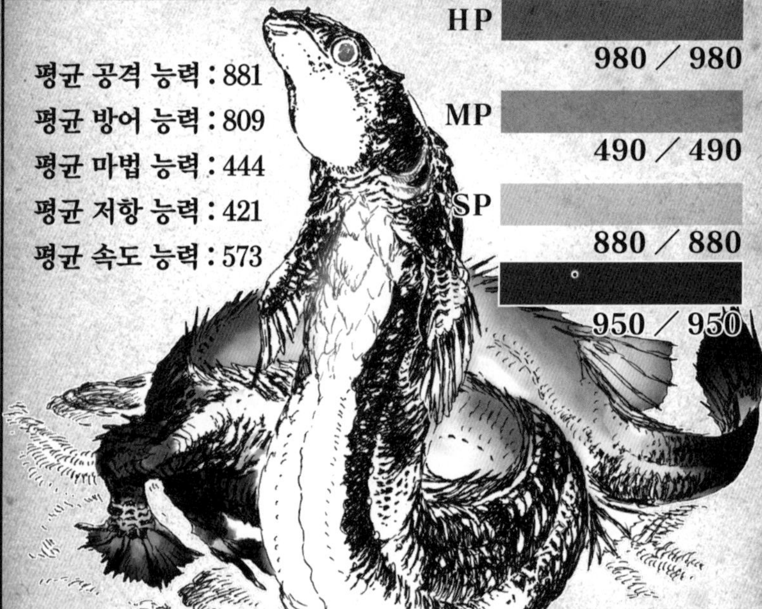

skill 【기술】

「화룡 LV 4」「용린 LV 5」「불 강화 LV 1」「명중 LV 10」「회피 LV 1」「확률 보정 LV 1」「고속 유영 LV 2」「과식 LV 5」「염열 무효」「생명력 LV 3」「순발력 LV 1」「지구력 LV 3」「강화 LV 1」「견고 LV 1」

통칭 장어. 장어에 팔다리를 붙여 놓은 모습의 마물. 중위 용. 메기의 진화형. 하위 용과 비교가 되지 않을 만큼 강력한 화염구 공격을 연발한다. 물리 능력도 뛰어나고 순수하게 강하다. 나름대로 상황을 판단할 줄 아는 사고 능력도 지녔다. 메기처럼 겁이 많지는 않지만, 자신보다 강한 상대라고 판단하면 스스로 물러나기도 한다. 위험도 B.

S3. 페이 육성 일기

이제 슬슬 페이의 레벨을 올려줄 때가 왔다. 왜냐하면 페이는 지룡의 새끼니까.

페이는 마물의 일종이라서 레벨업과 진화가 필수였다. 안 그러면 새끼인 채로 죽어버린다.

성장하려면 마물을 쓰러트리고 레벨을 올릴 필요가 있었다.

페이는 조만간 진화하지 않으면 슬슬 위험해지는 시기로 들어섰다.

다만 나는 학원 바깥으로 나갈 수가 없었다.

그래서 시녀 안나와 상의한 끝에 안나가 페이의 레벨업을 도와주기로 했다.

"그러면 다녀오겠습니다."

페이를 안아 들고 학원을 떠나가는 안나.

호위병으로 짐작되는 남자가 몇 명 동행했지만 안나도 하프 엘프고 겉모습처럼 젊은 나이는 아니었다.

마법 실력은 왕국을 통틀어도 위에서 헤아리는 쪽이 빠르다.

분명 페이를 무사히 진화시키고 돌아올 것이다.

참고로 안나는 페이가 전생자라는 사실을 몰랐다.

그저 조금 똑똑한 새끼 지룡이라고만 생각하고 있을 것이다.

페이가 전생자임을 알고 있는 사람은 나를 포함해서 같은 전생자뿐.

스우에게도 이 사실을 숨기고 있다.

페이는 유고와 그럭저럭 친근한 사이처럼 보이기도 했지만, 본인의 말로는 「나츠메? 걔를 좋아하는 애가 있기는 해?」라고 한다.

사이좋아 보였는데 내가 착각했나 보다.

유고도 페이와 처음 마주했을 때는 폭소를 터트렸으니 의외로 사이가 나쁠지도 모르겠다.

그렇게 배웅하고 며칠 뒤, 페이는 아무 탈 없이 진화를 마치고 돌아왔다.

레벨을 올린다는 것은 마물과 싸워야 한다는 뜻.

목숨이 위험해질 수도 있으므로 조금 걱정했지만 기우로 그쳐서 다행이었다.

그러나 진화하면서 바뀐 페이의 겉모양에는 문제가 좀 있었다.

“쑥쑥 자랐네.”

『성장기라서 그래.』

다시 돌아온 페이의 몸은 상당히 컸다.

원래는 내 어깨나 머리 위에 올려놓아도 괜찮은 카멜레온 크기였는데 지금은 몸길이가 1미터 정도는 되어 보였다.

꼬리 길이까지 포함하면 내 키와 별 차이가 없을지도 모르겠다.

손안에 쏙 들어오던 사이즈가 갑자기 대형견 크기로 변해버렸다.

『이래 봬도 아직은 조그만 편이거든? 또 한 단계 진화하면 훨씬 커진다더라.』

“그만큼 자라면 더는 실내에 둘 수 없겠는걸.”

지금은 기숙사의 내 방에서 함께 생활할 수 있지만 이보다 더 커지면 방 안으로 들이기도 어려워진다.

『그건 좀 곤란한데.』

아무리 마물로 전생했다지만 속은 일본에서 태어난 여고생.

다른 마물처럼 바깥에서 먹고 자라고 하면 저항감이 느껴질 것이다.

『뭐, 이만큼 진화했으면 수명도 상당히 늘었을 거야. 서두르지 않아도 돼.』

뭐, 본인이 저리 말하는데 그냥 둬도 괜찮겠지.

방에서 쫓겨나기 싫다고 저러는 게 아니라고 믿자.

그리고 진화해서 능력치는 어떻게 되었는지 본인에게 허락을 받고 감정해봤다.

결과, 나보다 강했다.

『마물은 인간이랑 다르게 능력치가 쑥쑥 성장하니까.』

아무리 그래도 진화 전하고 너무 다르지 않아?

『그냥 넘어가. 너도 인간 중에서는 사기 캐릭터거든? 나는 목숨을 걸었단 말이야. 보상으로 조금 강해질 수도 있지, 뭐. 그래 봤자 나는 상이라는 느낌이 안 들지만…….』

"아, 그렇지. 여자애가 강해져도 기쁘진 않겠구나."

『그런 거야. 꼭 필요하니까 어쩔 수 없이 강해지려고 노력은 하지만, 딱히 좋아서 싸우는 건 아니란 말야. 게다가 내 스킬 알지? 과식.』

알고 있다. 과식은 먹는 만큼 SP를 저축할 수 있는 스킬이다.

인간이라면 과식 스킬을 익혀도 먹은 만큼 뚱뚱해질 뿐이지만 마물은 어째서인지 뚱뚱해지지 않았다.

『과식 때문에 안나가 마물 고기를 먹이려고 들어. 강한 마물의 고기를 먹으면 능력치가 잘 올라간다는 미신이 있다면서. 정말 웃기지도 않아.』

으음, 나도 사양하고 싶은데.

마물 고기라. 종류에 따라 다르겠지만 별로 먹고 싶은 생각이 안 든다.

『진짜 못된 메이드야. 언젠가 꼭 갚아줄 거야! 싫다는데도 내 입에다가 억지로 마물 고기를 욱여넣더라니까! 나빴어!』

뭐라 할 말이 없다. 음, 애통하시겠습니다.

그나저나 이렇게 새삼 보면서 느끼는 건데, 마물은 능력치가 참 높다.

얼마 전만 해도 내가 더 높았지만 진화 한 번으로 추월당했다.

페이의 평균 능력치는 700 전후.

내가 알기로 인족 중에서도 정예라고 불리는 몇몇을 제외하면 능력치로는 상대가 되지 않는다.

게다가 페이는 아직도 고작 하위 용에 지나지 않는다.

이대로 진화를 거듭하면 1000을 넘기고 네 자릿수 능력치를 달성할 것이다.

어쩌면 용사 율리우스 형님마저 능력치만으로는 따라잡을지도 모르겠다.

더군다나 스킬도 아직 발전 중이라지만 상당한 수련을 쌓았다.

인족이 능력치로는 뒤지는데도 불구하고 마물과 싸울 수 있는 까닭은, 전적으로 스킬에 따른 유리함이 큰 몫을 차지하고 있다.

마물은 애써 스킬을 수련하지 않으니까.

또한 평범한 마물이었다면 스킬의 수도 적었겠지만 페이한테는 해당되지 않는 사항이었다.

마물의 힘에 인간의 강점이 플러스된다.

세상 마물이 전부 페이 같았다면 지금쯤 인족도 마물도 멸망했겠지.

나보다 훨씬 늦게 태어났는데도 이런 꼴이다.

게다가 겨우 며칠 동안의 레벨업으로 이토록 강해졌다.

만약 나보다 빨리 태어났더라면, 만약 더 오랫동안 레벨업에 매진했더라면…….

가령 페이가 원래 있었던 엘로 대미궁에서 태어나 그곳에서 곧바로 서바이벌 생활을 했다면? 정말 아무도 못 당하겠는걸.

혹시 그곳과 비슷한 환경에서 인간의 지혜를 지닌 채 자라난 마물이 있다면…….

뭐, 페이처럼 파격적인 존재가 달리 또 있을 리는 없겠지.

막간. 걱정꾸러기 공작 영애와 지룡

“커다랗군.”

『그래, 커다래. 어휴, 여기서 더 커지면 밖에서 살아야 된다더라.』

“그래서 더는 진화가 안 내킨다는 거냐?”

『맞아. 그럼 안 돼?』

“아니, 안 된다는 말은 아니야. 그런데 너 지금 슌하고 같은 방에서 살고 있잖냐? 지금은 그냥 그렇게 살고 있지만, 원래 여자였으면서 남자랑 같은 방에서 먹고 자고 하는 건 좀 그렇지 않아?”

『이렇게 살고 있는데 그깐 걸 신경 쓰겠어? 솔직히 말해서 종족도 다른데 그렇고 그런 감정이 들 리 없잖아. 아니면 너 혹시 파충류를 보고 흥분하는 특수 성벽이라도 있니?』

“없거든!”

『있어도 무섭겠다. 나도 마찬가지야. 인간 남자한테는 별로 흥미가 안 생긴단 말야.』

“그런 거냐?”

『그런 거야. 원래는 인간이었으니까 미적 감각은 있지만, 평범한 지룡이라면 인간의 얼굴이 어떻게 다른지도 못 알아보지 않을까?』

“아, 듣고 보니 나도 동물 얼굴은 뭐가 어떻게 다른지 잘 모르겠더라.”

『뭐, 나도 나 말고 다른 지룡이랑 만난 적은 없으니까 미남 지룡이 어떤 느낌인지는 잘 모르겠지만…….』

“나도 상상이 안 되네.”

『태어나서 잠깐 동안은 슌을 보고 「왕자님, 반가워요!」 같은 생각도 했었지만 말이야.』

“엉?”

『그렇잖아, 걔가 얼굴만 보면 그냥 미남 왕자님인걸. 그때는 아직 인간이었을 때의 감각도 조금 남아 있었고…….』

“야, 인마.”

『뭘 당황하고 그래? 아무튼 속이 누군지 알고는 어휴, 한숨 쉰 다음 생각을 고쳐먹었어…….』

“아, 그랬구나.”

『응, 야마다니까. 있으나 없으나 티 안 나는 평범남이잖아.』

“야, 말이 좀 심하지 않냐?”

『에이, 왜 화내고 그러니? 지금은 어떤 의미로는 존경하고 있어. 완전히 다른 세계로 전생하고도 평범남으로 살고 있으니까. 어지간한 놈이면 그러지도 못해.』

“흉보는 건지 칭찬하는 건지 전혀 모르겠다.”

『일단은 칭찬하는 거야. 그나저나 너도 참 과보호구나. 너무 민감하게 반응하는 거 아니니?』

“누가 과보호라는 거야.”

‘나랑 슌이 같은 방을 쓴다면서 싫어하기도 하고, 내가 슌을 어떻게 생각하는지 묻고 당황하기도 하고, 아무렇지도 않다니까 안심하기도 하고……. 역시 그랬구나. 재미있을 것 같으니까 잠자코 있어야겠어.’

6. 조아 에레

헉헉, 학학.

너무 흥분해서 숨이 가쁘다. 강적을 쓰러트렸다고 흥을 좀 격하게 냈다.

후유, 어디 보자. 이제 진정 좀 하고 앞으로 어떻게 할지 고민해 볼까.

우선은 레벨이 쭉 올랐구나.

역시 장어. 괜히 용종이 아니라는 뜻이겠지.

능력치만 보자면 압도적으로 격이 높은 적이었고 오만의 효과도 있으니까 레벨이 쭉 올라갈 만도 했어.

이번 전투로 스킬 레벨이 상당히 오른 데다가 경험치 면으로도 꽤 쏠쏠했다.

그렇지만 승부의 향방은 솔직히 운에 기댔던 구석이 많았다.

실제로 한 걸음이라도, 한 손이라도 잘못 뻗었으면 지금쯤 나는 숯덩이가 됐을 거야.

장어는 그만큼 강적이었다.

어쨌든 순수한 능력치만 보자면 내가 이길 요소가 없다고 해도 과언이 아니었으니까.

원숭이 때도 그랬지만 나는 왜 맨날 이리도 아슬아슬하게 싸우지?

스킬에서 가장 기쁜 변화는 HP 자동 회복과 불 내성의 레벨업이려나.

지금까지는 열기로 인한 지형 대미지와 상쇄되는 수준이었던 자동 회복의 수치도 레벨업을 하면서 대미지를 웃돌게 되었을 것이다.

지금은 레벨업의 영향으로 완전 회복됐으니까 확인을 못하고 있지만…….

앞으로는 약간의 대미지라면 시간 경과로 회복된다.

여태껏 대미지를 입어도 HP 회복 불가라는 꽤 혹독한 조건을 달고 다녀야 했지만 이제야 조금 편해질 것 같다.

뭐, 그래도 공격을 직격당했다간 한 방에 하늘나라행인 것은 변함없지만…….

그리고 또 레벨 10을 달성했다.

즉, 레벨 10을 달성했으니 진화가 가능하다는 뜻이다.

하지만 주변을 좀 돌아보자. 이런 데서 진화해도 괜찮겠어?

신중해야지. 진화를 하면 그에 상응하는 위험이 따라오니까.

우선 진화 중 나는 완전히 의식을 잃어버린다.

그동안은 아예 무방비 상태라서 혹시 다른 마물한테 습격당하면 속수무책으로 사망 확정이다.

지난번, 지지난번은 거미집을 만들고 그 안에서 진화했으니까 안전도 나름 확보됐지만 이번에는 그럴 수도 없었다.

실을 못 써먹는 환경이니까.

이런 마그마투성이 지대에서 거미집을 지으려다간 한창 만드는 중에 불이 날 거다.

불타는 집 안에서 진화하라고? 절대로 무리.

그게 전부가 아니었다.

진화 과정에서 진화를 위해 에너지를 쭉 소모하니까 MP와 SP도 텅 비어버린다.

MP는 그나마 괜찮지만 SP가 바닥나면 공복 때문에 활동 자체가 불가능해진다.

최악의 경우는 그대로 굶어 죽을 수도 있겠네.

지금까지는 진화 전에 우연히 대량으로 식량을 확보해 놓은 덕분에 진화를 마치고 곧바로 포식하면서 체력을 회복했지만, 이번에는 딱히 뭔가를 비축해 두지도 않았고…….

뭐, 장어가 있긴 하지만 아마 장어의 큼지막한 몸뚱이로도 내 SP를 전부 회복시키지는 못할 듯싶었다.

굶어 죽을 우려는 없으나 스태미나를 확보해야 하니 당분간 행동 방침을 바꿔서 적극적으로 사냥을 다녀야 할 것이다.

앗, 그런데 과식의 비축분은 어떻게 되는 거지?

지금까지는 과식의 비축분이 없는 상태로 진화했었거든.

장어랑 싸울 때 적잖이 줄긴 했지만 그래도 상당한 양이 남았다.

이 비축분을 진화의 에너지로 쓸 수 있다면 스태미나 고갈을 면할 수도 있겠다.

으음, 하지만 희망적인 관측으로 행동하면 안 되겠지.

마음 같아서는 진화해 두고 싶지만 안전이라든지 다른 면을 고려하면 진화를 미루는 편이 좋으려나?

하지만 저번 진화 때도 생각했는데, 이대로 레벨이 계속 오를지 불안한 면도 있단 말이지.

스몰 계통은 레벨 10이 상한선일지도 모르잖아.

그러면 앞으로도 중층 공략은 한참 걸릴 테고 그만큼 경험치를 날리게 된다.

그야말로 손해 막심이었다.

끙, 역시 빨리 진화하는 편이 좋으려나?

우선 이번에도 진화 가능한 후보가 둘 있었으니까 잠시 감정으로 조사해보자.

자, 그럼 감정 님, 잘 부탁드려요.

〈진화 가능: 포이즌 타라텍트 or 조아 에레〉

응? 포이즌 타라텍트는 그렇다 치고 조아 에레는 또 뭐지?

타라텍트란 단어가 아예 빠졌는데?

〈조아 에레, 진화 조건: 일정 이상의 능력치를 지닌 소형 거미형 몬스터, 「암살자」 칭호. 설명: 불길함의 상징으로 일컬어지며 두려움을 불러일으키는 소형 거미형 마물. 뛰어난 전투 능력과 은밀성을 보유한다〉

오오, 감정 님!

진화 조건이라는 항목을 새로 추가해주셨군요!

감정 님, 대단하세요! 모든 면에서 빈틈이 없으셔라!

흠흠. 요컨대 내 능력치가 조건 수치를 달성해서 진화가 가능해졌다는 뜻이네.

그렇다면 이전까지는 조건인지 뭔지를 못 맞췄다는 말이고…….

그건 그렇고 진화에 칭호도 관련이 있었구나.

어쩌면 내가 포이즌으로 진화가 가능했던 이유도 독 술사 칭호를 가지고 있었기 때문이려나?

가능성이 없지는 않겠는걸.

〈포이즌 타라텍트, 진화 조건: 스몰 포이즌 타라텍트 LV 10. 설명: 타라텍트종이라고 불리는 희소종 거미형 마물의 성체. 대단히 강력한 독을 지니고 있다〉

포이즌 타라텍트 쪽도 일단 감정해봤다.

그렇지만 진화한다면 다른 한쪽으로 해야겠지.

조아 에레. 진화하려면 꽤 엄격한 조건을 달성해야 하고, 무엇보다도 감정 님의 말씀으로는 뛰어난 전투 능력을 가지고 있다고 하니까.

소형이라는 부분도 점수가 높았다.

이름이나 설명문으로 짐작하건대 타라텍트종하고는 다른 계통으로 진화하는 것 같아서 불안하다면 불안하달까?

타라텍트종으로 쭉 진화하면 확실하게 강력해질 수 있다.

왜냐면 최종 진화 형태를 내 눈으로 직접 목격했으니까.

마이 마더 되시는 초거대 거미. 하층에서 목격했었던 그레이터 타라텍트.

지금껏 줄곧 약한 모습만 보였던 내 처지로는 상상도 되지 않지만, 진화를 거듭하다 보면 언젠가 그 영역에 다다를 수 있다는 것은 알겠다.

그런데 그쪽으로 진화하면 커진단 말이야.

대는 소를 겸한다고들 말하지만 최첨단은 역시 소형화가 주류라고 생각하거든.

소형인데도 고성능. 그것이 내 목표다!

사실은 그냥 구실이고 몸뚱이가 크면 돌아다니기 불편해져서 그래.

마이 마더를 떠올려보라고……. 제대로 활동 가능한 범위가 대체 얼마나 되겠어?

지금까지 별 탈 없이 지나다녔던 통로가 갑자기 통행금지로 바뀌면 무지무지 난감할 거야.

게다가 있잖아, 이런 먀그마투성이 중층에서 사이즈가 커진다고 생각해봐.

좁다란 통로 같은 데서 깜빡 발을 잘못 내디디는 꼴이 눈앞에 아른거린다고요!

연못으로 풍덩도 아니고 마그마로 풍덩! 즉사랍니다!

성체가 됐을 때 얼마나 커지는지 잘은 모르겠지만, 내 경우 커지면 디메리트가 너무 많아.

통로를 지나다니지 못하는 것뿐 아니라 전투 면으로도 말이야.

그야 그렇지, 나는 회피가 특기잖아. 커지면 그만큼 표적도 큼지막해지는걸.

회피가 특기라면 작은 편이 유리하겠지?

게다가 커진다는 것은 체중이 늘어난다는 뜻이기도 하다.

무거워지면 그만큼 움직임이 둔해진다.

스피드가 생명인 내가 느려진다? 절대로 안 될 일이지.

그런 이유 때문에 나는 타라텍트 계통으로는 진화하고 싶지 않아.

이럴 때 다른 계통으로 짐작되는 진화 루트가 나왔으니 그쪽을 선택하고 싶어질 만도 하겠지?

걱정이 아주 없는 건 아니다.

타라텍트종으로 진화해서 강력해지는 건 확실하지만 조아 에레도 그렇게 강력해진다는 보장은 없다.

최악의 경우 조아 에레만으로 진화가 중단된다는 패턴도 있을 법했다.

만약 그렇다면 타라텍트종으로 버티고 가는 편이 최종적으로는 더욱 강력해지는 길이 되겠다.

뭐, 혹시 그렇다 한들 어쩔 수 없는 일이지.

능력치는 레벨업으로 올리면 되고 그게 아니더라도 수련으로 올리면 되니까.

약한 마물이라도 애정을 담아 키우면 언젠가는 강하게 자라주는 법. 바로 나처럼.

응, 정말 처음이랑 비교하면 엄청나게 강해졌는걸.

맨 처음부터 툭 치면 죽어버리는 빈약한 신세를 경험한 덕분인지 어지간한 역경이라면 어떻게든 극복할 수 있을 것 같아.

대충 정리됐다. 조아 에레로 진화해야겠다.

문제는 어떻게 안전을 확보하고 진화하느냐인데 나름대로 대책을 마련해봤다.

확실하게 안전하냐고 묻는다면 살짝 불안하지만 그래도 없는 것보단 나을 거야.

그런고로 장어 시체야, 컴 온!

오늘의 3분 세팅.

주재료는 튼실한 장어 시체. 특상급이랍니다.

우선 재료를 잘 펴 놓습니다.

다음은 꼬리 쪽부터 동그랗게 말아봅시다.

예쁘게 똬리가 틀어지도록 주의를 기울입니다.

이때 중앙에 어느 정도 공간을 남겨 놓는 것이 포인트예요.

원을 잘 그렸으면 장어의 몸을 포개면서 위쪽에다가 또 똬리를 틀어 놓도록 합시다.

바깥쪽이 아니라 똬리의 안쪽에서 작업을 진행하세요.

위의 과정을 반복하다가 마지막으로 중앙에 머리를 올리면 완성입니다.

장어 방공호 완성입니다.

와아~ 굉장히 잘 만들었어요~!

좋아. 장어는 용린을 가지고 있으니까 엄청 단단하겠지?

어설프게 건드려 봤자 흠집 하나 안 날 테고 거미집만큼은 아니지만 방어력은 기대해도 되겠다.

이곳이라면 진화해도 아마 문제없을 거야.

각오를 다지고 해치우도록 하자.

《개체, 스몰 포이즌 타라텍트가 조아 에레로 진화합니다.》

넵. 그리고 문득 의식이 멀어졌다.

안녕히 주무셨어요.

아침이 맞는지는 잘 모르겠지만…….

이번에도 무사히 눈을 떴습니다. 다행이야~.

이번 진화는 위험도로 말하자면 역대 최고였거든.

정신을 차리고 보니 천국이라든지 그런 사태가 아니라서 참 다행이다.

응? 천국 말고 지옥 아니냐고?

청렴결백의 교과서나 마찬가지인 내가 지옥으로 떨어질 리 없잖아요~. 헤헷.

자, 일단 여느 때와 마찬가지로 스테이터스 감정부터 하고 싶은 마음이었지만 먼저 안전을 확인해야겠다.

장어 방공호에 변화는 없어 보였지만, 마물이 주변을 둘러싸고 있다든지 하는 가능성도 감안해야지.

그러면 살~짝 바깥을 내다볼까요.

응. 딱히 아무것도 없네. 좋아, 좋아.

그럼 장어를 먹으면서, 앗, 안 되겠다.

뱀을 잡았을 때도 그랬는데 장어를 먹으려면 우선 비늘부터 떼어내야겠구나.

칫. 뭐, 어때.

일단 활동이 불가능할 만큼 공복감이 느껴지지는 않으니까 과식이 제 역할을 해줬다는 뜻이겠지?

비늘을 벗겨 내면서 스테이터스를 확인해보자.

〈조아 에레 LV 1, 이름 없음

스테이터스

HP: 195/195(녹) **100UP**　　MP: 1/291(청) **100UP**

SP: 195/195(황) **100UP**　　: 195/195(적) + 43 **100UP**

평균 공격 능력: 251 118UP	평균 방어 능력: 251 118UP
평균 마법 능력: 245 100UP	평균 저항 능력: 280 101UP
평균 속도 능력: 1272 100UP	

스킬

「HP 자동 회복 LV 6」	「MP 회복 속도 LV 4 1UP」	「MP 소비 완화 LV 3」
「SP 회복 속도 LV 3」	「SP 소비 완화 LV 3」	「파괴 강화 LV 2 1UP」
「참격 강화 LV 2 1UP」	「독 강화 LV 4 1UP」	「기투법 LV 2 1UP」
「기력 부여 LV 2」	「맹독 공격 LV 3」	「부식 공격 LV 1 NEW」
「독 합성 LV 8 1UP」	「실의 재능 LV 3」	「만능 실 LV 1 NEW」
「실부림 LV 8」	「투척 LV 7」	「입체 기동 LV 5」
「은밀 LV 7 1UP」	「무음 LV 1 NEW」	「집중 LV 10」
「사고 가속 LV 3」	「예견 LV 3」	「병렬 사고 LV 5」
「연산 처리 LV 7」	「명중 LV 8」	「회피 LV 7」
「감정 LV 9」	「탐지 LV 6」	「외도 마법 LV 3」
「그림자 마법 LV 3 1UP」	「독 마법 LV 3 1UP」	「심연 마법 LV 10」
「파괴 내성 LV 2 1UP」	「타격 내성 LV 2」	「참격 내성 LV 3」
「불 내성 LV 2」	「어둠 내성 LV 2 1UP」	「맹독 내성 LV 2」
「마비 내성 LV 4 1UP」	「석화 내성 LV 3」	「산 내성 LV 4」
「부식 내성 LV 3」	「기절 내성 LV 3 1UP」	「공포 내성 LV 7」
「외도 내성 LV 3」	「고통 무효」	「통각 경감 LV 7」
「시각 강화 LV 9」	「밤눈 LV 10」	「시각 영역 확장 LV 2」
「청각 강화 LV 8」	「후각 강화 LV 7」	「미각 강화 LV 7」
「촉각 강화 LV 7 1UP」	「생명력 LV 9」	「마력량 LV 8」

「순발력 LV 9」	「지구력 LV 9」	「강대 LV 4 1UP」
「강고 LV 4 1UP」	「호법 LV 4 1UP」	「위타천 LV 3」
「오만」	「과식 LV 8」	「나락」
「금기 LV 5 1UP」	「n%I=W」	

스킬 포인트: 500

칭호

「악식」	「혈족 포식자」	「암살자」
「마물 살해자」	「독 술사」	「실 술사」
「무자비」	「마물 살육자」	「오만의 지배자」〉

어? 응응? 잠깐, 잠깐만…….

다시 한 번 잘 봐야겠다. 내 눈이 삐었을지도 모르잖아.

능력치의 숫자를 잘 살펴보도록 하자.

어? 으엥?! 어라라라라라라라라?! 잠, 으, 으응?

엄청나게 늘었다. 진짜 엄청나게 늘었는데요?!

이거 진짜야? 정말로 이만큼 늘어난 거야?

오오, 전투 능력이 높다는 말이 진짜였나…….

근데 정말 이래도 되는 거야?

이만큼 강해져도 되는 거야?

이만큼 강해져버리면 내가 우쭐거릴지도 모르는데?

괜찮아? 괜찮은 거지?

……훗, 후후후. 나의 시대가 왔도다~!

이제껏 약점이었던 빈약한 능력치가 진화 한 번으로 단번에 해결

됐다!

장어 같은 녀석이랑 비교하면 물론 낮은 편이지만 잔챙이, 송사리한테 몇 대 맞아도 안 죽을 만큼은 강해졌다!

지금까지는 공격을 당한다 이뤌 빈사지경이었으니까.

하지만 이걸로, 이걸로 드디어 나도 다른 마물한테 뒤지지 않을 만큼 능력치를 성장시키는 데 성공했다는 말씀!

큭, 크크큭. 쿠헤헤헤헤.

이제 능력치로는 해마를 뛰어넘었고 원숭이 수준도 뛰어넘지 않았을까?

스킬 레벨도 이것저것 올랐잖아. 느낌이 좋다. 정말 좋다.

어라, 금기가 올라버렸네?!

뭣이라?! 레벨 5라고?!

그러면 최고 레벨까지 벌써 절반?!

내 예상이 맞다면 레벨 10이 되는 순간 무슨 일이든 벌어질 텐데.

위험하다.

뭐, 아직 반이잖아. 아직은 괜찮아. 괜찮을 거야.

그리고 못 본 스킬이 늘어났다.

부식 공격이라고? 진짜?

부식이라니, 정말 부식이 맞아?

감정했더니 예상외로 아찔한 속성이었던 부식이 맞아?

그걸 쓸 수 있는 거야? 나도 참 굉장하구나.

못 본 스킬 또 하나는 무음이네.

왠지 효과는 예상이 되지만 일단 감정해볼까.

〈무음: 소리의 발생을 억제한다〉

응. 예상대로다.

만세! 닌자에 또 한 걸음 가까워졌어!

이제부터 나도 앰부시[#1]는 한 번만 해야 할까?

그리고 굉장히 신경 쓰이는 스킬이 있었다.

거미줄과 참사가 사라지고 만능 실이라는 스킬이 새로 추가됐다.

아마도 거미줄의 진화형일 텐데, 참사는 또 어디로 갔지?

〈만능 실: 커스터마이즈 가능한 실을 생성한다. 커스터마이즈 항목: 점성, 신축성, 탄력성, 질감, 강도, 굵기, 속성 부여「참(斬)」「타(打)」「충(衝)」, 그 밖에 내성 부여〉

거미줄에 추가로 속성 부여라는 항목이 늘어났다.

아마도 참은 벤다는 뜻이니까 참사와 같은 효과고, 타는 타격 속성, 충이 충격 속성을 부여할 수 있다는 뜻이겠지.

타격은 평범하게 후려친다는 느낌.

그리고 충격은 아마 실에다가 일순간 충격파 비슷한 효과를 발생시키는 것 같다.

그 상태의 실에 닿으면 충격이 전달되면서 대미지를 가하는 방식이겠지.

중층만 아니었으면 엄청나게 쓸모 있었을 텐데!

큭, 빨리 중층을 빠져나가서 써먹고 싶다!

스테이터스를 확인하는 사이에 비늘 벗기기가 끝났다.

#1 앰부시 대면 전 기습 공격을 뜻하는 《닌자 슬레이어》의 인살어(忍殺語). 해당 작품의 세계관에서 닌자는 전투를 벌이기에 앞서 반드시 인사를 나눠야 하며 사전에 자신의 종적을 들키지 않았을 경우에만 예외적으로 1회의 기습 공격이 허용된다.

좋아, 그럼 드디어 장어를 시식해볼까요.

잘 먹겠습니다.

……맛있어.

메기랑은 또 다른 맛이었다.

다시 한 번 말한다. 맛있어.

이번 진화에서는 SP가 바닥나지 않았다.

대신 과식의 비축분이 대부분 소모됐다.

과식이 제 몫을 해줬다는 증거라고 할까?

이런 식이면 진화할 때마다 굳이 식량을 쌓아 둘 것 없이, 과식으로 저장해 놓으면 되겠다.

그러니까 앞으로도 우걱우걱 먹어 치우면서 비축분을 잔뜩 채워 놓자.

저번 수치로 역산하면 스킬 레벨 곱하기 100 정도까지는 저장되는 듯하니까 지금은 800까지 저장해 놓을 수 있겠네.

《숙련도가 일정 수치에 도달했습니다. 스킬 〈과식 LV 8〉이 〈과식 LV 9〉로 성장했습니다.》

말을 꺼내자마자 레벨이 올랐다.

덕분에 저장 가능한 양이 더 늘어났다.

스테이터스에서 바뀐 부분을 꼽자면 스킬 포인트가 상당히 늘어났다는 점이다.

분명 1레벨당 20씩 늘어났었는데 마지막으로 확인한 수치보다 280이나 늘었다.

60은 3레벨이 올라서 늘어났다고 치고 나머지 220은 어디에서 나타난 걸까?

진화하면 보너스라도 주는 건가?

그럼 예전에 스킬 포인트 계산이 맞지 않았던 이유도 납득이 된다.

뭐, 준다는데 고마운 마음으로 받아야죠.

500이나 되니까 뭔가 좋은 스킬이 나올 수도 있겠다.

나중에 차분하게 습득 가능한 스킬 목록을 살펴보자.

지금은 더 신경 쓰이는 일이 있거든.

장어 비늘을 벗겨 내면서 깨달았는데, 내 몸의 형태가 약간 변했다.

날카로운 발톱 형상이었던 앞다리 두 개가 가느다란 낫 모양으로 바뀌어 있었다.

게다가 이 낫은 무시무시하게 잘 들었다.

뱀 비늘을 벗길 때는 그토록 고생했었는데 이번에는 얼마 걸리지도 않고 끝날 정도로.

비늘 자체는 베이지 않았지만 비늘과 피부 사이는 싹둑 잘려 나갔다.

공격력이 올랐기 때문일까, 아니면 낫이 날카롭기 때문일까.

그 밖에도 몸체의 색깔이 까매졌다. 전부터 거무스름했지만 이제는 완전 새카맸다.

빛을 전혀 반사하지 않는 흑색. 흑색이었다. 리얼 블랙!

다른 부위는 거울이 없으니까 확인이 안 되지만 눈에 띄는 변화는 이 정도려나?

크기도 변했다는 느낌은 안 들고…….

하지만 아마 내가 깨닫지 못했을 뿐, 세세한 데가 이것저것 바뀌었을 것 같다.

지금까지는 똑같은 타라텍트종이었으니까 진화해도 모습은 전혀 달라지지 않았다.

하지만 이번 진화에서는 종족이 바뀌었다.

비교해보면 분명 여기저기에서 차이점이 나타날 것이다.

이럴 때 거울이 없으니까 불편했다. 자신의 용모를 확인할 수도 없다니…….

뭐, 움직여보니까 당장 어색한 느낌이 들진 않았다.

전체적으로 확 달라진 부위는 없는 듯하니까, 이 정도면 지금껏 했던 대로 움직일 수 있으리라.

진화 전에는 몸의 변화 같은 건 의식하지도 않았으니까 말이지.

별로 바뀐 데가 없어서 안심되는구나.

다만 낫은 꽤 눈에 띄는 변화였다.

뭐라고 할까, 휘두르기도 전에 쓱싹 소리가 들리는 기분이야.

그보다 이 낫은 아무리 봐도 사신의 이미지가 떠오르거든.

설명문에도 불길함의 상징이라고 쓰여 있었고, 부식 공격도 가지고 있고, 아마도 맞을 것 같은데.

닌자 스타일은 변함없지만 궁극적으로는 사신 스타일이 되려나 보다.

레벨이 올라간 다른 스킬도 확인해야지.

강대와 강고의 레벨이 올라서 살짝 기뻤다.

덕분에 성장 보너스가 더 많아졌고…….

능력치가 꽤 강해졌다지만 그래도 아직 장어급하고 비교하면 한

참 아래니까 말이야.

그 밖에는 독 합성과 독 마법, 그림자 마법이 레벨업 했구나.

마법 쪽은 써먹질 못하니까 넘어가고, 독 합성은 뭐가 추가됐는지 확인해야겠다.

〈속성 부여「마비」: 마비 속성을 추가한다〉

흠흠? 이, 이이이, 이것은?!

터, 터무니없는 능력을 가지게 된 것이 아닐까?!

중층으로 진입하고 쭉 대활약을 펼쳤던 독 합성이 한층 더한 진화를 이룩했다!

와아, 이러면 당장에 시험해봐야지.

곧바로 거미 맹독에 마비 속성을 추가시켰다.

얼마나 효과가 있을지는 다음 기회에 천천히 관찰하도록 하자.

앗, 하지만 거미 맹독이면 어지간한 상대는 즉사하겠구나.

그러면 약한 독에도 마비 속성을 추가해야겠네. 응, 오케이.

다음번 상대한테는 우선 마비 속성을 추가시킨 약한 독을 끼얹어야겠다.

와~ 기대된다~.

마법 쪽은, 음, 아무래도 좋아. 어차피 못 써먹으니까.

어라? 잠깐만, 다시 생각해보자. 나는 정말로 마법을 쓰지 못하는 걸까?

병렬 사고도 연산 처리도 레벨이 꽤 올랐잖아.

이제 슬슬 탐지도 써먹을 수 있지 않을까?

오랜만에 또 도전해볼까?

후유, 하아. 좋았어!

탐지 온!

으헥! 끄으으으응! 큭!

《숙련도가 일정 수치에 도달했습니다. 스킬 〈연산 처리 LV 7〉이 〈연산 처리 LV 8〉로 성장했습니다.》

《숙련도가 일정 수치에 도달했습니다. 스킬 〈병렬 사고 LV 5〉가 〈병렬 사고 LV 6〉으로 성장했습니다.》

《숙련도가 일정 수치에 도달했습니다. 스킬 〈탐지 LV 6〉이 〈탐지 LV 7〉로 성장했습니다.》

《숙련도가 일정 수치에 도달했습니다. 스킬 〈외도 내성 LV 3〉이 〈외도 내성 LV 4〉로 성장했습니다.》

오프!

으아~ 힘들었다~.

그래도 전보다는 견딜 만했다.

견디는 것이 고작이었지만 한 걸음 전진했다.

방향성은 틀리지 않았다는 증거라고 봐도 되겠지.

아직도 제대로 사용하기는 무리였지만 조금은 희망이 보이기 시작했다고 할까?

중층을 어슬렁어슬렁 탐색 중.

장어를 잡아먹고 양껏 배를 채웠으니 공복으로 쓰러질 걱정은 안 해도 된다.

이런 상태라면 적극적으로 사냥에 나설 필요도 없으니 느긋하게 전진해야겠다.

기분도 좋으니까 중층의 열기도 지금이라면 용서해줄 수 있어.

아, 그래도 역시 뜨거운 건 싫구나.

주변에 마물의 모습도 안 보이는데, 신경 쓰였던 스킬 포인트라도 확인해볼까?

이번 진화를 거치면서 포인트가 단번에 500으로 늘어났으니까 잘 찾아보면 좋은 스킬이 나올지도 모르잖아.

탐지 말고 다른 스킬은 전부 대성공이었고, 이런 식으로 또 좋은 스킬을 얻으면 좋겠다.

오만도 어쨌거나 지금으로선 금기의 레벨이 올라간 것 말고는 손해가 없었고 말이지.

금기도 지금 당장 무슨 일이 벌어지는 건 아닌 듯하고, 그렇게 생각하면 실질적인 디메리트는 없는 셈이네?

효과가 엄청나게 뛰어나다는 점을 생각하면 수지를 계산해봐도 마이너스보다는 플러스 쪽이 더 컸다.

정말이지, 이런 스킬을 어떻게 100포인트로 습득했는지 수수께끼인걸.

효과만 보자면 1000포인트라고 해도 납득이 될 수준이니까 말이야.

오만처럼 파격적인 보물단지를 바라면 지나친 욕심이겠지만 괜찮아 보이는 스킬이 있으면 망설이지 말고 습득해야겠다.

스킬 포인트를 마냥 쌓아 놔 봤자 아무 소용 없으니까 말이지.

이런 건 쓰라고 만들어준 거야.

여기서 또 계속 모아다가 상위 스킬이 해금되기를 기다렸다간 효율이 오히려 더 나빠질걸.

그런고로 감정 님, 실력 발휘 부탁드려요!

스킬 포인트 항목을 이중 감정.

표시된 목록을 쭉 훑어본다.

으음. 이렇게 보니 100포인트로 습득 가능한 스킬이 아직도 꽤 많구나.

별로 필요성이 느껴지지 않는 스킬만 잔뜩이라서 그냥 지나치고 있지만 나중에 짬이 나면 숙련도를 쌓아볼까?

하지만 그럴 시간이 있으면 훨씬 도움이 되는 스킬의 숙련도를 쌓는 편이 낫겠다.

앗, 그래도 그래도, 예측처럼 진화한 다음 갑자기 쓸모 있는 스킬로 바뀔지도 모르는 거잖아.

으음. 고민되네.

아차, 지금은 이럴 때가 아니다. 저번에는 못 봤던 200포인트보다 높은 스킬을 확인해야지.

그런데, 응? 있네? 오만이랑 비슷한 반칙 스킬.

〈인내(500): 신에 이르기 위한 n%의 힘. 자신이 지닌 신성 영역을 확장한다. MP가 남아 있는 한 아무리 대미지를 받아도 HP 1로 살아남는다. 또한 W의 시스템을 초월하여 MA 영역의 간섭권을 획득한다〉

또 수수께끼 설명이 잔뜩 쓰여 있는 스킬이 튀어나왔네…….

그리고 눈이 휘둥그레지는 성능도 여전한걸.

MP를 소비해서 불사 모드 발동?

소비량이 얼마쯤일지 몰라도 MP가 남아 있는 동안은 좀비 어택이 가능하다는 뜻이겠지?

영문을 모르겠다. 성능이 완전 반칙이잖아.

어쨌든 이번에는 망설이지 않겠소이다. 거침없이 간다!

《현재 소지한 스킬 포인트는 500입니다. 스킬 〈인내〉는 스킬 포인트 500을 사용하여 습득 가능합니다. 습득하겠습니까?》

넵~.

《〈인내〉를 습득했습니다. 남은 스킬 포인트는 0입니다.》

오만을 습득해버린 내게 더 이상 철수라는 두 글자는 없다!

시리즈 스킬 전부 다 습득할 테다!

자, 금기든 뭐든 올 테면 와보라고!

《숙련도가 일정 수치에 도달했습니다. 스킬 〈금기 LV 5〉가 〈금기 LV 7〉로 성장했습니다.》

죄송해요. 역시 안 오셨으면 좋겠어요.

《조건을 충족시켰습니다. 칭호 〈인내의 지배자〉를 획득했습니다.》

《칭호 〈인내의 지배자〉의 효과로 스킬 〈외도 무효〉와 〈단죄〉를 획득했습니다.》

《〈외도 내성 LV 4〉가 〈외도 무효〉에 통합되었습니다.》

아아, 예상대로 금기가 올랐어. 이번에도 둘이나. 뭐, 어쩔 수 없지.

레벨이 오르면 뭔가 일어나겠지만 어차피 대책도 없으니까.

천벌이 내려서 즉사라든지 그런 일만 없었으면 좋겠다.

으으, 무슨 일이 일어날지 모르니까 괜히 상상력만 더 부풀어 오르고 쓸데없이 겁나는걸.

아무튼 중요한 건 금기가 아니라 칭호다.

이럴 때가 아니야! 빨리 얻은 칭호를 확인하자!

〈인내의 지배자: 습득 스킬「외도 무효」「단죄」. 습득 조건:「인내」를 획득. 효과: 방어, 저항 각 능력치 상승. 사안계 스킬 해금. 내성계 스킬의 숙련도를 추가 획득. 지배자 계급 특권을 획득. 설명: 인내를 지배하는 자에게 수여하는 칭호〉

응. 역시 그랬어. 역시 치트급 칭호였구나.

방어와 저항이 늘어났도다!

양쪽 모두 100씩 늘어서 방어가 351, 저항이 380까지 올랐다.

정말 대체 뭐냐고! 너무 치트스럽지 않나요?

아무튼 내성계 스킬의 숙련도가 추가로 올라간다는 부분을 주목하고 싶다.

나는 회피 특화니까 공격을 당할 기회가 거의 없어서 내성계 스킬도 별로 오르질 않았거든.

약점을 보완해주는 셈이니까 무척 기뻤다.

수련으로 늘어난 내성은 어떻게 숙련도를 쌓았냐고?

아마도 내성은 레벨업 했을 때, 자신이 가지고 있는 속성이면 같이 숙련도가 들어오는 것 같거든.

나는 아무것도 안 했는데 레벨업 하니까 어둠 내성이 생긴 것을 보면 틀린 추측은 아니라고 생각해.

응. 심연 마법을 가지고 있잖아.

그 밖의 내성 스킬은 실을 쓰거나 자해하면서 익혔다.

자신에게 채찍질만 해도 스킬을 익힐 수 있다면 누구든지 그렇게 할 거야. 나도 그렇게 했고…….

응? 나만 그런다고? 그렇지 않아. 아니라면 아닌 줄 알아.

그리고 신경 쓰이는 부분은 사안계 스킬의 해금.

무지무지 갖고 싶은걸~.

뭐든 사안을 익히면 「큭, 오른쪽 눈이 욱신거리는군!」이라든지 「이것이 바로 사물을 죽인다는 것이다」라는 대사를 할 수 있잖아?

이해되지? 중2의 마음을 설레게 하는 단어라고…….

가지고 싶다~. 하지만 이제 스킬 포인트가 없어!

으아, 빨리 레벨 올려서 또 스킬 포인트를 모아야겠다.

칭호랑 같이 추가된 스킬은 외도 무효랑 단죄였지.

외도 무효는 외도 내성의 최상위 스킬 같아.

외도 내성이 혼을 직접적으로 해치는 공격에 대한 방어력을 증가시켜주는 효과인데 반해, 외도 무효는 완전히 무효화시키는 스킬이었다.

앞으로는 외도 마법이나 그와 비슷한 공격을 하는 적이 있어도 안심할 수 있겠다.

〈단죄: 혼에 시스템상의 죄과를 쌓은 자에게 죄과의 합산치와 비례하는 저항 불가능 대미지를 가한다〉

와아. 요컨대 죄를 많이 범한 녀석일수록 대미지가 커지는 공격이네. 저항 불가능이라는 부분이 무섭다.

응? 잠깐만?

이건 혹시 금기 관련이 아닐까?

금기 레벨이 높으면 받는 대미지가 높아진다든지?

왠지 그럴 것 같아!

으아, 누가 또 단죄를 가지고 있으면 내가 위험하잖아.

아니, 그래도 이건 스킬 포인트로 습득 가능한 목록에는 안 실려 있었잖아.

지배자 칭호로 획득 가능한 특수 스킬이라서 나 말고 습득한 녀석은 거의 없을지도 몰라.

희망적인 관측이지만 정말 그러면 좋겠다.

그렇다면 나는 귀중한 스킬을 획득한 셈이니까.

하지만 이거, 나락이랑 같은 냄새가 난단 말이지. 왠지 못 써먹을 것 같아.

시험 삼아 써봤지만 아니나 다를까 발동이 되지 않았다.

그냥 대상이 없어서 불발에 그쳤을지도 모르겠지만 왠지 못 써먹을 스킬이라는 확신이 드는걸.

뭐, 단죄는 못 써먹는다고 쳐도 벌써 엄청나게 이득을 봤으니까!

금기가 올랐다지만 나는 몰라, 될 대로 돼라!

금기 10이면 즉사라는 식으로 막장 전개가 아닌 한 어떤 디메리트든 기꺼이 받아들이련다.

그건 그렇다 치고 능력치도 엄청 올랐고 스킬도 충실해졌다.

나 혹시 최강 아닐까?

마물 도감
file.09

조아 에레

LV.01

status 【능력치】

HP
200 / 200

MP
200 / 200

SP
200 / 200

200 / 200

평균 공격 능력 : 100
평균 방어 능력 : 100
평균 마법 능력 : 100
평균 저항 능력 : 100
평균 속도 능력 : 100

skill
【기술】

「거미줄 LV 1」「독니 LV 1」「부식 공격 LV 1」
「참격 강화 LV 1」「은밀 LV 1」「무음 LV 1」
「그림자 마법 LV 1」「독 내성 LV 1」

불길함의 상징이라고도 불리는 거미형 마물. 목격 사례가 거의 없는 희소한 마물이며, 마주친 자는 며칠 이내로 죽는다는 이야기가 전해 내려온다. 알아차렸을 때는 이미 등 뒤를 점한 채 부식 공격이 담긴 낫으로 목을 베어 낸다고 한다. 스테이터스 이상으로 위협적이기에 위험도는 C로 지정돼 있다.

S4. 학원 생활

학원 생활은 순조로웠다.

수업 시간에는 사전에 배운 내용이 대부분이었지만 복습 삼아서 집중하며 들었다.

정 지루해지면 안 들키게 스킬 연습을 하면서 시간을 때웠다.

이런 식으로 수업만 떼어 놓으면 평화로워 보이지만 인간관계에서는 여러모로 문제를 겪고 있었다.

여기에는 내 신분과 저번 마법 수업 때 저지른 짓이 커다란 영향을 끼쳤다.

신분은 뭐랄까, 이래 봬도 내가 일단은 왕족이고 학업 중에는 신분을 내세우지 않기로 되어 있지만 어디까지나 명목상 그렇다는 말이다.

다른 학생들과 정말로 똑같이 지내기는 불가능했다. 우리나라의 백성은 대개 나를 대하면서 적잖이 어려움을 느끼는 듯했다.

자국민뿐 아니라 타국의 귀족도 내게 허물없이 가볍게 말을 건네지는 못했다.

어쨌든 왕족이니까 격을 맞추려면 같은 왕족이거나, 그에 준하는 공작급은 되어야 한다는 것이다.

개중에는 내게 연줄을 대려고 하는 학생도 있었지만 그런 부류는 카티아가 전부 칼같이 잘라 내버렸다.

나라면 아마 이러지도 저러지도 못한 채 달고 다녔을 테니까 주저

없이 쫓아내주는 카티아의 도움은 솔직히 고마웠다.

그러나 덕분에 접근하려는 학생이 확 줄어버렸고 예전 마법 수업 때 한바탕했던 일까지 겹쳐서 나는 살짝 외톨이 분위기였다.

반면에 유고는 그날의 수업 이후로 추종자를 잔뜩 늘렸다.

이제는 같은 학년 남학생 절반을 자기편으로 만들었고 전세 때와 마찬가지로 남학생들의 중심 격 존재가 되었다.

나는 전세와 마찬가지로 그 집단하고는 최대한 거리를 벌리면서 엮이지 않으려고 했다.

저번 마법 수업 사건 이후로 유고가 나를 적대시하고 있다는 것도 알았으니까.

나를 싫어하는 상대에게 굳이 다가갈 필요는 없다.

가능하면 쓸데없는 트러블은 피하고 싶었다.

결국 나는 이전부터 가까이 지냈던 카티아, 스우, 페이에 더해서 유리와 함께 있을 때가 많았다.

카티아와 스우는 신뢰할 수 있고 페이는 살짝 건방지지만 오랫동안 알고 지냈다.

유리에 대해서 잠깐 언급하자면 으음, 그게, 뭐랄까.

같은 전생자 동지긴 하지만 나츠메하고는 살짝 다른 의미로 꺼려지는 상대였다.

하세베의 지금 이름은 유린 우렌이다.

성씨로 쓰는 우렌은 고아원 대신이었던 교회의 이름이라고 들었다.

하세베, 그러니까 유리는 고아였다고 한다.

이 세계에는 버림받는 아이가 많았다.

전세에도 고아는 있었지만 문명이 발달하지 않은 데다가 마물이 활개치고 다니는 이 세계에서는 더더욱 숫자가 많았다.

갓난아기 때 버림받아서 철이 들었을 때는 이미 교회에서 살고 있었다는 식의 사례는 몹시 흔했다.

하지만 유리는 평범한 고아하고는 사정이 달랐다.

태어나고 얼마 되지 않았을 때부터 전세의 기억은 물론이고 분명한 자의식을 가지고 있었다.

정신을 차리고 보니 갑자기 갓난아이가 되어 있었다.

나도 경험했었지만 상당히 충격적인 사태였다.

혼란에 빠졌을 테고 무엇보다도 불안감이 격심하다.

앞으로 자신은 어떻게 될 것인가. 이전의 자신은 죽어버린 것인가.

그리고 저번 인생은 어떻게 되었단 말인가.

내가 그랬듯 불안이 끊이지 않았을 것이다.

더구나 유리는 그런 상황에서 버림받았다. 나와는 비교도 되지 않는 충격이었겠지.

솔직히 나로선 그때 유리의 심정이 어땠을지 상상조차 되지 않았다.

유리는 그런 극도의 불안 속에서 무언가를 의지했다.

그것이 신언교.

유리를 거두어준 교회가 신봉하는 종교이고 그곳의 교리는 인족 전체에 깊숙이 침투해 있다.

짧게 간추리자면 「신언을 듣기 위해 열심히 스킬을 수련합시다」라는 게 요지였다.

신언. 이것이 무엇인지 나는 잘 모르겠다.

게임으로 말하면 시스템 메시지 비슷한 안내 멘트겠지만, 이 세계 사람들은 신언이 들리고 있는 현실을 당연하게 받아들인다.

이 목소리가 어째서 들려오는지 위화감을 느끼는 사람은 우리 전생자뿐이겠지.

이 목소리는 들리는 것이 당연하다. 스킬이 있는 것도 당연. 이 세계에서는 상식이었다.

신언교는 그러한 목소리가 바로 신의 목소리라고 주장하면서 신의 목소리를 보다 많이 듣기 위해 스킬과 레벨을 올려야 한다고 가르치는 종교다.

내 입장으로 보자면 무슨 그런 웃기는 교리가 있냐는 심정이었지만 어째서인지 이 세계에서는 저런 교리가 먹혔다.

그리고 나와 똑같은 사고방식을 가지고 있어야 할 유리도 이 종교에 푹 빠져 있었다.

"슌은 스킬을 잔뜩 가지고 있구나? 훌륭한 자세야. 칭찬해줄게. 앞으로도 열심히 스킬 레벨을 올려서 하느님의 목소리를 많이 많이 들어야 한다?"

"슌은 레벨을 안 올린다고? 그럼 못써! 레벨을 올리면 하느님의 목소리가 연속으로 들려오거든. 하느님의 목소리를 듣기 위해서라도 레벨을 올려야지."

"슌은 감정도 쓸 줄 아는구나? 그럼 부탁 하나만 할게. 금기라는 이름의 스킬을 가진 사람이 있으면 가르쳐줘. 하느님이 금기라고 정하신 스킬을 가지고 있는 건 용납 못할 행위거든. 절대로 용납해선 안 돼. 절대로. 하느님까지 기피하면서 금지해 놓은 행위를 저질렸다는 뜻이잖아. 살아 있을 가치도 없는 거야. 죽여야 돼. 그러니까 꼭 알려줘. 약속했다?"

"슌, 오늘 스킬 레벨이 올라서 하느님의 목소리를 들었어! 아아, 하느님의 거룩한 목소리를 듣다니. 오늘은 분명 행복한 날이 될 거야."

도망치고 싶었다. 저 멀리 도망치고 싶었다.

하느님 운운하면서 말을 늘어놓을 때면 왠지 모르게 유리의 눈동자에서 초점이 사라진 것처럼 보였지만 이해해주기 바란다.

그렇지만 유리는 원래 이런 아이가 아니었다.

어디에나 있는 평범한 여고생이었다.

그런 애를 이렇게 바꿔 놓은 것은 분명 주변의 환경이다.

전생했다는 데서 비롯된 공포. 부모에게 버림받은 절망.

다른 세계에서 살아가야 한다는 불안감.

그런 때에 그리운 일본어를 들려주었을 신언은 유리의 마음속에서 버팀목으로 굳어진 듯했다.

게다가 주변에는 신언을 우러러 받드는 사람들뿐.

그런 상황에서 유리가 신언교의 가르침에 경도되었다고 해도 어쩔 수 없는 일이다.

뭐, 그런 까닭으로 지나치게 경도된 탓에 성녀 후보까지 올라갔다는 건 좀 그렇지만 말이야.

맞다, 아무 사람이나 붙잡고 신언교를 전파하는 짓은 말아줬으면 좋겠다.

만날 때마다 인사 대신「이제 신언교에 입교할 거야?」라고 묻는다.

미안하지만 나는 무종교파라고…….

돌려서 거절했지만 유리는 포기할 생각이 없어 보였다.
아니, 오히려 더욱더 강하게 밀고 들어왔다.
그때마다 스우가 울컥해서 덤벼들고 카티아가 둘을 뜯어말리는 광경이 일상으로 자리 잡았다.
그리고 스우도 요즘 들어 분위기가 이상했다.
나한테 무언가를 묻고 싶지만 차마 말을 꺼내지 못하겠다는 그런 느낌이었다.
뭐, 묻고 싶은 무언가에 대해서는 짚이는 데가 있지만…….
사실 카티아한테 들었다.
"스우 걔는 우리 사이가 궁금한가 봐."
"응? 사이라니?"
"뻔하잖아, 나랑 네 전세의 이야기겠지. 선생님이나 유리를 대하는 태도에서 뭔가 있다고 알아차리지 않았겠냐?"
"아, 그러고 보니 우리가 스우 앞에서 평범하게 일본어로 얘기했었지."
"바로 그거야. 태어나서 지금까지 쭉 같이 살아온 오빠가, 갑자기 낯선 사람하고 모르는 말로 친하게 얘기를 나누면 그야 이상하게 보이겠지."
"그렇겠네. 실수했어."
"뭐, 걔가 물어보면 네가 직접 판단해서 사실대로 말하든지 둘러대든지 해."
"응? 이럴 때는 둘러대야 되는 거 아니야?"
"그건 네가 스스로 결정해야지. 앞으로도 친동생을 쭉 속일 건지 진실을 제대로 알려줄 건지. 어느 쪽이든 각오 단단히 하고 진지하게 상대해줘라. 안 그러면 걔한테 못할 짓이잖냐?"

"응, 알았어."

이렇듯 스우는 나와 친구들이 어떤 관계인지 묻고 싶은 모양이었다.

솔직히 말해서 각오 따위 전혀 되지 않았다.

스우에게 진실을 알려준다고?

나와 스우는 어머니가 다르다고는 하나 분명 남매였다.

하지만 내 전세는 스우와 아무런 관계가 없는 생판 남.

나는 스우를 친동생으로 여기고 있지만 진실을 알았을 때 스우는 여전히 나를 오빠로 여겨줄까?

게다가 나는 전세의 기억과 경험을 적잖이 활용하면서 성장했다.

스스로의 힘으로 나와 나란히 선 스우와 달리, 나는 반칙을 저질렀다고 말할 수 있었다.

그것을 알았을 때 스우가 나를 경멸하지는 않을까?

스우라면 절대로 그럴 리 없다고 생각하지만 그런 상상을 한 시점에서 이미 선택지가 사라져버렸다.

그러면 둘러대야 하나? 그건 또 몹쓸 짓이다.

친동생이 이토록 번민하고 주저하면서 묻지도 못하고 있는데, 질문을 받았을 때 가볍게 농담조로 받아넘긴다는 생각은 전혀 들지 않았다.

만약 둘러대겠다면 그야말로 평생 동안 숨길 각오를 해야겠지.

아직 어떻게 할지 나 자신도 답을 내지 못했다.

하지만 혹시 스우가 마침내 입을 연다면 나도 꼭 진지하게 대답해야겠다.

카티아가 말해주지 않았다면 별로 깊이 고민하지도 않고 얼떨결에 둘러댔을지도 모른다.

미리 조언해준 카티아에게 고맙다고 해야지.

이렇듯 나는 이래저래 고민이 많았다.

유고는 나를 적대시하고, 유리는 포교에 열을 올리고, 스우에게 해줄 대답도 고민해야 한다.

게다가 선생님도 여전히 수수께끼였다.

수업에 나오지도 않고 사라지는가 하면, 불쑥 나타나서 수업을 받고 있었다.

만났을 때 이것저것 질문해봐도 이리저리 말을 돌리기만 한다.

특히 쿄야가 어디 있느냐는 이야기를 꺼내면 도무지 제대로 된 답변을 들을 수가 없었다.

쿄야는 나와 카티아가 전세에서 남달리 사이좋았던 친구다.

하지만 선생님은 쿄야가 어디에 있는지 통 가르쳐주질 않았다.

아마도 어느 정도의 정보는 파악한 듯한데 보호는 하지 않는 모양이었다.

지금 쿄야가 어디서 무엇을 하고 있는지 신경 쓰였지만 선생님이 계속 이런 식이면 영영 소식을 듣지 못할 것 같았다.

종교에 빠져버린 유리.

애초부터 강했던 자기 과시욕이 커져서 브레이크가 듣지 않게 된 유고…….

걸핏하면 비밀이라고 말을 돌리는 오카 선생님.

다들 이쪽 세계에서 변해버렸다.

물론 어쩔 수 없는 일인지도 모른다.

이쪽에서 살아온 시간도 길고 일본하고는 환경이 너무나도 다르니까.

변하지 않는 편이 더 어려울지도 모르겠다. 하지만 나는 변화가 두려웠다.

이런 말을 하면 좀 그렇지만 유리나 유고의 변모는 마치 미친 사람처럼 보일 정도였다.

"카티아, 너는 변하지 말고 있어줘라."

결국 카티아에게 이런 소리를 하고 말았다.

카티아까지 내가 알고 있는 카나타가 아니게 변해버린다고 생각하면 두려움이 솟는다.

나는 이곳에서도 변하지 않고 살아가고 있다. 그럴 수 있는 이유는 카티아라는 전세의 연결 고리가 곁을 지켜주는 덕분이라도 해도 과언이 아니었다.

그러니 카티아도 변하지 않기를 바라는 것은 당연한 마음이었다.

막간. 걱정꾸러기 공작 영애와 성녀 후보

“오오시마, 옷 갈아입을 때 왜 여학생 사이에 당당히 끼어 있는 거야?”

“응? ……아, 미안. 이쪽 생활이 길어서 그런가 별로 의식하지도 않았네. 하세베가 불편하면 내가 다른 시간에 갈아입든가, 아니면 다른 장소를 알아볼게.”

“어? 아, 응.”

“뭐야, 이걸로는 모자라?”

“아니, 그게. 그냥 침착하게 대답할 줄은 몰랐거든. 이럴 때는 보통 막 당황하면서 변명하고 그러지 않아?”

“으음, 내가 전생하고 나서는 여자 몸을 봐도 전혀 매력을 못 느끼게 됐거든. 남자였을 때는 그렇게 정신을 팔았었는데 거짓말처럼 싹 변했어. 그래서 여자 몸을 봐도 아무 느낌이 없달까? 덕분에 죄책감 같은 감정이 들지도 않고…….”

“그래? 살짝이라도 부끄럽다는 생각은 안 들어?”

“공작 영애쯤 되는 신분으로 태어나면 옷 갈아입거나 씻을 때도 시녀들이 하나하나 시중을 들어주거든. 부끄러움 따윈 한참 전에 날아가버렸지.”

“그, 그렇구나. 나름 힘들었겠다.”

“조금은. 그래서 기숙사 생활은 시녀들도 없고 꽤 편해. 오히려 다른 아가씨들이 시녀가 없어서 불편하다고 구시렁대는 게 안 믿길 정도라니까."

"아, 그건 나도 동감이야."

"하세베는 고아원에서 생활했다고 했지. 일본의 상식이 남아 있을 테니까 귀족 녀석들하고는 잘 안 맞는 거 아니냐?"

"응. 솔직히 좀 그래."

"그야 그렇겠지. 나도 가끔은 도저히 이해가 안 될 때가 있거든."

"아하하. 상황은 다르지만 둘 다 제법 고생이 많았구나."

"그러게. 하지만 내가 한 고생은 하세베하고 비교하면 정말 별거 아니잖아."

"그런가?"

"그렇겠지. 확실히 힘들긴 했지만 생명을 위협당한 건 아니었으니까."

"그럴지도 모르겠네. 하지만 나는 이렇게 돼서 다행이라고 생각해."

"다행이라고?"

"응, 나는 그 덕분에 하느님의 목소리가 얼마나 소중한지 깨달았거든!"

"아, 응."

"있잖아, 하느님은 모든 것을 내다보는 분이셔. 전지전능한 진짜 하느님이셔. 딱 일본어로 말씀해주시는 것이 제일 큰 증거잖아. 하느님의 목소리를 따르면 모든 소망이 이루어질 거야!"

"아, 그래. 그럴지도 모르겠네."

"그런 거야! 그러니까 오오시마도 신언교로 들어올래?"

"아, 음. 미안. 나는 집안 사정 때문에 종교를 가질 수가 없거든."

"그러니? 그럼 어쩔 수 없지. 하지만 마음이 바뀌면 언제든지 말해줘."

"응, 그렇네. 아, 맞다. 나 역시 다른 데서 갈아입을까?"

"어? 아냐. 왠지 방금 전에 오오시마랑 얘기를 나눠보니까 괜찮을 것 같아. 어차피 나도 익숙해져야 하니까 이대로 괜찮아."

"괜찮겠어?"

"응. 뭐랄까, 지금의 오오시마는 위화감이 없거든."

"무슨 뜻이야?"

"남자 같지 않아. 동작도 그렇고 표정도 그렇고, 말만 안 하면 완전 여자애니까."

"그건, 기뻐해야 하나, 슬퍼해야 하나……."

"기뻐하면 되지 않을까? 그렇잖아, 앞으로는 계속 여자로 살아가야 하는걸."

"복잡한 기분이네."

"여자로는 내가 선배인걸. 사람을 인도하는 것이 내 사명이야. 무슨 일 있으면 나한테 물어봐!"

"고맙다. 그때는 도와달라고 할게."

"변하지 말라고? 그게 가능하겠냐? 이런 처지에 어떻게 안 변할 수 있겠어. ……여자 같다잖아. 그럼 슌한테는 여자로 안 보이는 걸까? 응? 내가 뭔 소리를 했지? 별로 의미는 없어. 없다니까."

7. 관리자의 그림자

맞다, 외도 내성이 외도 무효로 바뀌었잖아. 그럼 탐지를 써도 머리가 안 아프지 않을까?

외도 속성 공격은 이제 무효니까. 응, 분명 공격에 속한다.

통각 경감을 쑥 뚫고 들어오는데 평범한 두통일 리 없잖아?

탐지랑 짝꿍인 외도 속성 공격이 무효라면 머리도 안 아플 거야.

해보면 알겠지, 뭐.

후유, 하아. 좋아!

탐지 온!

……와아. 굉장하다. 진짜로 굉장해.

지금까지는 두통을 견디느라 미처 알지 못했는데 제대로 쓰면 이렇게 대단한 스킬이었구나.

이제 탐지를 발동시켜도 머리가 아프지 않았다.

아니, 사실은 조금 지끈거렸지만 통각 경감 덕분에 없는 셈 쳐도 되는 수준이었다.

이만한 두통은 그냥 공부 좀 오래 하다가 살짝 열이 오르는 정도인걸.

그만큼 탐지가 전해주는 정보량은 막대했다.

《숙련도가 일정 수치에 도달했습니다. 스킬 〈연산 처리 LV 8〉이 〈연산 처리 LV 9〉로 성장했습니다.》

《숙련도가 일정 수치에 도달했습니다. 스킬 〈병렬 사고 LV 6〉이

〈병렬 사고 LV 7〉로 성장했습니다.》

《숙련도가 일정 수치에 도달했습니다. 스킬 〈탐지 LV 7〉이 〈탐지 LV 8〉로 성장했습니다.》

《숙련도가 일정 수치에 도달했습니다. 스킬 〈신성 영역 확장 LV 1〉을 획득했습니다.》

뭔가 스킬이 늘어났지만 확인은 나중에 할래.

지금은 그저 감동에 잠겨 있고 싶으니까.

탐지가 성공해서 기쁘기도 했다.

하지만 기쁨 이전에 나는 탐지가 전해주는 정보에 압도당했다.

내가 인식 가능한 공간의 모든 정보가 모여드는 기분이었다.

마력의 흐름, 물질의 형상, 공기의 순환, 온갖 정보가 내 머릿속으로 흘러들어 온다.

세상 전부가 내 손아귀에 놓여 있는 듯한 고양감이 솟구쳤다.

주변의 모든 것을 파악할 수 있었다.

보통은 감지조차 못하는 차원의 정보였지만 스킬의 힘으로 얼마간 이해할 수 있었다.

짧은 시간이었는데도 우주의 진리를 훔쳐본 듯한 감동에 휩싸일 만큼 압도적인 정보의 바다였다.

내가 인식하는 작디작은 공간에서도 이 정도라니…….

새삼스럽게 세계의 광대함과 위대함이 절절히 느껴졌다.

왜 이러지, 까닭도 없이 눈물이 나올 것 같았다. 거미 눈에서도 눈물이 나오는지는 잘 모르겠지만…….

일단 탐지를 꺼야겠다.

후유, 굉장했어. 밑도 끝도 없는 이 감동은 대체 뭘까.

비유하자면 하늘에 가득한 별을 바라보며 감동하는 기분이랄까? 응, 살짝 비슷한 느낌이다.

아아, 조금 더 감동에 잠겨 있고 싶지만 새롭게 마음을 다잡도록 하자.

탐지는 성공했다.

그럼 앞으로는 탐지도 상시 발동하면서 다녀야 할까?

으음. 다만 탐지는 지나치게 고성능이라서 오히려 불편할지도 모르겠다.

너무 많이 알아버려서 그쪽으로 주의가 쏠리니까, 전투 중에는 오히려 집중이 흐트러질 수도 있겠어.

그렇지만 익숙해지면 해결되는 문제 아닐까?

물론 지금은 발동만으로도 많이 벅차다. 그러나 감정 님 때도 처음에는 살짝 취기가 돌았지만 지금은 익숙해졌고, 수시로 발동하면 머지않아 익숙해질 거야.

그러니까 처음에는 좀 위험할 수 있어도 탐지를 상시 발동으로 해놓자.

다른 스킬 레벨도 오르는 데다가 장기적으로 보면 더 유리한 선택이다.

그런고로 다시 탐지 온.

이야. 정말 굉장한걸.

아차, 감동에 젖어 있을 때가 아니었지.

우선은 방금 획득한 스킬부터 확인해볼까.

《숙련도가 일정 수치에 도달했습니다. 스킬 〈병렬 사고 LV 7〉이 〈병렬 사고 LV 8〉로 성장했습니다.》

《숙련도가 일정 수치에 도달했습니다. 스킬 〈신성 영역 확장 LV 1〉이 〈신성 영역 확장 LV 2〉로 성장했습니다.》

확인하려는 스킬의 레벨이 딱 올랐다.

이 스킬은 뭘까?

인내의 설명문에도 그러고 보니 신성 영역이라는 말이 있었지.

분명 확장한다느니 어쩌니 했었는데, 얘도 확장이네?

그렇다면 내 신성 영역인지 뭔지가 부쩍부쩍 마구마구 확장됐다는 뜻?

어쨌든 간에 감정부터 하자.

〈신성 영역 확장: 신성 영역을 확장한다〉

이름 그대로잖아. 뭐, 상관없지.

나한테는 감정 님이 계시니까! 자, 이중 감정 부탁해염!

〈신성 영역: 생명이 지닌 혼의 심층 영역. 모든 생명의 근원이자 자신의 최종 의존 영역이기도 하다〉

으응? 잘 모르겠는걸?

뭐, 혼의 중요한 부분이라는 것은 눈치로 알겠지만 그런 데를 확장하면 뭐가 달라지는데?

으음. 결국 효과는 불명이구나.

넓어지니까 뭔가 좋겠지만 자각 증상은 전혀 없단 말이지.

《숙련도가 일정 수치에 도달했습니다. 스킬 〈연산 처리 LV 9〉가 〈연산 처리 LV 10〉으로 성장했습니다.》

《조건을 충족시켰습니다. 스킬 〈연산 처리 LV 10〉이 스킬 〈고속 연산 LV 1〉로 진화했습니다.》

《숙련도가 일정 수치에 도달했습니다. 스킬 〈탐지 LV 8〉이 〈탐지 LV 9〉로 성장했습니다.》

스킬 레벨 오르는 속도는 여전히 빨라!

연산 처리는 벌써 최고 레벨이다.

진화해서 고속 연산이 됐고……. 이건 틀림없이 상위 스킬이겠구나.

그건 그렇고 내가 탐지를 습득한 이유는 원래 색적 기능을 원했기 때문이거든.

하지만 나 자신의 색적 능력이 높기도 했고 지금까지는 탐지 없이도 그럭저럭 잘 버텨 왔다.

그런데 탐지의 힘까지 더해졌잖아. 이제는 그야말로 완벽하다는 말밖에 나오지 않는걸.

이제 나한테 기습은 불가능이로다! 앰부시는 용납치 않아!

그리고 또 하나, 다음으로 원했던 기능이 마력 감지였다.

내 예상이 맞다면 여기에 마력 조작이라는 스킬을 조합해서 마침내 마법을 쓸 수 있었을 텐데, 아마도.

지금까지 빛을 못 봤던 심연 마법도 외도 마법도 써먹을 수 있다!

하지만 스킬 포인트가 없구나! 쳇이다!

인내를 익힌 것이 후회되지는 않지만 스킬 포인트가 없으니까 마음이 아팠다.

사실은 사안에다가 먼저 스킬 포인트를 쓰고 싶거든!

어떡하지. 전부 가지고 싶어! 끄앙!

배부른 고민이라는 건 알고 있지만 그래도 고민된다!

《숙련도가 일정 수치에 도달했습니다. 스킬 〈탐지 LV 9〉가 〈탐지 LV 10〉으로 성장했습니다.》

《숙련도가 일정 수치에 도달했습니다. 스킬 〈병렬 사고 LV 8〉이 〈병렬 사고 LV 9〉로 성장했습니다.》

응? 진짜로? 탐지 씨, 벌써 최고 레벨이야?

어라? 그런데 추가 스킬도 없고 진화도 안 하네?

뭐야. 좀 너무하지 않아?

탐지 씨 때문에 고생을 얼마나 많이 했는데…….

물론 얻은 것도 많았지만 욕심을 부리자면 뭔가를 받고 싶거든.

지룡한테 이길 만큼 강해지는 건 무리라고 치고, 그래도 내 한 몸 빼낼 만큼은 강해지고 싶단 말이야.

정말로 아무것도 안 주는 거야?

《지직…… 지직…….》

응? 무슨 소리지?

……잘못 들었나?

뭐, 허공에 대고 떼써 봐야 나만 지치지.

그나저나 강해진다는 건 제일 단순하고 간단한 해결책이구나.

앞으로도 자만하지 말고 수련하면 그런 터무니없는 적이 나타나도 몸을 피할 정도로는 강해질 수 있을 거야. 그러니까 마음을 다잡고 강해지기 위해서 노력하자.

우선은 레벨업.

앞으로는 적극적으로 마물을 사냥해야겠다.

다음은 스킬.

스킬 레벨은 이동 중에도 언제나 신경 써서 올리고 있다.

감정 님도 그렇고, 탐지도 그렇고, 예견이랑 사고 가속도 마찬가지.

탐지는 이미 최고 레벨이지만 부수적으로 오르는 스킬도 많았다.

이대로 모든 스킬이 최고 레벨로 올라갈 때까지 탐지는 쭉 발동하면서 다니자.

그와 병행해서 이동 중에 수련할 만한 다른 스킬도 레벨 올리기에 착수해야지.

가장 무난한 종류는 오감 강화 계열.

이동하면서 눈에 힘을 주거나 잠깐잠깐 냄새를 맡으면서 걸어 다니면 수련이 되잖아.

벌써 최고 레벨이 가까워진 스킬도 있으니까 먼저 시작해야지.

그리고 또 하나.

이쪽은 이동 중이 아니라 어딘가에 제대로 자리를 잡고 차분하게 하고 싶었다.

마력 조작 연습을…….

생각해보면 스킬은 숙련도만 잘 쌓으면 스킬 포인트를 치르지 않아도 획득할 수 있잖아.

그렇다면 어떻게 숙련도를 올려야 할지 전혀 알 길이 없는 사안에다가 포인트를 쓰고, 마력 조작은 자력으로 어떻게든 해결하는 편이 좋겠지.

탐지 씨 덕분에 마력 감지에는 아무 문제가 없다.

의식을 집중하면 마력의 흐름도 파악이 됐다.

남은 과제는 모종의 수단을 찾아서 마력 조작에 성공하는 것, 혹은 조작하려고 애쓰다가 숙련도가 쌓여서 스킬을 배울 수 있으리라고 살짝 기대하고 있다.

스킬을 입수하면 그다음은 꿈에도 그리던 마법 연습이다.

다만 잊어버리면 안 된다. 내 목적은 중층을 탈출해서 상층으로 돌아가는 것이다.

스킬 연습과 레벨업은 탈출을 위한 중간 과정일 뿐이다.

그러니까 걸음을 멈추면서까지 할 일은 아니었다.

그냥 이동 중에 짬이 나면 하겠다는 이야기다.

이곳 중층은 얼른 지나쳐야 하는 장소지 눌러앉을 만한 장소가 아니다.

그 점은 잊지 말도록 하자.

《숙련도가 일정 수치에 도달했습니다. 스킬 〈사고 가속 LV 3〉이 〈사고 가속 LV 4〉로 성장했습니다.》

《숙련도가 일정 수치에 도달했습니다. 스킬 〈예견 LV 3〉이 〈예견 LV 4〉로 성장했습니다.》

좋아, 좋아. 오만의 지배자 칭호 덕분에 정신계 스킬의 레벨업 속도가 빨라졌다.

이대로 쭉쭉 레벨을 올리자.

마찬가지로 인내의 지배자 칭호 덕분에 내성계 스킬의 레벨업 속도 역시 빨라졌겠지만, 유감스럽게도 적극적으로 올릴 만한 형편이 못 되거든.

일단 맹독 내성과 마비 내성은 독 합성으로, 참격 내성과 타격 내성과 파괴 내성과 부식 내성, 거기에 아마도 있을 것이라고 짐작되는 충격 내성은 만능 실로 각각 자해하면 올릴 수 있겠지만, 그래도 어딘가에 집을 짓고 나서 해야 하지 않겠어?

회복이 느린 데다가 제대로 휴식도 취할 수 없는 중층에서 할 만한 수련이 아닌걸.

능력치 강화 스킬은 가능하면 일찌감치 올려놓고 싶은 마음이 굴뚝같으나 이쪽도 집을 짓고 나서 차분하게 올려야겠다.

전투 중에 스킬 레벨이 오르면 좋겠지만 다른 방법은 근력 운동 정도니까.

그럴 시간이랑 체력이 있으면 조금이라도 앞으로 전진하는 편이 낫다.

당장은 역시 이동 중에도 수련 가능한 스킬, 오감 계열 스킬을 올리도록 하자.

특히 시각 강화는 레벨 9라서 최고 레벨이 눈앞이니까 우선해서 올려야겠어.

진화해서 중층 공략을 개시하고 시간이 조금 흘렀다.

눈에 들어오는 마물을 닥치는 대로 해치운 결과 레벨이 올랐다.

후후. 있잖아, 능력치가 정말 많이 성장했어.

전투 능력이 높다는 말은 허풍이 아니었나 봐. 각종 능력치가 쭉쭉 올라간다고…….

평균으로는 20 정도씩.

오만의 효과로 성장치가 오른 데다가 각종 능력치 향상 스킬 덕분에 능력치의 성장 폭이 좋아진 몫을 빼고도 굉장해.

이런 상태로 쭉 레벨을 올리면 빈약했던 능력치 문제를 완전히 해결할 수 있겠어.

레벨은 그런 느낌이었고 스킬 쪽도 상당히 올랐다.

다만 눈에 힘을 꾹 주고 집중해서 대상을 주시하는데도 시각 강화 스킬은 좀처럼 오르지 않는다.

역시 9레벨쯤 되면 레벨 올리기도 고생인가 보다.

그 밖의 스킬은 꽤 올랐지만!

우선 무음이 레벨 3이 되었다. 닌자의 길에 또 한 걸음!

불 내성도 1이 올라서 드디어 3레벨이 되었다.

인내 덕분에 숙련도 습득 속도는 꽤 빨라졌을 텐데, 그럼에도 상당한 시간이 걸렸다는 느낌이었다.

나는 대체 얼마나 불에 약한 거지? 종족이 바뀌었는데도 불에 약하니, 원.

어쩌면 불 말고 다른 내성은 안 이럴지도 모르겠지만…….

물론 시험할 방법이 없으니까 뭐라고 말은 못하겠어.

음, 원래 방어력 따위 없는 것이나 마찬가지였으니까, 내성이 조금 올라간다고 별로 달라지지는 않을 것이다.

그래도 방어력도 보강됐겠다, 앞으로는 내성에 관해서도 알아 두는 편이 좋겠다.

불 내성 말고도 다른 약한 속성이 있을지도 모르니까. 딱히 조사할 방법은 없지만…….

그리고 마지막으로 병렬 사고—.

얘가 10레벨이 되면서 진화했다.

이름하여 병렬 의사(意思)!

얘가 또 엄청나게 편리하게 써먹을 수 있거든?

이름 그대로 의사의 숫자가 늘어난다.

병렬 사고였을 때는 하나의 의사로 복수의 사항을 동시에 어찌어찌 생각할 수 있다는 느낌이었지만, 병렬 의사는 의사가 완전히 분할된다. 마치 이중인격 같다고 할까?

양쪽 모두 나지만 각자가 별개의 의사로 사고할 수 있다.

게다가 병렬 사고의 기존 능력을 갖춘 채로…….

사고 능력이 순수하게 두 배가 되었다고 봐도 되겠다. 무지 편해.

어릴 적에, 아니, 어른이 되고도 시간에 쫓기면서 때때로 꿈꾸었을 또 하나의 자신이 있으면 좋겠다는 소망을 절반쯤 이루어주는 스킬이었다.

한쪽한테 공부나 일거리를 시켜 놓고 다른 한쪽은 놀러 다닌다든지 그런 상상은 누구든 한 번쯤 하잖아.

뭐, 근본은 결국 똑같으니까 어느 쪽이 농땡이를 치든 다른 한쪽이 가만 안 있겠지만…….

그럼에도 이제까지 나 홀로 짊어져야 했던 일을 둘로 나눌 수 있으니까 무지 편했다.

레벨이 오르면 분할되는 의사의 숫자가 늘어날지도 모르겠네.

다만 몸을 움직이는 역할은 어느 하나의 의사가 전담해야 한다.

그런고로 나는 한쪽을 몸을 담당하게 하고, 다른 한쪽에게는 감정님과 탐지 씨 등등 정보 정리를 담당시켰다.

이렇게 분담하면 한쪽이 부담하는 작업량이 줄어서 편하기도 하고 그만큼 자신의 담당에 집중할 수 있으니까.

실제로 무도를 닦는 사람이라면 이해할 수도 있는데, 전투 중에는 시야가 엄청나게 좁아지거든.

극도의 집중과 긴장감 때문이겠지만…….

하지만 정보 담당으로서 의사 하나를 이렇게 분리해 놓은 지금은 그런 식으로 시야가 좁아지는 불편함도 없어졌다.

나는 그저 정보를 주워다가 몸 담당한테 통째로 넘기기만 하면 된다.

그런고로 몸 쓰는 일은 맡기겠다, 몸 담당!

【맡겨주시라, 정보 담당!】

요런 식으로 나 홀로 대화도 가능해졌다.

어쨌든 둘 다 나니까 정보 공유는 전혀 문제없었다.

의사가 둘로 나뉘었지만 메인도 서브도 없다. 둘 모두 나 자신이다. 나는 나이기에 나일지어다!

응, 뭔 소린지 모르겠네.

나는 그럭저럭 적응했지만 사람에 따라서는 자신의 존재 근거가 모호해질 수도 있겠다.

어느 쪽이 진짜 자신인지를 알지 못하고 자아를 잃어버린다든가.

그럴듯한걸. 아니, 아무렇지도 않게 써먹고 있는 내가 특수한 사례일지도? 에이, 설마 아니겠지.

정보 담당이 요런 생각을 하는 동안 몸 담당은 어느새 마물을 쓰러트렸다.

내가 한 일이지만, 어쨌든 굿 잡.

【별거 아니라고, 내가 누군데.】

이번에는 새롭게 습득한 부식 공격을 시험해봤는데 요놈은 못 써먹는다. 응.

그게 말이지, 공격력 자체는 정말 무시무시하거든?

레벨 1인 주제에 엄청나게 무시무시해.

어느 정도냐고? 으음, 일격으로 마물이 먼지처럼 부스러졌어. 말이 돼?

부식이 그런 의미였던가? 상하거나 썩는다는 뜻 아니야?

중간 과정 다 빼먹고 풍화해버렸다. 죽음의 붕괴를 관장하는 속성이라고 했지. 진짜 무시무시해.

레벨 1인데 벌써 오버 킬이다.

지금도 이런데 레벨이 더 오르면 대체 어떻게 되는 걸까?

아무튼 못 써먹겠다고 한 이유는 둘이었다.

우선 하나, 마물의 시체가 남지 않는다. 요컨대 밥이 남지 않는다.

부식 공격을 쓰면 경험치를 쌓는 목적과 쌍벽을 이루는, 마물을 사냥하는 나머지 절반의 이유를 달성할 수가 없다.

용납 못할 사태였다. 내 입과 과식 스킬과 노란색 붉은색 스태미나가 용납 못한다.

그리고 다른 한쪽이 오히려 더 큰 문제였다.

나한테도 대미지가 들어온다.

부식 공격을 부여한 낫을 확인했다. 날이 너덜너덜했다. HP까지 줄었다.

자폭 공격이잖아?!

이렇듯 위력은 강했지만 반동도 컸다.

전력을 쏟아부어야 하는 격전이라면 상황에 따라 사용하겠지만 잔챙이를 상대할 때는 쓰지 않는 편이 좋겠다.

특히 중층에 있을 때는 자동 회복 속도도 느려지니까 조심해야지.

아, 요 낫은 얼마나 지나야 고쳐질까?

이제 조금만 있으면 레벨업 할 테니까 그때 회복하겠지만 그러면 다음 전투에서는 낫을 못 쓰겠구나.

뭐, 낫이 없어도 내게는 독 합성이 있고 장어처럼 강적이 아닌 한 별다른 영향은 없겠지…….

애초에 요즘은 낫을 활용하고 있어도 중층의 메인 무기는 독 합성이거든.

왜냐하면 중층의 마물은 닿기만 해도 대미지가 들어오니까.

낫을 쓰면 참격 강화 같은 스킬을 올릴 수 있지만 은근히 대미지를 받는단 말이지.

게다가 낫으로 베면 내용물이 쏟아지니까 먹기도 힘들고…….

그러니까 몸 담당, 다음 사냥감은 독 합성으로 해치우자.

【그래. 나만 믿으라고, 정보 담당.】

후후, 병렬 의사는 정말 편리하구나.

여기에다가 몸이 두 개로 늘어나면 꿈에 그리던 그림자 분신도 가능하겠어.

앗, 하지만 그러면 둘 다 본체가 되니까 어느 쪽이 당해도 아프겠다.

끙, 그건 싫은데.

어느 쪽이 남든 나는 살아남겠지만 사실상 죽음을 체험하는 셈이잖아?

으음, 그런 체험은 하고 싶지 않은걸.

아마도 내가 이미 한 번은 체험했을 테지만 기억에 없으니까 노카운트라고 하자.

그러니까 몸 담당, 아무쪼록 목숨이 위험해지는 짓은 하지 마라.

【무슨 소리야, 정보 담당. 내가 그런 짓을 하겠어?】

하긴…….

《숙련도가 일정 수치에 도달했습니다. 스킬 〈시각 강화 LV 9〉가 〈시각 강화 LV 10〉으로 성장했습니다.》

《조건을 충족시켰습니다. 스킬 〈시각 강화 LV 10〉으로부터 스킬 〈망원 LV 1〉이 파생되었습니다.》

좋았어! 드디어 시각 강화 스킬이 최고 레벨을 달성했다.

시각 강화의 최고 레벨 달성 보상은 새로운 파생 스킬이구나.

재빨리 감정해서 효과를 조사해볼까.

〈망원: 먼 곳의 광경을 확대해서 볼 수 있다〉

아, 이름 그대로의 효과네.

으음, 미묘.

오감 강화 스킬은 대체로 효과가 수수한 편인데, 파생되는 스킬도 마찬가지구나.

일단 발동해볼까.

들은 대로다, 몸 담당. 망원 발동!

【요청을 승인했다, 망원 발동!】

오? 오오? 오오오?!

와, 의외로 굉장하다. 수수하다고 해서 미안.

내 시야에는 망원으로 확대된 영상과 원래 내 시야의 영상, 둘이 동시에 펼쳐져 있었다.

상상대로였다면 모든 시야가 망원경처럼 확대되었을 텐데, 아무래도 하나의 눈동자로 발동이 되는가 보다.

보통은 전혀 다른 영상 정보가 들어오면 혼란에 빠지겠지만, 나는 경우가 좀 다른 것이 실질적으로는 두 명이 있는 셈이잖아?

분담하면 혼란도 전혀 없었다.

지금은 스킬 레벨이 낮아서인지 확대 가능한 배율도 사정거리도 짧지만 레벨이 오르면 꽤 편리하겠어.

예를 들면 탐지로 숨어 있는 적을 발견하고, 그곳을 망원으로 주시하면서 한편으로는 보통 시야도 확보한다든지.

응응, 이 스킬도 패시브 스킬 같아. MP나 다른 소비가 없는걸.

사용할 데가 꽤 많을 것 같고 망원도 상시 발동해서 스킬 레벨을 올리도록 하자.

【기분 좋을 때 미안하지만, 정보 담당.】

무슨 일인가, 몸 담당?

【망원으로 본 영상에서 사냥감을 발견했어.】

오오, 벌써부터 제 몫을 하는구나. 귀여운 녀석.

【쓱싹 해치울까?】

물론 그래야지.

【맡겨주시라!】

회의 끝, 샤샤삭 접근.

낫은 저번에 부식 공격으로 자폭해서 못 써먹는 상태니까 독 합성으로 거미 맹독을 끼얹어주자.

한순간에 마물의 HP가 바닥났다. 여전히 무시무시한 위력이었다.

《경험치가 일정 수치에 도달했습니다. 개체, 조아 에레가 LV 2에서 LV 3으로 성장했습니다.》

《각종 기초 능력치가 상승했습니다.》

《스킬 숙련도 레벨업 보너스를 습득했습니다.》

《숙련도가 일정 수치에 도달했습니다. 스킬 〈시각 영역 확장 LV 2〉가 〈시각 영역 확장 LV 3〉으로 성장했습니다.》

《숙련도가 일정 수치에 도달했습니다. 스킬 〈생명력 LV 9〉가 〈생명력 LV 10〉으로 성장했습니다.》

《조건을 충족시켰습니다. 스킬 〈생명력 LV 10〉이 스킬 〈신명(身命) LV 1〉로 진화했습니다.》

《스킬 포인트를 입수했습니다.》

오오, 때마침 레벨이 올랐다.

탈피하면서 낫도 회복됐다.

그리고 마침내 능력치 상승 계열 스킬 중 하나가 진화했구나.

감정을 해보실까.

〈신명: 스킬 레벨 × 10만큼 HP를 추가로 올려준다. 또한 레벨업 시에 스킬 레벨만큼 성장 보너스를 부여한다〉

역시 그렇군. 강대나 강고랑 같은 계통이구나.

그럼 나머지 강화계 스킬도 진화시키면 추가 능력치에 성장 보너스까지 받을 수 있겠네.

가능하면 빨리 올려놓고 싶지만 역시 중층을 빠져나갈 때까진 참아야겠다.

빨리 안전한 곳으로 가고 싶어라.

그리고, 오래 기다리셨습니다!

레벨업으로 스킬 포인트가 100이 되었다. 만세!

진화하고 나서 레벨업에 따른 스킬 포인트 증가가 50으로 늘었다.

지금까지는 20이었는데 단번에 50으로 점프.

덕분에 2레벨만 올리고도 100포인트다.

어디 보자, 소문이 자자한 사안 스킬이 과연 추가되었으려나?

〈저주의 사안(100): 시야에 들어온 대상에게 저주 속성의 대미지를 가한다〉

〈사멸의 사안(100): 시야에 들어온 대상에게 부식 속성의 대미지를 가한다〉

〈마비의 사안(100): 시야에 들어온 대상에게 마비 속성의 대미지를 가한다〉

〈석화의 사안(100): 시야에 들어온 대상에게 석화 속성의 대미지를 가한다〉

〈불쾌의 사안(100): 시야에 들어온 대상에게 외도 속성 「불쾌」의 효과를 부여한다〉

〈환통의 사안(100): 시야에 들어온 대상에게 외도 속성 「환통」의 효과를 부여한다〉

〈광기의 사안(100): 시야에 들어온 대상에게 외도 속성 「광기」의 효

과를 부여한다〉

〈매료의 사안(100): 시야에 들어온 대상에게 외도 속성「매료」의 효과를 부여한다〉

〈최면의 사안(100): 시야에 들어온 대상에게 외도 속성「최면」의 효과를 부여한다〉

〈공포의 사안(100): 시야에 들어온 대상에게 외도 속성「공포」의 효과를 부여한다〉

와, 정말로 추가됐잖아.

전에는 이런 스킬이 목록에 없었는데.

그건 그렇고 종류가 많은걸? 이 중에서 하나를 골라야 된다니. 고민된다.

【정보 담당.】

무슨 일인가, 몸 담당?

【이왕이면 여러 개를 익히지 않을래?】

응? 무슨 뜻이야?

【혹시 아시는가? 내게는 눈이 여덟 개나 있다는 사실을!】

그게 어쨌다고?

【그러니까, 최대 여덟 개의 사안을 동시에 발동할 수 있지 않을까?】

뭣이라?! 자네 혹시 천재였나?!

【후후후. 아무렴, 나는 사실 천재였다네.】

진짜로? 내가 실은 천재였구나! 천재라면 뭘 해도 용서받는 법!

【그래그래. 사안 여덟 개를 동시 전개하면 멋지지 않겠어?】

끝내준다. 완전 끝내준다. 꿈 같은 광경이야!

【망원으로 한 개를 써야 하니까 나머지는 일곱 개지만 말이야.】

평상시 시야도 확보해야 된다는 점을 고려하면 남는 눈은 여섯 개로군.

【그렇겠지. 이번에 뭔가 하나를 고르고, 나머지 다섯 개는 차례차례 익히는 쪽으로 오케이?】

오케이, 오케이. 그런데, 몸 담당. 자네가 보기에는 어떤 사안이 좋겠는가?

【당장은 가지고 있지 않은 저주나 석화가 좋겠어. 외도 쪽은 마물 상대라기보단 대인용으로 보이고 말이야.】

동감이야. 나는 저주가 마음에 드는걸. 석화는 상층에서 만난 석화 도마뱀 덕분에 체험해봤지만 효과를 제대로 보려면 시간이 걸리니까.

【시간이 걸리는 만큼 위력도 높겠지만 역시 지금은 무난하게 저주로 가자고…….】

역시 나다. 훌륭한 판단력이야.

결론이 나왔으니 저주의 사안을 습득하도록 하자.

〈저주: 각종 능력치를 약체화시키고 HP, MP, SP에 대미지를 가한다〉

저주의 사안 LV 1을 획득했습니다~. 만세~.

멋진 스킬도 얻었겠다, 어서 실험물이 되어줄 마물을 찾아야겠다.

그렇게 됐으니 탐지 씨의 정보로 적당한 마물을 찾아보자.

음, 으으음. 저쪽에 뭔가 있나 본데~.

아직 거리가 좀 있으니까 정확한 정보는 파악이 안 되지만 아무래도 육지로 올라와 있는 것 같아.

마침 잘됐다. 저 녀석을 상대로 실험해봐야지.

앗, 개구리의 진화형이네.

이 녀석은 이제는 그리움마저 느껴지는 개구리의 진화 형태로 짐작됐다.

별로 강해진 것 같지는 않지만 그래도 중층 지대의 환경에 적응하는 진화를 이루어 낸 듯했다. 염열 무효도 있고…….

그리고 마그마 지대라서 온통 밝은데도 밤눈을 가지고 있는 녀석은, 아마도 상층 출신이 진화한 녀석들이 아닐까 싶다.

상층과 하층은 캄캄하니까.

상층에서 헤매 들어왔다가 생존을 위해서 진화했겠지.

하층에서 중층으로 올라오는 그런 마물은 없었으면 좋겠네.

그런 녀석이 중층의 환경에 적응해서 진화까지 한다면 무서울 테니까.

그리고 이 개구리의 스킬을 보고 깨달았는데 내가 타액이라고 생각한 공격이 아무래도 나와 마찬가지로 독 합성인 듯했다.

합성한 다음 사출 스킬로 날리는 거지. 좋겠다, 편리한 스킬도 있고……. 나도 가지고 싶어.

그러면 개구리하고는 비교도 되지 않는 강력한 독 탄환을 선보일 텐데.

꽁무니로 실을 세차게 날리거나 하면 숙련도가 쌓일까?

【정보 담당이 쓸데없는 생각을 하는 동안에 마비 독을 합성해서 개구리를 마비시켜 놨어.】

앗, 몸 담당. 굿 잡.

덕분에 걱정 없이 저주의 사안을 실험할 수 있겠다.

좋아, 그러면 사안 발동!

응. 발동은 문제없이 되는구나.

어떤 식일까? 오, 오오.

개구리의 HP와 MP와 SP가 천천히 줄어든다.

역시 레벨 1로는 대미지가 들어가는 속도도 느릿하구나.

SP는 노란색, 빨간색 양쪽 모두 줄어들고는 있지만 노란색 쪽은 회복이 더 빨라서 효과가 없고…….

레벨이 올라가면 회복량보다 대미지가 더 높아지려나?

그러면 상시 호흡 곤란 상태로 만들어 놓을 수도 있겠지? 잔인해라~.

앗, 하지만 그 전에 HP가 바닥나서 죽겠구나.

HP랑 SP는 대부분 비슷비슷한 수치니까.

오오, 능력치도 내려갔잖아?

수치 옆쪽에 저하 중이라는 문자가 추가됐다.

그리고 현재 수치의 옆쪽 괄호 안으로 최대치도 표시돼 있고…….

오호. 능력치를 저하시키는 공격을 먹이면 이렇게 표기되는구나.

이걸 보면 뭘 당했는지 한눈에 알 수 있겠어.

감정 님은 역시 대단하시다. 모든 면에서 빈틈이 없어.

그건 그렇고 사안은 역시 소비가 없는 패시브 스킬은 아니었다. MP가 줄었다.

하지만 감소 속도가 그리 빠르진 않았다. 대략 10초에 1씩 줄었네.

개구리가 받는 대미지는 대략 5초에 1쯤 되니까 효율을 따지면 나쁘진 않으려나?

내 지금 MP를 고려하면 50분 이상 발동시킬 수도 있고, 그렇게 생각하면 비용 대 효과는 괜찮아.

레벨이 올라가면 대미지가 들어가는 속도도 오를 테니까.

앗, 개구리의 마비가 풀리려고 한다.

곧바로 몸 담당이 한 번 더 독 합성을 추가했다. 역시 나였다. 재빠른 대응이었어.

으음. HP는 순조롭게 계속 줄어들고 있는데 능력치 감소 속도는 점점 느려지는걸.

각 능력치의 절반 정도까지는 HP랑 같은 속도로 내려갔는데, 그 이후로는 거의 떨어지질 않았다.

내려가는 능력치에 한계치가 있는 걸까?

뭐, 생각해보면 그럴 만도 하네.

끝없이 내려간다고 해봐. 그러면 방어력을 0으로 만들어버릴 수도 있는걸.

뭐야, 그냥 종잇장이네. 아니, 그쯤 되면 종잇장이라고 부를 수도 없는 허약 체질이잖아.

하지만 절반까지 내려간다면 충분히 좋은 효과였다.

개구리 같은 잔챙이는 별 영향이 없겠지만 장어처럼 강한 마물의 능력치가 절반으로 줄어든다면…….

마물은 스킬보다도 능력치에 의존해서 싸우는 경향이 있으니까, 능력치의 약화는 곧 놈이 대폭 약체화된다는 의미였다.

장어도 능력치가 절반으로 떨어진다면 메기랑 별 차이가 없어진다.
강력한 마물에게 사용할 히든카드가 될지도 모르겠는걸.
이제부터 우선적으로 스킬 레벨을 올려야겠다.
응? 어라? 개구리가 죽었다?!
어라라~? 아직 HP가 남아 있었을 텐데?
왠지 몰라도 HP가 급속도로 떨어졌는데 왜지?
아, HP가 마저 줄어들기 전에 붉은색 SP가 바닥났구나.
응, 그래서였어. 붉은색 SP가 바닥나면 HP가 급속도로 줄어드네.
무서워라?!
와. 진화 직후가 저렇게 위험한 상태였구나.
다행이다, 밥을 미리 장만해 놔서.
과식 덕분에 어지간하면 붉은색 SP가 바닥나는 일은 없겠지만, 앞으로도 조심해야겠다.
어쨌든 간에 저주의 사안은 무척 쓸 만했다.
MP에 여유가 있을 때는 발동해 놓고 숙련도를 쌓도록 하자.
응. 무슨 일이 일어났을 때를 대비해서 MP는 최소한 절반은 남겨 놓기로 하고 나머지 MP는 전부 사안에다가 써야겠다.
사안이라면 이동 중에도 발동할 수 있으니까.
그나저나 사안은 아무리 생각해도 마법이거든?
그렇잖아. MP가 줄어든 데다가 명백하게 물리 법칙을 무시한 신비로운 현상을 일으켰고…….
뭐, 따지고 보면 다른 스킬도 마찬가지지만 말이야.
마법이랑 다른 스킬의 차이점이 뭘까?

혹시? 화려함인가?

확실히 사안은 감정 님이 안 계시면 효과가 눈에 안 보일 만큼 수수하니까.

마법이라고 하면 뭔가 두둥, 하는 느낌으로 요란하고 화려한 이미지잖아?

응. 연출은 중요하지. 역시 마법을 배우고 싶어라~.

저주의 사안도 원거리 공격이라고 말할 수는 있겠지만 처음 예상과는 달리 지속형이고…….

역시 발사, 착탄, 격침처럼 간단명료한 원거리 공격 수단을 가지고 싶은걸.

저주의 사안이 편리하기는 하지만 여기에다가 추가로 마법 사격이 더해지면 최강 아니겠어?

좋구나~ 그거 좋겠다~.

으음. 역시 마법을 익히겠다는 목표도 꼭 달성하고 싶다.

본인은 몸 담당이라오.

이름은 아직 없소만…….

잠시 정보 담당한테 푸념을 늘어놓고 싶은데 들어줬으면 좋겠다.

저 녀석, 바보 아니야?

요전에 문득 사출을 익히겠다면서 「꽁무니로 실을 발사해주게나!」라는 소리를 꺼내더라고……. 막상 해봤더니 예상 이상으로 세차게 실이 날아가서 곧장 마그마로 퐁당.

하마터면 몸뚱이에 불이 붙을 뻔했다.

내가 그 즉시 실을 잘라서 떼어 내지 않았으면 불덩이가 됐을 거라고…….

그래서 뭐, 이런 식으로 뭔 일이 있을 때마다 쓸데없는 제안을 하니까 결과적으로는 변변치 않은 꼴을 당하는 거야.

저 녀석의 제안을 받아들여서 성공한 적이 없다고…….

뭐, 매번 흔쾌히 수락하고 실행해버리는 나도 나지만 말이야.

좀 더 제대로 된 제안은 못 떠올리는 걸까?

조금만 생각해보면 안 된다고 판단이 되잖아?

왜 두뇌 담당인데도 그런 쪽으로는 숙고를 안 하는 거야?

바보구나?

바보라서 그렇지?

그러니까 몸 담당인 나라도 정신을 똑바로 차려야겠다.

어쨌든 내 행동이 그대로 내 생사와 연결되는 셈이니까.

몸 담당, 몸 담당.

【뭔가, 정보 담당?】

망원으로 사안을 쓸 순 없을까?

【뭣이라?! 자네 혹시 천재였나?!】

후후후. 그렇다, 나는 사실 천재였다네.

【진짜로? 내가 실은 천재였구나! 천재라면 뭘 해도 용서받는 법!】

그래그래. 망원으로 원거리에서 사안을 발동시키면 끝내주지 않을까?

【끝내준다. 완전 끝내준다. 꿈같은 광경이야!】

그러면 사냥감을 찾아보실까!

【이얏하~!】

본인은 정보 담당이라오.

이름은 아직 없소만…….

망원과 사안을 동시에 발동하겠다는 시도는 불발로 그쳤다. 쳇.

아무래도 그것까지 가능하면 너무 사기스러우니까 어쩔 수 없겠지.

망원은 상시 발동해 둔 덕분에 레벨 5까지 올랐다.

레벨 1일 때와 비교하면 확대 가능한 거리가 길어졌고 배율도 높아졌다.

여기에 사안을 더할 수 있다면 상당히 먼 거리에서도 공격이 가능할 텐데 유감스럽다.

어쨌든 사안은 무척 유용했다.

MP에 여유가 있는 동안은 계속 쓰고 다녀서 지금은 레벨 3까지 올랐다.

레벨 오르는 속도는 약간 느린 편.

하지만 중층 공략 중에는 MP가 조금 남는 편이니까 딱 좋았다.

계속 쓰면서 깨달았는데 아무래도 사안은 발동 중에도 시야에 변화가 없는 듯했다.

망원과 동시 발동은 불가능했지만 그 밖에 시각 강화 같은 스킬은 제대로 적용된 상태였다.

발동 중에도 시야를 충분히 확보할 수 있다면 굳이 사안을 발동시키지 않는 눈을 남겨 놓을 필요도 없었다.

어쩌면 꿈에 그리던 여덟 개 사안 동시 전개도 가능하겠다.

그리고 사안에다가 각종 속성 추가 스킬은 더할 수 없는 모양이었다.

독 공격으로 시험해봤는데 효과가 없었다. 유감스럽게도…….

뭐, 이쪽도 망원과 마찬가지로 조합이 가능하면 상당히 사기적이니까 어쩔 수 없지.

만약 지금의 내 맹독과 사안이 조합된다면 쳐다보기만 해도 상대가 죽어버리는 것으로 유명한, 모 죽음이 보이는 마안도 의기소침해질 성능이 될 테니 말이야.

보기만 해도 대미지 플러스 약체화 효과를 주는 지금도 살짝 사기 스킬의 냄새가 풍기는데, 여기에서 뭔가를 더 바란다면 너무 욕심쟁이인 것 같다.

대신 사안 하나를 눈 여덟 개로 동시 전개 하는 것은 의외로 가능했다.

다만 효과는 변화 없음.

여덟 개 동시 발동이니까 효과도 여덟 배면 좋을 텐데 그런 횡재는 없었다.

다만 동시 전개 기술을 망원에 적용하면 꽤 편리하게 써먹을 수가 있다.

각각의 장소를 포착해서 따로따로 확대할 수도 있고, 사용법에 따라서는 동시 전개가 가능할지도 모르겠다.

그리고 잠깐 다른 얘기를 하고 싶거든. 몸 담당에 대해서.

저 녀석 바보 아니야?

요전에 내가 문득 사출 스킬을 익힐 수도 있겠다는 생각에 꽁무니로 실을 발사해보자고 제안했는데, 「괜찮네~, 좋은 생각이야~. 당장 해보자고!」라면서 실을 발사하네? 마그마 방향으로…….

나중에 「예상 이상으로 멀리 날아갔다」라고 변명을 하던데, 왜 하필 마그마가 흐르는 방향으로 날려야 했는지 이해가 안 된다.

물론 발사한 실은 마그마로 퐁당 떨어져버렸지.

도화선처럼 불이 실을 타고 올라왔을 때는 진땀 좀 뺐다고…….

위기일발의 순간에 몸 담당이 아슬아슬하게 잘라 냈으니 망정이지, 조금만 늦었으면 또 꽁무니에 불이 붙을 뻔했어.

그래서 뭐, 내가 뭔가 제안을 해도 저 녀석은 이런 식으로 엉뚱한 결과를 낸다는 거야.

앗, 정확히 말하자면 얼빠진 결과구나.

어휴, 내가 애써 천재적인 제안을 해봐야 실행을 맡은 몸 담당이 무능하면 뭐든 제대로 될 리가 없단 말이죠.

조금만 생각해보면 안 된다고 판단이 되잖아?

몸뚱이만 움직이다 보니까 머릿속에도 근육이 생긴 거야?

바보구나?

바보라서 그렇지?

그러니까 정보 담당인 나라도 정신을 똑바로 차려야겠다.

어쨌든 내 지시가 그대로 내 생사와 연결되는 셈이니까.

【정보 담당, 정보 담당.】

뭔가, 몸 담당?

【망원으로 놀다가 마물을 발견했어.】

진짜로? 탐지 범위 안에는 아직 아무것도 안 걸렸는데.

【크크크. 정보 담당, 자네의 존재 의의가 희미해지는 거 아닌가?】

재미있는 소리를 하는군, 몸 담당. 나를 뛰어넘는 정보를 제공하고 싶거든 눈이 백 개는 달리지 않은 이상 어림도 없다고…….

【푸하하, 그런 소리를 할 수 있는 것도 지금뿐이다! 부디 그 목 깨끗이 씻고 기다리시지!】

훗, 그날은 절대로 오지 않겠지만……. 뭐, 좋아. 올라와보거라, 이 아득한 정상으로!

【후후후.】

크크크.

【그건 그렇고, 어떡할까?】

그야 물론 사냥해야지.

【알겠습니다~. 자, 이놈들아! 전투 준비다!】

이얏하~!

오늘도 변함없이 중층을 배회하고 있었다.

으음. 중층으로 오고 나서 꽤 시간이 흘렀지만 아직도 끝이 보이지 않는다.

과연 세계 최대의 미궁.

인간이 이곳을 공략하려면 평생을 바칠 각오를 해야 할 것 같다.

뭐, 나는 순조롭게 공략할 수 있지만!

나는 역시 대단해!

진화해서 능력치도 올랐고, 스킬도 든든하게 갖춰 놓았고…….

중층에서는 이제 못 당할 적이 없지 않을까?

중층에서 이 정도라면 상층으로 돌아갔을 때는 무쌍도 가능하겠는데?

후후후, 지금까지 생존만으로도 필사적이었지만 이제는 다르다!

쉽게 죽지 않는다는 사실을 깨닫고 나니 이런 세계도 게임 같아서 살짝 재밌어졌고…….

《숙련도가 일정 수치에 도달했습니다. 스킬 〈감정 LV 9〉가 〈감정 LV 10〉으로 성장했습니다.》

오? 오오? 오오오?!

드디어. 드디어 감정 님이 최고 레벨을 달성하셨다!

와아, 무지무지 기쁘다!

맨 처음 익히고 기쁨과 괴로움을 함께해 왔던 감정 님이 드디어, 드디어 완전체가 되셨어!

처음에는 도저히 대책이 없다고 생각될 만큼 쓸모없었던 감정.

레벨이 올라갈 때마다 늘어나는 미묘한 추가 요소.

점점 성능이 좋아지면서 느꼈던 기쁨.

레벨업 한 번에 다른 사람처럼 바뀌었던 감정 씨.

언제나 불평을 늘어놓았는데도 열심히 성장했던 그대.

그리고 세상 모두가 인정해주는 감정 님이 되셨다.

그랬던 당신이 드디어, 드디어! 우왕~!

결국 해냈어. 정말 잘해줬어요. 감동했다고!

고마워요, 감정 님! 앞으로도 잘 부탁해요, 감정 님!

그런데 진화나 파생은 없구나.

아니, 괜찮기는 하지만…….

감정 님이 최고 레벨을 달성한 것만으로도 굉장한 일이니까.

뭐랄까, 예지를 관장하는 자라든지 그런 느낌의 진화를 살짝 기대했거든.

없나 보다. 감정 님이라면 어쩌면 혹시, 하고 기대했는데 없나 보구나.

충격인걸~.

……정말로 없어?

《지직, ……직, ……치직, 직, 지직…….》

……뭐지, 텔레비전이 지지직거리는 것 같은 이 소리는?

《지직, 요청, 치직, ……상위 관리자 권한, 지직…….》

응? 뭐야? 뭐라고 했어?

《지직, ……리자, 사리…… 치직, ……거부, 지직.》

왠지 아찔했다.

뭐가 어떻게 아찔하다는 건지 모르겠지만 아무튼 아찔했다.

《지직, 띵!》

그때까지 들렸던 소리와 달리 몹시 명료한 띵 소리에 나는 자신도 모르게 몸을 흠칫 떨었다.

《요청을 상위 관리자 D가 수락했습니다.》

《스킬 〈예지〉를 구축 중입니다.》

《구축이 완료되었습니다.》

《조건을 충족시켰습니다. 스킬 〈예지〉를 획득했습니다.》

《〈감정 LV 10〉이 〈예지〉에 통합되었습니다.》

《〈탐지 LV 10〉이 〈예지〉에 통합되었습니다.》

《숙련도가 일정 수치에 도달했습니다. 스킬 〈금기 LV 7〉이 〈금기 LV 8〉로 성장했습니다.》

《조건을 충족시켰습니다. 칭호 〈예지의 지배자〉를 획득했습니다.》

《칭호 〈예지의 지배자〉의 효과로 스킬 〈마도의 극의〉와 〈성마(星魔)〉를 획득했습니다.》

《〈MP 회복 속도 LV 4〉가 〈마도의 극의〉에 통합되었습니다.》

《〈MP 소비 완화 LV 3〉이 〈마도의 극의〉에 통합되었습니다.》

《〈마력량 LV 9〉가 〈성마〉에 통합되었습니다.》

《〈호법 LV 4〉가 〈성마〉에 통합되었습니다.》

응? 으응? 으에에에엥?

뭐, 뭐야, 대체. 이상하잖아. 이건 아무래도 진짜 좀 이상하잖아.

어떻게 된 거지? 어째서 이렇게 된 거야? 어떡하라는 거지?

진정하자. 몸 담당, 일단 심호흡을 하자고…….

힛, 힉, 후유~.

좋아. 순서대로 정리해보자.

우선은 영문 모를 소리가 들렸던 그때부터 시작해야겠지.

그건 뭐지? 모르겠다.

평소였다면 모르는 일은 괜히 머리 싸매지 말고 잊어버렸겠지만 이번만큼은 도저히 그럴 수 없었다.

왜냐하면 명백한 이상 사태였으니까.

이상하다. 그래, 이상했다.

지금까지는 원래 이런 세계라는 인식으로 스킬을 습득하면서 돌아다녔지만 일본에 있을 때는 스킬 자체가 존재하지 않았다.

일본에서는 스킬이 있는 쪽이 더 이상하단 말이야.

그런 당연한 사실을, 이곳은 원래 그런 세계라는 안이한 마음으로 받아들여도 됐던 걸까?

조금 전까지라면 괜찮았다. 하지만 이제는 다르다.

방금 전 또렷하게 들려왔던 하늘의 목소리(일단은)는 이렇게 말했다.

《요청을 상위 관리자 D가 수락했습니다.》

《스킬 〈예지〉를 구축 중입니다.》

《구축이 완료되었습니다.》

이 말, 마치 누군가가 내 언행을 감시하고 있다가 불평을 듣고 스킬을 만들어준 것 같잖아.

만약 정말로 그렇다면 범인은 관리자 D라는 인물이다.

그리고 상위라는 단어가 의미하는 바를 추측해보자면 관리자는 D만 있는 게 아닐 것이다.

그러면 관리자는 도대체 무엇을 관리하는 거지?

뻔하다. 스킬이다.

이제까지의 흐름으로 생각해보면 그것 말고는 적절한 답이 없었다.

요컨대 이 세계의 스킬이란 것은 관리자라고 자칭하는 녀석들이 부여하는 능력이라는 뜻이다.

무엇을 위해? 어떤 방법으로?

도저히 모르겠다.

모르겠지만 이것만은 말할 수 있다.

이 세계는 뭔가 이상하다고…….

등줄기로 오한이 치달렸다.

지룡과 마주쳤을 때와는 또 다른 종류의 공포가 내 정신을 슬금슬금 침식하고 있었다.

관리자 일당은 이렇게 당황해서 쩔쩔매는 나를 보고 득의양양한 미소를 짓고 있을까?

무섭다.

지금까지 잘 의지해 왔던 스킬이, 이제는 정체를 알 수 없는 괴이한 무언가로 여겨졌다.

그야 그럴 수밖에…….

이 스킬이라는 것이 관리자에 의해 주어지는 능력이라면 나는 그 녀석들의 손바닥 위에서 놀아나고 있다는 뜻이다.

이제껏 스킬에 의지해서 살아왔으니까.

게임 같아서 살짝 재밌다고? 나는 바보다.

스킬 자체가 관리자 일당의 의도대로 만들어졌다는 것도 모른 채 무슨 무사태평한 소리를 한 거야.

관리자가 정말로 스킬을 관리하고 있다면 그 녀석들은 이 세계의 양상을 게임 감각으로 관찰하고 있다는 뜻이 아닐까?

그렇다면 결국 나는 그 게임의 등장인물 중 한 명인가?

그래서야 마치 신이나 다름없잖아.

나는 앞으로 어떡하면 되는 거지?

어떡해야 되지?

S5. 지배자 계급

오늘은 과외 활동을 하는 날이다.

과외 활동으로 학원에서 가까운 산을 올라 탐색에 나서기로 했다.

뭐, 가깝다고는 해도 도보로는 왕복하는 데만 한나절이 넘게 걸리는 거리였지만…….

참가 가능한 학생은 학원에서 출제한 시험을 통과한 일부뿐이었다.

이번이 첫해인 우리 학년 중에서 탐색 수업의 참가 허가를 받은 사람은 나를 포함해서 열두 명.

일정은 아침에 학원을 도보로 출발해서 점심 전에 산기슭에 도착.

그 후 산기슭의 오두막집에서 최종 확인 겸 설명회를 하고 점심을 먹는다.

식사 후에는 조별로 갈라져서 산속으로 들어간다.

그다음은 산을 꼬박 하루 동안 탐색하며 야영을 하고, 다음 날 점심 전에 또 산기슭으로 돌아오는 수순이었다.

이 산에는 위험도로 말하자면 최저 수준의 약한 마물만 서식하고 있다.

탐색 전 미리 고용한 인원이 조사를 나와서 강한 마물이 발생했는지를 꼼꼼히 확인했다.

약한 마물이어도 때때로 진화해서 강해지는 경우가 있으니까 확인 작업은 빠트리지 않는다고 했다.

이번 탐색 수업의 목적은 기본적인 서바이벌 기술을 배우는 것.

마물이 서식하고 있는 환경을 실제로 체험하는 것.

약초 따위를 채집하면서 산에 관한 지식을 익히는 것.

저러한 경험을 쌓는 것이 목적이었다.

어디까지나 무사히 하루를 보내면서 지식과 경험을 습득하고자 하는 의도다.

그러므로 마물과 적극적으로 싸우려고 하면 오히려 감점 대상이 됐다.

습격을 당했을 때 적절하게 대처하면 가산점을 받는 반면에, 스스로 나서서 마물에게 공격을 가하는 행위는 금지돼 있었다.

탐색은 조별로 흩어져서 실행하며 각 조마다 학생 네 명에다가 교사를 한 명 동반시킨다.

각 조원은 제비뽑기로 정하는데, 지나치게 치우친 편성이 아닌 한 구성원을 바꿀 수 없었다.

스우, 카티아, 유리하고는 모두 다른 조가 되어버렸다.

그리고 나는 유고와 같은 조가 되었다.

조 편성은 나, 유고, 오카 선생님, 그러니까 필리메스와 기사의 아들 펄튼, 이렇게 네 명에다가 마법 교사인 올리자 선생님을 더해서 다섯 명이었다.

펄튼하고는 지인 이상 친구 미만의 관계였다.

펄튼의 아버지는 원래 남작이었음에도 불구하고 수많은 무공을 세우며 작위를 올려서 백작까지 출세한 사람이다.

펄튼은 그런 아버지로부터 고된 훈련을 받으면서 물리계에 특화된 스킬 구성을 가지고 있었다.

실력으로 순위를 매겨도 같은 학년에서는 상당히 높은 위치였다.

본인은 그래도 아직 모자라다고 생각하는지 매일매일 수련에 여념이 없는 착실한 성격의 소년이었다.

나를 대할 때는 신하 같은 태도를 취하기에 대화 정도는 나누지만 사이가 좋다는 느낌은 안 든다.

올리자 선생님은 중년의 마법 교사였다.

교사 중에서는 그다지 의욕이 없어서 업무니까 따라온다는 생각이 훤히 들여다보이는 사람이었다.

귀찮은 일을 싫어하는지 나와 유고가 자신이 관할하는 조에 배속되었을 때는 숨기지도 않고 떨떠름한 표정을 지었다.

그런 반응이 나올 만큼 유고가 나를 싫어한다는 사실이 잘 알려졌다는 뜻이다.

다만 전투 면으로 보자면 역시 교사라고 해야 할까, 뛰어난 능력을 가지고 있었다.

마법 위주지만 근접전도 조금은 가능한 스킬 구성을 가지고 있으며 능력치도 학생과 비교하면 높은 편이다.

뜻밖의 사태가 일어날 경우엔 교사가 학생을 지켜야 하니까 이번 탐색 수업에 약한 교사를 동반할 수는 없는 노릇이었다.

의외였던 것은 오카 선생님, 필리메스가 이 수업에 빠지지 않고 참가했다는 점이었다.

선생님은 때때로 수업을 무단결석했다.

아무래도 드러나지 않는 데서 모종의 활동을 하고 있다는 듯한데, 우리에게는 자세한 내용을 가르쳐주지 않았다.

수업을 마음대로 빼먹을 정도니까 상당히 바쁘다는 건 틀림없다.

그런 선생님이 거의 이틀 내내 묶여 있어야 하는 수업에 참가한다는 건 의외였다.

하지만 유고와 관계가 불편한 까닭도 있었고 곁에 있어준다면 이보다 더 마음 든든한 사람이 없었다.

만약 유고가 시비를 걸어도 오카 선생님이라면 기꺼이 개입해서 중재해줄 것이다.

"그러면 일단 해산하겠습니다. 각자 점심 식사를 한 다음 조별로 흩어져서 행동하세요."

책임자 격의 교사가 그렇게 말한 뒤 설명회를 마쳤다.

점심 식사를 다 먹고 나면 조별로 갈라져서 행동하게 된다.

"오라버니, 한동안 이별이에요. 쓸쓸해요."

"스우, 겨우 하루인데 유난스럽긴."

"겨우 하루가 아니란 말이에요. 제가 안 보는 데서 오라버니에게 무슨 일이 생기면 어쩌나 하는 걱정 때문에 잠도 못 이룰 거예요."

"괜찮다니까. 이 산은 이미 안전하다고 확인을 마쳤으니까 위험한 일은 안 일어날 거야."

스우를 안심시켜주려고 머리를 쓰다듬었다.

"슌, 유고한테는 절대로 경계를 늦추지 마라. 저놈, 이쪽 세계로 오고 완전히 머리가 돌아버린 것 같아."

"……알았어."

헤어질 적에 카티아가 조그만 목소리로 해준 말이 머릿속에서 되풀이되고 있었다.

돌아버렸다…….

분명 지금의 유고는 자기 과시욕의 화신처럼 보였다.

장래가 유망한 수많은 남학생을 추종자로 삼으면서 세력을 정비하고 다녔다.

그러는 꼴은 표현은 좀 나쁘지만 골목대장 같았다.

원래부터 어린아이처럼 고집쟁이 같은 면은 있었지만 전생하면서 그런 면이 훨씬 심해진 것처럼 보인다.

사소한 일로 발끈하지 않으면 좋겠는데.

내 걱정과 달리 탐색은 순조롭게 진행됐다.

마물과 마주치는 일 없이 무사히 야영지로 정한 지점까지 도착했다.

"슈레인 님, 이곳이 야영 포인트입니까?"

"맞을 거야. 예정보다 빨리 도착했나 봐."

"남학생들은 체력이 좋으니까 말이죠~. 선생님은 여자라서 따라가기 참 힘들답니다~."

"웃기는 소리. 오카 쌤은 능력치도 꽤 높잖아? 이쯤은 아무렇지도 않을 텐데."

"그걸 알면서도 모르는 척 배려의 말을 건네는 것이~ 좋은 남자의 조건이라고 생각하는데요~."

"여자 안색을 일일이 살피는 남자가 될 생각은 없어."

"흠흠~. 차도남으로 가면 먹힐지도 모르겠네요~."

유고와 선생님이 저런 대화를 나누는 동안 나와 펄튼은 야영 준비를 시작했다.

올리자 선생님은 말없이 우리를 지켜볼 뿐이었다.

“슈레인 님, 저쪽에서 쉬고 계셔도 괜찮습니다만…….”

“아니야, 괜찮아. 이러면 되지?”

“네. 그리고 여기를 이렇게 하면.”

“응. 완성이네. 고마워, 펄튼.”

“아닙니다. 원래 자질구레한 준비는 제가 혼자서 처리해야 되는데, 괜히 슈레인 님의 손을 어지럽혔습니다.”

“펄튼. 학원 안에서는 신분을 따지지 않아. 그러니까 그렇게 신경 쓸 필요는 없어.”

“분명 신분 때문이기도 합니다만, 저는 개인적으로 슈레인 님을 존경하고 있습니다. 그러니 이것은 제가 좋아서 하는 일입니다. 슈레인 님이야말로 제 행동에 그렇게 미안해하는 표정을 짓지 말아주십시오.”

펄튼의 올곧은 시선에 내가 오히려 손을 들었다.

동생 스우도 그렇지만 내가 왜 그리도 존경스럽다는 걸까?

모를 일이었다.

야영 준비를 마친 뒤, 예정보다 빨리 도착한 까닭에 시간이 조금 남았다.

그래서 시간이 남은 김에 주변을 가볍게 둘러보기로 했다.

각자가 개별 행동으로 너무 멀리 떨어지지 않는 범위 안에서 탐색을 하자고…….

단독 행동에는 반대였기 때문에 반드시 서로의 목소리가 들리는 범위에 있기로 했다.

이러면 무슨 일이 일어나도 금방 가까운 조원에게 달려갈 수 있다.

그렇게 나는 홀로 산속에 있었다.
약초 따위를 자력으로 채집하면 점수가 가산된다.
나는 감정을 발동하면서 유용한 약초를 찾아다녔다.
그러던 중에 문득 검 부딪치는 소리가 울려 퍼졌다.
바로 근처, 펄튼이 탐색하고 있을 방향에서 들려오는 소리였다.
상대의 검은 무언가 특수한 가공법으로 처리했는지, 아니면 무슨 스킬을 가지고 있는지, 소리는 극히 작았다.
하지만 청각 강화를 가지고 있는 내 귀에는 또렷하게 들렸다.
나는 황급히 펄튼이 있는 곳으로 달려가려고 하다가 앞쪽을 가로막고 선 인물에게 저지당했다.
유고였다.
"여어."
"무슨 짓이지? 유고……. 아니, 나츠메."
친근하게 말을 건네는 유고에게 나는 긴장된 목소리로 답했다.
"그게 말이다, 이제 그만 너를 퇴장시켜주고 싶어서."
믿기지 않는 소리를 태연하게 꺼내는 유고…….
나는 자신도 모르게 침을 꿀꺽 삼켰다.
"농담이지?"
"농담으로 들리냐? 거슬린다고, 인마."
그 순간 실실 웃고 있었던 유고의 얼굴에서 미소가 사라졌다.
"이 세계는 나를 위한 세계거든. 내가 최강이 돼서 내가 군림하기 위한 세계. 그런데 나와 비슷하거나 더 강한 녀석이 있으면 앞뒤가 안 맞잖아?"

"무슨 정신 나간 소리를 하는 거야? 이 세계는 누구의 소유물도 아니야. 정신 차려."

"정신은 멀쩡한데? 스킬만 있으면 뭐든 가능한 꿈 같은 세계잖냐? 그야말로 나만을 위해 존재하는 세계 아니겠냐. 그런데 말이다, 그 세계에 너 같은 놈은 필요 없거든. 그러니까 죽어라."

유고가 검을 뽑았다. 나도 검을 뽑을 수밖에 없었다.

믿기지 않았다. 이 녀석, 제정신인가?

미움받고 있다고는 생각했었고, 이번 연습 중에 뭔가 문제가 일어날지도 모른다고 생각했지만 설마 그런 이유로 죽이려고 들다니.

진심으로, 죽일 작정인가?

농담이 아니라는 정도는 알겠다.

알겠지만 아직도 실감이 들지 않았다.

그럼에도 심장은 귓가에다가 직접 맞댄 것처럼 경종을 울리고 있었고 검을 쥔 손도 부르르 떨렸다.

혼란스러웠지만 초조한 내심을 억누르고 유고의 스테이터스를 봤다.

〈인족 LV 31, 이름: 유고 반 렌잔드

스테이터스

HP: 628/628(녹)	MP: 566/566(청)
SP: 609/609(황)	: 502/611(적)
평균 공격 능력: 608	평균 방어 능력: 599
평균 마법 능력: 546	평균 저항 능력: 522
평균 속도 능력: 583	

스킬

「HP 자동 회복 LV 4」 「MP 회복 속도 LV 4」 「MP 소비 완화 LV 4」
「SP 회복 속도 LV 8」 「SP 소비 완화 LV 8」 「파괴 강화 LV 7」
「참격 강화 LV 7」 「타격 강화 LV 4」 「화염 강화 LV 4」
「마력 감지 LV 8」 「마력 조작 LV 5」 「마투법 LV 5」
「마력 부여 LV 4」 「마력격 LV 2」 「기투법 LV 7」
「기력 부여 LV 7」 「기력격 LV 7」 「화염 공격 LV 3」
「마비 공격 LV 2」 「검의 재능 LV 6」 「투척 LV 5」
「입체 기동 LV 6」 「명중 LV 8」 「회피 LV 8」
「은밀 LV 3」 「무음 LV 1」 「제왕」
「집중 LV 9」 「예측 LV 3」 「연산 처리 LV 3」
「불 마법 LV 5」 「파괴 내성 LV 2」 「타격 내성 LV 2」
「참격 내성 LV 3」 「불 내성 LV 3」 「독 내성 LV 2」
「마비 내성 LV 1」 「고통 내성 LV 1」 「시각 강화 LV 10」
「망원 LV 1」 「청각 강화 LV 10」 「청각 영역 확장 LV 1」
「후각 강화 LV 8」 「미각 강화 LV 7」 「촉각 강화 LV 8」
「신명 LV 5」 「마력 기관 LV 4」 「순신 LV 5」
「내구 LV 5」 「강대 LV 5」 「강고 LV 5」
「도사 LV 4」 「호부 LV 3」 「축지 LV 5」
「n%I=W」

스킬 포인트: 350

칭호

「마물 살해자」 〉

강하다. 나와 반대로 다소 물리 능력에 치우친 스테이터스였지만 강하고 안정적인 능력치였다.

게다가 이 녀석은 나와 달리 스킬 포인트를 써서 적극적으로 스킬을 습득했다.

무엇보다도 까다로운 것이 제왕 스킬이었다.

〈제왕: 스킬의 효과를 높인다. 또한 위압을 가해서 상대에게 외도 속성(공포)의 효과를 부여한다〉

위압에 의한 공포는 일단 저항에 성공했다.

하지만 스킬 효과를 높인다는 부분은 반칙 같은 효과였다.

유고가 검을 크게 휘두른다.

내 검이 그 공격을 받아친다.

큭, 무겁다!

"훗, 다 안다. 너, 스킬 수련은 했어도 스킬 포인트를 거의 안 썼다며? 게다가 레벨도 안 올렸고……. 포인트라는 건 말이다, 쓰라고 만들어준 거다! 이런 식으로!"

유고의 검에서 화염이 솟구쳤다.

나는 간발의 차이로 불길을 피했다.

"너무 요란하게 소란 피우면 다른 조 놈들이 눈치챌지도 모르잖냐. 빨리 뒈져라."

"너, 이런 짓을 하고 그냥 넘어갈 수 있을 것 같아?"

"괜찮고말고……. 나는 이 세계의 미래의 주인이잖아. 무슨 짓을 하든 당연히 용서받을 수 있다고……. 게다가 공작은 제대로 해 놓고 왔지. 내 부하가 지금쯤 다른 녀석들을 해치웠을 거다. 너를 해치운 다음에 데리고 온 마물을 풀어놓을 예정이고……. 이곳에서 보통은 발생하지 않는 강력한 놈으로. 가엾은 학생, 교사들은 갑자기 발생한 마물에게 잡아먹혔습니다, 이렇게 끝날 거야. 내가 그 마물을 토벌하고 무사히 생환한다는 시나리오다."

"그런 엉터리 계획으로 고발을 면할 수 있겠어?"

"누가? 누구를? 자식아, 여기는 일본이 아니야. 나는 미래의 검제인데? 조금 부자연스럽다는 이유로 누가 나를 걸고넘어지겠어? 그러다가 국제 문제를 일으켜도 괜찮겠냐? 괜찮을 리 없지. 그렇게 흘러갈 거다. 일본처럼 범죄가 전부 공개될 것이라고 생각하지 마라."

어이가 없었다. 유고가 너무나도 일본인답지 않은 발상을 하고 있다는 점에…….

그리고 그것을 당연하다는 듯이 받아들이고 있다는 사실에…….

"잘 가라. 일단 네놈이 있었다는 사실은 가끔 내키면 떠올려주마."

거대한 화염을 휘감은 채 내리 떨어지는 검.

하지만 그 검날은 내게 닿지 못했다.

유고의 몸이 갑자기 날아갔다.

"나츠메. 너는 도가 지나쳤어."

평소의 말꼬리를 늘어트리는 목소리와 달리 소름이 끼치도록 냉담한 말투.

엘프의 조그만 몸집과 어울리지 않는 압도적인 존재감.

그곳에 오카 선생님이 나타나 있었다.

"네 계획은 이미 틀어졌어. 부하들도 전부 붙잡혔고……. 맞다,

데리고 왔다는 마물도 처리했으니까 그만 포기해."

"뭐, 뭐라고?!"

"슌한테만 신경 쓰고 있었나 본데, 나를 너무 만만하게 봤구나. 미안하지만 네 폭주를 더는 두고 볼 수가 없어."

선생님이 쓰러진 유고에게 다가갔다.

유고는 가까이 오는 선생님에게 기습을 시도 했지만…….

"크헉?!"

보이지 않는 무언가에 의해 지면으로 내동댕이쳐졌다.

방금 전 유고의 몸을 날려버린 공격이 틀림없었다.

아마도 바람 계열의 마법으로 짐작됐다.

선생님의 손이 유고의 턱을 붙잡았다. 그곳에서 마력의 흐름이 감지됐다.

유고에게 모종의 마법이 걸린 듯했다.

"지배자 권한을 발동. 지배자의 요청에 의해 지배자 전용 스킬 발동. 발동에 동의하세요."

"동의합니다."

유고의 입에서 그 녀석답지 않은 평탄한 목소리가 나왔다.

방금 전 마법, 설마 금단이라고 일컬어지는 외도 마법의 최면인가?!

내 놀라움은 거기서 끝나지 않았다. 오히려 한층 더한 놀라움이 나를 덮쳤다.

감정에 표시된 유고의 능력치가 점점 내려갔다.

게다가 스킬이 하나하나 사라지고 있었다.

순식간이었다. 유고의 스킬은 깨진 텍스트 같은 수수께끼의 스킬만이 남았다.

"흡?! 나한테 뭘 한 거냐?!"

그제야 제정신으로 돌아온 유고가 소리쳤다.

"능력치를 낮추고 스킬을 박탈했어요."

"뭐?! 무슨 말도 안 되는 소리를!"

"슌, 감정 결과는요?"

"……선생님 말씀대로 네 능력치는 전부 30으로 떨어졌어. 게다가 스킬도 안 남았고……."

"뭐, 뭐……."

"이 세계는 네 소유물이 아니에요. 이번 기회에 반성하고 앞으로는 평범한 인간으로 살아가는 것을 추천할게요. 스킬이니 뭐니 익히고 강해져 봐야 좋은 일은 아무것도 없으니까요……."

망연자실하는 유고……. 혼란에 빠진 나.

그 후 탐색 수업은 중단됐다.

펄튼과 올리자 선생님은 무사했다.

위험한 지경에 몰리긴 했지만 선생님이 도와준 덕분에 큰 상처도 입지 않았다.

그들을 습격한 유고의 부하는 모두 붙잡혔다.

그러나 누구 한 사람도 유고와의 관계를 자백하지 않았고 유고 자신도 딱 잡아뗐다.

자세한 사정은 학원으로 돌아가서 알아봐야겠지만 보아하니 기대해 봐야 소용없을 것 같았다.

유고는 빠져나갈 수 있다고 확신하고 있는 듯하니 무언가 대비책이 있을지도 모른다.

나는, 아니, 나뿐 아니라 대부분의 사람이 이때는 유고만을 신경 쓰고 있었다.

그래서 한 마물이 조용히 풀려나, 우리의 뒤를 따라오고 있다는 사실을 아무도 알아차리지 못했다.

8. 예지

〈예지: 신에 이르기 위한 n%의 힘. 자신의 지각 범위 내에 존재하는 모든 대상에 대하여 열람 레벨 1까지의 정보를 습득할 수 있다. 또한 W의 시스템을 초월하여 MA 영역의 간섭권을 획득한다〉

〈예지의 지배자: 습득 스킬 「마도의 극의」「성마」. 습득 조건: 「예지」를 획득. 효과: MP, 마법, 저항 각 능력치 상승. 마법계 스킬의 숙련도를 추가 획득. 지배자 계급 특권을 획득. 설명: 예지를 지배하는 자에게 수여하는 칭호〉

〈마도의 극의: 시스템 내부에 근거한 마력 제어 보조 및 술식 전개와 관련된 각종 능력치가 최대가 된다. 또한 MP 회복 속도가 최속이 되고 소비는 최저가 된다〉

〈성마: MP, 마법, 저항 각 능력치를 1000만큼 추가로 올려준다. 또한 레벨업 시에 100만큼 성장 보너스를 부여한다〉

……얼마 전이었으면 사기 스킬이라고 비명을 질렀을지도 모르겠지만 말이야.

아니, 지금도 실제로 사기라는 생각은 하고 있지만 마냥 기뻐할 수가 없었다.

으, 으으, 으으읏, 으앙~!!

에잇, 됐어! 쓸데없는 고민은 이제 그만! 어차피 고민해 봐야 아무 소용 없는걸!

관리자인지 뭔지 그런 녀석들이 있는데, 그래서 나더러 뭘 어쩌라고?

대책이라도 세우라고?

신이나 다름없는 일당을 상대로 고작 거미 한 마리한테 뭘 바라는 거야?

아무것도 못해.

그렇다면 이제껏 그래 왔듯이 내 마음대로 살면 되는 거야.

스토킹? 훔쳐보기? 마음대로 하라고 해.

관리자인지 하느님인지 모르겠지만 나의 일생을 귀하신 기억 속에다가 잘 새겨 넣으시지.

불꽃처럼 살다가 화려하게 스러져주겠어!

내 삶을 똑똑히 지켜보라고!

【정보 담당~!】

뭐야, 몸 담당?

【불붙었어!】

물론! 지금 나는 활활 타오르고 있도다!

【그게 아니라! 물리적으로 불이 붙었어!】

엉?

【실, 실!】

엇, 아, 아앗?!

【멍하니 있다가 잘라 내는 걸 깜빡해서 불붙었어!】

뭐하는 거야?! 나한테 보고할 짬이 있으면 얼른 꺼!

《숙련도가 일정 수치에 도달했습니다. 스킬 〈불 내성 LV 3〉이 〈불 내성 LV 4〉로 성장했습니다.》

뜨거워?! 뜨겁다?! 독 합성이라도 쓰라고! 빨리!

【알았어. 약한 독, 간다!】

으엑?! 찌릿하잖아?!

【아차! 약한 독에다가 마비를 추가해 놨지!】

뭐하는 짓이야?!

《숙련도가 일정 수치에 도달했습니다. 스킬 〈마비 내성 LV 4〉가 〈마비 내성 LV 5〉로 성장했습니다.》

뜨거워! 찌릿해!

【마음은 뜨끈, 몸은 찌릿!! 음으하핫푸헥! HP가 위험해!】

죽는다! 농담이 아니라 진짜로 죽는다!

【앗, HP 이제 0.】

뭣?!

【인내 발동! MP를 제물로 바치고 HP 1로 부활!】

오오!

【하지만 불 안 끄면 금방 또 HP가 바닥나! 마비는 언제 풀려?!】

좀만 더, 풀렸다!

【이번에야말로 마비 빼고 약한 독 합성! 하는 김에 합성량도 최대로 설정!】

으앗?! 독물이 한 바가지 떨어졌다?!

【아파라. 철퍼덕하는 바람에 또 HP가 줄었잖아.】

아, 그래도 덕분에 불은 꺼졌어.

【아, 응. 인내의 효과도 확인했고 결국은 좋게 좋게 끝났네?】

어디가 좋고 좋았는지 모르겠는데?

【신경 쓰면 지는 거야.】

그건 그렇고 처음으로 HP가 0으로 떨어진 이유가 자폭이라니 좀 창피하지 않아?

【신경 쓰면 지는 거야.】

그렇긴 하지…….

【방금 소동으로 MP가 절반까지 줄었네.】

예지를 안 땄으면 벌써 죽었잖아.

【예지를 따 놓길 잘했구나.】

응, 원인 제공자는 예지였지만…….

【신경 쓰면 지는 거야.】

스킬은 역시 편리한걸.

【그렇지, 뭐.】

어떤 목적으로 스킬 따위를 만들어서 나눠 주는지 모르겠지만, 주면 고맙게 받아서 잘 활용해야겠지?

【그렇지, 뭐. 응. 그러자고…….】

각설하고, 예지 스킬의 성능은 감정 님과 탐지 씨를 합친 다음에 살짝 강화한 느낌이었다.

그 시점에서 이미 님 자를 붙여야 하는 스킬 확정이군요. 예지 님이십니다.

우선 강화된 부분을 설명하자면 능력치의 감정 결과에 상세라는 항목이 추가됐다.

상세를 이중 감정하면 해당 능력치의 더더욱 상세한 정보가 오픈되는 훌륭한 기능이었다.

공격과 방어는 몸 각각의 개별 부위에 따른 상세 수치.

그에 따르면 나는 낫 부분의 공격력이 가장 강하고, 방어력은 거의 균일하다는 사실을 알 수 있었다.

몸체 부분의 방어력이 약간 낮은 편이었지만, 원래 나는 회피 특화니까 그곳에 공격을 얻어맞는 바보짓을 안 하면 해결되는 문제였다.

속도도 비슷한 느낌이었는데, 반사 속도니 순발 속도니 지구 속도니 하는 식으로 내용이 더 세분화됐다.

비교적 평범했지만 순발 속도는 다른 수치와 비교해서 살짝 높은 편이었다.

그리고 드디어 마법이다. 얘는 진짜, 정말 진짜.

마법 공격력, 술식 전개 속도, 술식 안정도, 술식 강도 등등 이런저런 항목이 추가됐는데, 공격력 말고 다른 수치는 이미 한계까지 올라간 상태였다.

음, 그러니까 99999였다. 전혀 평범하지 않잖아!

좀 따지고 싶었지만 잠시 참도록 하고, 아마 마도의 극의라는 스킬 덕분으로 짐작됐다.

술식 관련 능력치가 최대가 된다고 쓰여 있었으니까 그 영향이겠지.

이쯤 되면 나한테 마법을 쓰라고 응원해주는 것 아닐까?

으헤헤. 드디어, 드디어 나도 마법을 쓰는 건가!

최고다. 엄청 기대돼.

뭐, 지금은 예지 님의 효과를 다시 확인하는 쪽이 먼저지만…….

서두를 필요는 없다.

마지막으로 저항. 상세 내용 중에서도 얘가 제일 중요했다.

나의 속성 내성이 전부 표시돼 있었다. 덕분에 나와 맞지 않는 속성도 알 수 있었고…….

가장 약한 속성은 역시 불이었다.

불 내성 스킬을 가지고 있는데도 불구하고 제일 밑바닥이다.

아, 참고로 내성 스킬을 가지고 있으면 그만큼 해당 내성의 수치가 상승하는 듯했다.

불 말고 약한 속성은 물, 얼음, 알고 보니 빛도 낮은 편이었다.

특히 얼음은 불 다음으로 낮았다.

중층에 있으면 얼음 속성 공격을 당할 일은 전혀 없겠지만 그래도 머릿속 구석에다가 잘 기억해 놔야지.

반대로 가장 높은 속성은 외도 속성이었다. 뭐, 외도 무효가 있는데 당연한가.

이것도 최고 수치로 99999였다.

그다음으로 높은 것은 독 내성.

그다음이 의외로 어둠.

이런 식으로 나와 잘 맞고 안 맞는 속성이 판명된 셈인데, 아마 공격에도 비슷하게 적용될 것이라고 추측하고 있다.

예를 들면 내 약점인 불 속성 마법을 써도 효과는 낮으리라고 짐작했다.

반대로 수치가 높은 외도 속성이나 어둠 속성은 더 높아질 테고…….

아직은 예상일 뿐이지만 확률은 높다고 생각한다.

능력치의 상세는 대략 이런 식이고, 스킬의 상세도 확인할 수 있게 되었다.

구체적으로 말하자면 이제 숙련도의 수치가 보인다.

다음 레벨까지 필요한 숙련도 수치도 함께 표시되므로 보다 더 효율적으로 레벨을 올릴 수 있겠다.

참고로 미습득 스킬의 숙련도도 표시된다.

더더욱 놀랍게도 소지한 스킬 포인트와 관계없이 스킬 목록을 열람할 수 있었다.

정말 깜짝 놀랐다. 게다가 모든 스킬이 해금된 상태였다.

목록을 훑어보기만 해도 하루를 보낼 수 있을 만큼 많았다.

개중에는 구경이나 하라고 심술로 진열해 놓은 것처럼 스킬 포인트를 무지막지하게 요구하는 스킬이 있기도 했다.

그만큼 성능은 확실하겠지만 습득은 절대로 불가능하다.

전에 농담 삼아 하늘의 목소리(일단은), 음, 이제 하늘의 목소리(일단은)라고 부르는 것도 그만둬야 하려나.

아니야, 역시 이대로 하늘의 목소리(일단은)라고 부르자.

앗, 딴 길로 샜네. 하던 이야기 계속해야지.

하늘의 목소리(일단은)한테 농담 삼아 물어봤을 때 진짜로 있었던 「불사」 스킬. 습득하는 데 필요한 포인트는 1억이었다.

무슨 수작이야. 대체 누가 1억을 모은다고…….

뭐, 장식용 스킬은 내버려 두자. 노력하면 모을 수 있는 포인트 안에서 쓸 만한 스킬이 있는지 나중에 골라내야겠다.

당분간은 사안에 포인트를 쓰겠지만 얼추 익힌 다음에 여유가 생기면 좋아 보이는 스킬을 하나씩 습득해야지.

그리고 탐지 씨는 어떻게 강화됐냐면 말이지, 탐지로 끌어모은 정보도 감정이 가능해졌어.

다만 탐지 씨가 끌어모은 정보는 그 자체로도 수준이 높으니까 굳이 또 감정할 필요는 없다고 봐.

지금으로선 적당한 활용 방법이 떠오르지 않지만 어쨌든 손해 볼 일은 없고 언젠가 좋은 사용법도 생각나겠지.

이제 마지막이다. 가장 중요한 변화. 놀랍게도 오토 맵핑 기능이 추가되었습니다!

만세~.

게다가 예지 님을 영입하기 전, 내가 태어나서 지금까지 돌아다녔던 범위의 지도를 모두 다 열람할 수 있답니다!

이건 굉장해. 진짜 굉장해.

이제껏 정처 없이 헤매고 다녀야 했던 엘로 대미궁, 그곳의 일부분이 지도 기능 덕분에 명확하게 드러났습니다!

엘로 대미궁 완전 넓어…….

원래 내가 있었던 상층의 지도와 그곳에서 추락한 하층의 지도, 그리고 지금 전진하고 있는 중층의 지도.

셋을 연결해서 전체상의 일부를 어림해봤는데, 저렇게만 쳐도 거뜬히 홋카이도와 비슷한 넓이가 됐다. 일부인데 이렇다니까?

그리고 중층에서 상층까지의 거리로 예상하건대 아직도 갈 길이 멀다는 사실을 알았다.

예상일 뿐이니까 어딘가에 또 절벽 구덩이가 쑥 뚫려 있을지도 모르지만 긴 여정이 되리라고 각오해 두는 편이 좋겠다.

진짜로 마지막. 이제껏 감정 불가능이라고 표시됐던 단어는 아직도 여전히 감정 불가능이었다.

그나저나 말이야. 아까는 정말 죽는 줄 알았어. 응, HP가 0을 찍었으니까 죽은 것이 맞아.

인내가 없었으면 진짜로 죽었다. 그따위로 얼간이 같은 최후를 맞이했다간 화려하게 스러지겠다는 다짐도 전부 헛소리가 되잖아.

관리자 씨? 방금 전에도 보고 있었으면 로그에서 삭제해주세요. 부탁이에요.

그건 그렇고 의도하지는 않았지만 인내의 효과를 확인했다.

HP가 바닥나도 부활, 아니다, 더 정확히 말하자면 HP가 0이 되어도 MP를 대신 소모해서 그대로 행동을 가능하게 해주는 느낌이려나.

조금 전 불이 붙은 상태에서 MP의 감소 속도로 짐작해보자면, 아무래도 MP가 일시적으로 HP를 대체한 듯싶었다.

그래서 HP가 받아야 했던 대미지가 전부 MP 감소로 이어진 것이다.

실질적으로는 HP와 MP가 통합됐다고 봐도 되겠는걸.

그럼 오버 킬 판정이 날 만한 공격을 먹었다간 MP도 단숨에 바닥나면서 그대로 끝장날 수도 있겠다.

성마 덕분에 MP가 왕창 늘었으니까 꽤 튼튼해진 것은 사실이다.

하지만 MP는 본래 용도로도 써야 하니까 보험이 생겼다는 정도로만 생각하는 편이 좋겠어.

아무튼 성마로 마법 능력치가 부쩍 성장했는데 귀한 능력을 안 써먹고 놀려 두면 손해잖아?

이때 등장하는 것이 마도의 극의! 오오~!

놀랍게도 이 스킬은 내가 그리도 원했던 마력 조작의 최종 발전 형태라고 할 만한 스킬이었습니다!

멋져라~!

게다가 말이죠, MP랑 관련된 보조 스킬도 한 바구니로 묶음 판매랍니다!

원더풀~!

딱 지금만 파격 세일로 예지 님을 구입하시면 덤으로 드립니다!

뭐, 뭣이라고?!

이미 구입을 마치셨으니까 안심하세요!

컨그래출레이션스!

어디 보자, 마도의 극의는 정말정말 굉장한 스킬이거든.

어쨌든 「마력 조작」, 「MP 회복 속도」, 「MP 소비 완화」를 최종 버전으로 습득한 셈이나 마찬가지니까.

방금 죽을 뻔하면서 절반 정도까지 줄었던 MP가 벌써 완전히 회복됐고…….

회복량이 1초 동안 2에서 3은 되니까 완전 회복되기에는 충분하고도 남는 시간이었지.

이래도 되나? MP를 물 쓰듯이 쓸 수 있잖아.

게다가 MP 소비 완화 효과도 있으니까 소비량도 인내 말고는 적어졌을 테고…….

아무리 써도 거의 무제한이나 마찬가지.

사안을 상시 발동해도 소비 MP는 사실상 없음이었다.

당장 상시 발동으로 바꿔 놓자.

아무튼 이렇게까지 밥상을 차려주면 써보고 싶어지는구나, 마법.

하지만 사용법을 모르겠는걸.

그것도 이제는 옛날 일! 나는 드디어 마법의 사용법을 깨달았습니다!

전부 예지 님의 신기능, 검색 덕분입죠.

모 대선생은 도저히 못 당하겠지만 스킬 시스템과 관계된 키워드를 조사하면 해당되는 설명을 표시해준다.

내가 그리도 바랐던 설명 기능이 드디어 설치되었다.

두근거리는 마음으로 마법의 사용법도 검색해봤지요.

해설에 의하면 마법을 사용할 때에는 몇 가지 단계를 밟아야 하는 모양이었다.

우선은 마력의 인식. 이른바 마력 감지에 해당되는 과정이다.

마력의 존재를 인식하지 못하면, 마법은 마력을 연료로 삼아 발동하니까 사용 자체가 불가능했다. 그러므로 이것이 마법을 사용하기 위한 기본 전제가 된다.

나는 예지 님의 효과로 마력 감지는 완벽했다.

다음으로는 마력의 조작.

내 안에 있는 마력의 이미지는 살짝 끈적한 액체였다. 이 액체를 스스로의 의지로 움직인다.

이것이 바로 마력 조작이다. 빠르게 움직이거나 복잡한 움직임이 가능하다면 더욱 좋다.

보통은 수련을 쌓으면서 차근차근 움직이는 방법을 익히겠지만 나는 마도의 극의 덕분에 이미 자유자재로 움직일 수 있었다.

그리고 술식의 구축.

각종 마법 스킬이 이에 해당한다. 특정 술식을 선택함으로써 자동으로 구축된다.

구축된 술식의 이미지는, 파이프라고 할까?

이것이 구축되는 속도 역시 능력치에 따라 변동됐다.

나는 술식 구축 속도도 최고치를 찍었으므로 선택하는 그 즉시 발동이 가능하다는 사기스러움을 자랑하고 있다.

마지막으로 구축된 술식에다가 마력을 흘려 넣으면 마법이 완성된다.

파이프에 액체를 붓는 느낌이었다.

파이프의 종점까지 액체가 도착해야 비로소 마법으로 발현되며, 현실 세계에 영향을 끼치는 현상으로 변화한다.

이때 파이프 안에 흘려 넣는 액체의 양을 늘리면 마법의 공격력이 높아지고, 흘려 넣는 속도를 빠르게 하면 발동까지 걸리는 시간을 단축할 수 있다.

다만 그만큼 파이프에 추가로 부하가 걸렸다.

파이프의 두께에 따라 부을 수 있는 양에 한계가 있는 데다가 만듦새가 튼튼하지 않으면 수압으로 파열돼버린다.

부하를 견디지 못하면 술식이 불발로 끝나거나 최악의 경우는 폭발을 일으키기도 한다.

고위 마법일수록 길고도 복잡한 술식을 필요로 하기 때문에 그리될 우려가 많았다.

술식을 안정시키기 위해서는 보다 크고 튼튼한 파이프를 만들어야 한다는 뜻이었다.

이 부분에서도 나는 마도의 극의 덕분에 문제없음.

마법 하나를 발동하려고 해도 이런 과정을 일일이 거쳐야 한다.

그렇지만~! 마도의 극의를 가지고 있는 나는 쓸데없이 골치를 썩일 필요가 없고말고요!

마력 조작은 몸을 움직이는 것과 동일한 감각으로 가능하고, 술식 구축도 마법을 선택한 순간에 그 즉시 최적화 상태로 완성된다.

컵에 물을 따르는 수준으로 가볍게 마법을 발동할 수 있는 것이지요!

아무튼 지금은 주변에 마물이 없으니까 효과를 한눈에 알아볼 수 있는 녀석으로 발동해봐야겠다.

그럼 역시 독 마법 레벨 2의 마법, 독탄이 좋으려나.

외도 마법은 발동해도 상대가 없으면 의미가 없고, 그림자 마법은 솔직히 성공해도 감동이 안 느껴질 것 같아.

심연 마법은, 으음, 이런 식으로 갑자기 쓰기에는 난이도가 높아 보여.

좋아! 술식 전개! 마력 충전 완료! 독탄 발동!

구축이 끝나자마자 내 눈앞에 무언가 까맣고 동그란 것이 출현해서 힘차게 날아갔다.

오, 오오!

뭐랄까, 꽤 싱겁게 성공해버렸지만 어쨌든 마법이었다.

멋져라. 살짝 감동했다.

그나저나 독탄은 별로 위력이 없구나.

그럴 수밖에. 독탄은 거미 맹독이 아니니까.

독 마법의 독탄은 본인이 지닌 독을 발사하는 마법이 아니라, 독 생성부터 발사에 이르는 과정 자체가 하나의 마법인 듯했다.

따라서 독탄의 독은 마법을 구축하는 과정에서 생겨난 독일 뿐, 거미 맹독하고는 다른 종류였다.

그리고 내 마법 공격력을 적용해도 거미 맹독의 위력에는 물론 미치지 못했다.

일단 마력을 많이 소비하면 위력을 끌어올릴 수 있겠지만 그럴 바에야 차라리 독 합성을 쓰는 편이 낫다.

드디어 마법을 습득했지만 사용할 기회는 그리 많지 않을지도…….

어쨌든 독탄 다음으로는 독 마법 레벨 1의 독수(毒手)도 일단 시험해봤다.

분명 접촉한 상대에게 독 대미지를 주는 마법일 텐데, 아니나 다를까 함정이 있었다.

레벨 1로 익히는 마법치고는 꽤 성능이 좋다고 생각했지만 이 마법은 시전자에게도 피해를 입힌다.

이른바 자폭기였다. 그건 그렇고 나 말이야, 자폭하는 기술이 좀 많지 않아?

일부러 내성을 올리는 데 쓰자면 적당할 수 있겠지만 보통은 못 써먹을 마법이었다.

앗, 하지만 레벨 3짜리 독 저항이랑 같이 쓰면 아주 못 써먹진 않겠다.

독 저항은 일시적으로 독 내성을 높여주는 마법이니까 같이 조합하면 어찌어찌 써먹을 수 있을지도 모른다.

뭐, 나한테는 독 합성이 있으니까 굳이 쓸 필요도 없겠지만…….

뭐가 아쉬워서 위력도 낮은 자폭기를 조합까지 하면서 써야 해?

위력이 낮으니까 숙련도 올리는 데도 도움이 안 되잖아.

독탄은 그나마 쓸 만한 구석이 있어 보이는데 독수를 쓸 일은 아마도 없겠네.

그림자 마법도 잠깐 시험해봤다.

결과는, 으음, 변변찮았으니까 생략. 그림자놀이를 하고 싶을 때 유용하겠다고만 말해 두겠다.

외도 마법은 상대가 없으면 효과 확인을 못하니까, 나중에 마물과 마주치면 그때 다시 시험해보려고 한다.

뭐, 정신 공격 종류니까 효과가 있든 없는 겉으로는 안 보이겠지만…….

그리고 마지막 순서로 미뤄 놓았던 라스트 보스. 심연 마법.

막상 시험하려니까 무척 두근두근했다. 여러 가지 의미로…….

아무리 생각해도 이 마법은 심상치 않거든.

예지 님으로 진화한 다음 혹시나 해서 한 번 더 감정을 실행했지만 설명문은 변화 없음.

결국 마법의 효과나 영향은 여전히 모르는 상태다.

상위 어둠 마법이라는 느낌은 분명히 들지만 다른 것은 전혀 알지 못한다.

제대로 쓸 수 있다면 엄청난 전력이 되어줄 텐데 뭐가 튀어나올지 모르니까 심장에 좋지 않았다.

마도의 극의가 있으니 실패하지는 않겠지만 그래도 두근두근하네요!

어쨌든 내가 가지고 있는 마법 스킬 중에서 얘가 가장 마법다운 마법이 아닐까, 하는 생각이 든단 말이지.

어둠 마법이라는 이름부터가 꽤 그럴듯하고…….

중2병스러워서 기분이 무지무지 업 된다.

그럼 우선은 1레벨 지옥문부터 시험해볼까요.

좋아! 술식 구축!

……어라?

자, 잠깐만?! 나는 마도의 극의를 가지고 있는데도 제어가 안 되잖아?!

대체 뭐냐고, 구축 난이도가 터무니없이 어려워?! 크, 안 되겠다.

구축 도중이었던 술식은 내 제어를 쏙 벗어나 맥없이 무너져버렸다.

기가 막힌다고밖에 할 말이 없었다.

왜냐하면 내가 가지고 있는 마도의 극의는 이름에서 보이는 것처럼 마도계 스킬의 최상위에 위치하고 있음이 분명했다.

그런 스킬을 가지고 있는데도 결과는 이 꼴이었다.

이러고도 안 된다면 대체 세상 누가 심연 마법을 제대로 쓸 수 있을까?

그건 그렇고 이렇게까지 구축이 어려운 마법은 대체 얼마나 위험한 마법이지?

레벨 1짜리 마법인데 구축조차 제대로 안 된다니, 이래도 되는 거야?

레벨 10짜리 반역지옥을 발동시켰다간 혹시 세상이 끝장난다거나 그러지는 않겠지?

하하하, 설마. 그러진 않을 거야. 응, 아니겠지.

그나저나 1레벨로 이래서는 어쨌든 못 써먹겠구나.

아니. 포기하기는 아직 일러. 분명히 어렵기는 했다.

하지만 나는 마법이 뭔지 이제 막 깨달은 초심자.

아마도 차근차근 꾸준히 노력하고 연습해서 스킬 레벨을 올렸을 다른 마법사와 달리, 나는 중간 과정을 싹 생략하고 치트 스킬부터 얻어버렸다.

요컨대 익숙하지 않다는 뜻이다.

그러니까 간단한 마법이라면 스킬의 힘으로 쓸 수 있지만, 상위 마법 수준이 되면 나 자신의 미숙함 때문에 제대로 발동을 못하는 것이다. 그 때문이라고 생각한다.

그렇다면 답은 하나뿐. 오로지 연습!

내 마음 알지, 몸 담당?

【그야 알기는 알겠는데, 정보 담당.】

알아주는 거야?

【으음, 하지만 그러면 정보는 어떡하고?】

몸 담당이 같이 맡아주면 안 돼?

【아주 안 되는 건 아니지만 역시 둘이서 할 일을 혼자 하는 셈이니까 효율이 팍 떨어질 거야.】

으음.

《숙련도가 일정 수치에 도달했습니다. 스킬 〈병렬 의사 LV 1〉이

〈병렬 의사 LV 2〉로 성장했습니다.》

굿 타이밍!

헬로, 제3의 나.

〔헬로, 얘기는 다 들었어. 내가 왔으니까 이제 괜찮아!〕

좋아! 그러면 3호. 자네에게는 마법 담당을 맡기도록 하지!

〔오케이, 오케이. 맡겨 두시라.〕

때마침 병렬 의사가 레벨업 해서 동시 존재 가능한 의사의 수가 늘었다.

정보 담당과 몸 담당은 기존 그대로.

새로 태어난 마법 담당에게는 이동 중 심연 마법을 중심으로 마법 연습을 맡겨야겠다.

예지의 지배자 칭호의 효과로 마법 스킬의 숙련도 상승 속도가 빨라졌을 테니까, 그 밖에 독 마법과 그림자 마법도 올려 두면 언젠가 도움이 되겠지.

더욱이 전투 면에서도 마법 담당은 자신의 판단으로 마법 공격을 더할 수 있다.

독 마법의 독탄도 단독으로 쓰기는 애매하지만 몸 담당과 연계해서 쓰면 활용 가치가 폭발적으로 올라간다.

견제 및 불의의 일격, 상황에 따라 다양한 시도를 할 수 있겠다.

그리고 상황을 정확하게 판단해야 하는 정보 담당도 역시 중요한 역할을 맡고 있다.

그야말로 삼위일체.

새삼 돌이켜 보니까 나도 꽤 대단하구나.

능력치도 급격하게 성장했고 몸을 활용하면서 싸우는 동시에 마법을 날린다.

여기까지만 들어도 적으로 돌리고 싶지 않은 상대야.

어라? 나 혹시 엄청 강한가?

이런저런 일이 있었지만 중층 공략은 순조로웠다.

마물을 마구 해치워서 레벨업을 했고 스킬 레벨도 꽤 올랐다.

그러던 중에 드디어 과식이 레벨 10을 달성했다.

폭식 오나요? 은근히 기대하고 있었지만 진화한 스킬의 이름은 「포식 LV 1」이었다.

〈포식: 식사를 한계를 넘어서 섭취 가능케 해준다. 그만큼 HP, MP, SP가 회복된다. 여유분을 저장해 놓을 수 있다. 여유분은 순수한 에너지로 저장되기 때문에 몸이 불지 않는다. 레벨이 오르면 저장 가능한 양이 늘어난다〉

폭식은 안 왔지만 그래도 굉장한 성능이었다.

요컨대 이제껏 SP로 한정됐던 효과가 HP와 MP에도 적용된다는 뜻이잖아.

저장되는 여유분의 양은 SP와 비교하면 적은 것 같았지만 그래도 대단하다는 생각에는 변함이 없었다.

높지 않은 순수 HP를 보충할 수 있다는 점만 봐도 기쁘다.

게다가 늘어난 HP와 MP에 인내의 효과까지 더하면 내 생존율은 그만큼 높아진다.

MP는 원래 남는 양이 좀 됐지만 저장이 가능하다면 낭비가 적어지니까 좋았다.

다만 효과 중에서 몸이 불지 않는다는 부분은 내게 별 의미가 없었다.

그렇잖아. 전에도 몸은 그대로였는걸. 어째서일까?

과식의 설명에도 비축분만큼 몸이 불어난다고 되어 있었다. 내가 한계까지 저장해 놓았을 때는 몸도 꽤 불었어야 했지만 실제로는 그냥 그대로였다.

거미는 체질이 특수해서 그런가? 잘은 모르겠지만 어차피 앞으로는 몸이 불어날 일도 없어졌으니까 신경 쓰지 말아야겠다.

그래, 맞아. 과식의 비축분은 레벨이 올라가기도 전에 이미 한계치까지 다다른 상태였다.

레벨 곱하기 100이 한계치였는지 900에서 멈춰 있었다.

포식으로 진화한 덕에 조금 더 상한선이 높아졌지만 아마도 1000에서 또 멈출 것이라고 생각한다.

그 이상 비축이 불가능하다면 미리 소비해야겠지. 안 그러면 아깝다고 생각하는 것이 절약 정신이다.

그런고로 평소 이동할 때에도 SP를 되도록 많이 소비해야겠다고 마음먹었다.

구체적으로는 뛰어오르거나 달리거나 하면서 전진했다.

이런 방식을 취함으로써 위타천 같은 스킬의 숙련도를 올릴 수 있었다.

덕분에 위타천을 비롯해서 연관 스킬들이 레벨업 했다.

순발력과 지구력도 레벨업 하고 드디어 최고 레벨을 달성, 진화했다.

각각 순신(瞬身)과 내구(耐久)라는 스킬로 진화하면서 성장 보너스도 추가되었다.

이제 나는 레벨업 하면 모든 능력치가 추가로 더 올라가게 됐다.

뭐, 예지 님 덕택에 마법계의 성장이 비정상적으로 빠르기도 하고, 원래부터 가지고 있었던 위타천 덕택에 속도가 특히 높지만 말이야.

으음. 내가 원래는 고속 기동형 물리 타입이었을 텐데, 능력치만 보자면 고속 기동형 마법 타입이 됐구나.

갑자기 이렇게 급변한 원인은 예지 님한테 있는 셈인데, 그렇다고 내가 실제로 마법형으로 바뀌었냐고 따져보자면 조금 미묘했다.

일단 각종 마법 스킬의 레벨도 올랐다.

오르긴 했지만 그래 봐야 거미 맹독은 당해 내지 못한다.

만약 사력을 다해야 하는 싸움이 벌어지면 결국 거미 맹독이 히든카드고 마법은 보조 수준으로 물러나야 한다는 거지.

뭐, 어쩔 수 없다면 어쩔 수 없는 일이지만…….

지금까지 거미줄과 거미 맹독, 둘을 가지고 버티면서 살아왔잖아.

신출내기 마법한테 홱 따라잡히면 지금껏 겪은 고생은 대체 뭐였냐고 살짝 복잡한 기분이 들지 않으려나?

아아~. 빨리 거미줄 쓰고 싶다~. 빨리 중층을 나가고 싶어라~.

상층에 도착하면 제일 먼저 집을 만들고 한동안 거기에서 차분하게 스킬 연구에 매진해야겠다.

그다음은 사실 어떻게 할까 망설이는 중.

신경 안 쓰겠다고 말은 했지만 역시 아예 잊어버릴 순 없는 노릇이었다.

관리자. 스킬.

더 자세히 알려면 역시 누군가 알 만한 인간을 찾아 물어봐야 한다.

하지만 애초에 이 세계의 인간은 관리자의 존재를 어떻게 생각하고 있을까? 모르겠다.

돌이켜 보면 나는 이 세계에서 누구하고도 커뮤니케이션을 취한 적이 없었구나.

【내가 있다궁~!】

〔나도 있다궁~!〕

너희들도 결국은 나거든! 나는 다른 사람을 말한 거라고! 다, 른, 사, 람!

어휴, 바보가 늘어서 두뇌 담당인 나는 고생이 끊이질 않네.

아차. 그래그래, 커뮤니케이션 얘기였지.

전세에서도 커뮤니케이션 따위는 거의 신경 쓴 적이 없었지만 정보는 인터넷만 실행시키면 수집할 수 있었다.

하지만 지금은 다르다. 예지 님의 검색은 어디까지나 스킬에 관련된 일부 정보를 제공할 뿐.

게다가 조사해 봤자 정작 중요한 부분은 숨겨져 있었다.

관리자와 연결될 만한 정보는 모두 감정 불가능.

그러고 보니 나는 어떻게 보면 태어나서 쭉 외출 한 번을 안 한 은둔형 외톨이었지.

엘로 대미궁을 나간 적이 없으니까.

정보를 구할 데도 없으면서 은둔형 외톨이로 살았으니 그야 세상 물정에 어두워질 만도 하구나.

관리자에 대해 알아보려면 엘로 대미궁 바깥으로 나가서 이 세계의 인간들과 대화를 나눠야 한다.

하지만 나는 말을 못하는 데다가 마물이니까 평범한 대화는 좀 힘들 것 같다.

뭐, 마물 신세는 면할 길이 없지만 대화라면 다른 방법이 있기는 하다.

하나는 염화 스킬을 획득하는 것.

그리고 또 하나는 어느 마물로 진화하는 것.

예지 님 덕분에 추가된 신기능, 진화 트리.

이것을 보면 내가 앞으로 진화 가능한 마물이 무엇인지 한눈에 알 수 있다.

지금까지 진화는 그때그때 주어진 선택지를 고르기만 했지만 아무래도 나는 꽤 괜찮은 방향으로 진화를 해 온 듯싶었다.

진화 트리를 보면 포이즌 계통이 상당히 희귀하다는 사실을 알 수 있었다. 지금의 조아 에레도 그랬다.

뭐, 지금 그런 건 됐고…….

문제는 진화 트리의 위쪽에 존재하는 어느 마물의 정보였다.

아라크네. 하반신은 거미고 상반신은 인간의 몸으로 되어 있는 마물.

전세의 일본에서도 잘 알려진 마물이었다.

내가 아라크네로 진화하려고 들자면 길이 좀 멀긴 하지만 가능하다.

상반신이 인간의 몸으로 되어 있다면 말도 할 수 있겠지?

그럼에도 마물이라는 사실은 변함없으니까, 문제는 인간이 과연 내 말을 들어주겠느냐, 하는 점이었다.

뭐, 그런 문제를 빼도 절반일지언정 인간형이라는 건 크나큰 장점이다.

거미의 몸에 익숙해지긴 했지만 원래 건전한 여고생이었던 만큼, 이런 모습으로 평생을 보내는 건 좀 아니잖아.

보통 싫어하겠지?

인간의 모습을 되찾을 수 있다면 그쪽을 노리고 싶잖아.

뭐, 지금은 고민해 봐야 소용없다.

진화를 하든 말든 아직은 먼 훗날의 얘기니까.

애초에 중층을 빠져나가지 못하면 바깥으로 나갈 수도 없다.

고민은 나중에 또 하면 된다.

S6. 지룡 내습

그 존재는 우리가 학원에 도착한 직후 갑자기 모습을 드러냈다.

아니, 정확히 말하자면 우리의 뒤를 줄곧 따라왔던 것이 분명했다.

"뭐, 야……."

누군가의 신음 소리가 들렸다.

그렇게 맥없는 소리를 내뱉을 만큼 실로 압도적인 존재였다.

지룡(地竜).

본래는 이런 장소에 출현할 리가 없는 고위 마물이다.

그런 존재가 학원 바로 앞에서 우리에게 어금니를 드러내고 있었다.

"나츠메! 저것도 당신 짓인가요?!"

오카 선생님이 유고를 추궁했다.

"모, 몰라! 저딴 걸 준비했다는 소리는 못 들었단 말이다?!"

허둥지둥하는 유고……. 분위기를 보건대 거짓말을 하는 것 같지는 않았다.

"이봐, 너희들. 저건 대체 뭐야?!"

유고도 차마 견딜 수 없었는지 포박해 놓았던 이번 사건의 범행 그룹에게 따져 물었다.

"저건, 이번 계획에 이용하려고 했던 비밀 무기입니다."

"네놈들이 준비했다고?!"

"그렇습니다. 소환사가 사역하고 있었습니다. 하지만 현재는 사역 관계가 해제된 것으로 보입니다."

"그 소환사가 누군데?!"

"접니다. 그렇지만 제어는 불가능합니다. 원래부터 제 실력으로 제어 가능한 마물이 아니었습니다. 처음 붙잡았을 때는 성질도 얌전했고 계약을 요구하니 순순히 따랐습니다만, 지금은 제가 하는 말을 전혀 듣지 않습니다!"

유고의 질문에 주절주절 대답하는 범인들.

나는 그저 혀를 차고 싶은 마음이었다.

본인 실력 이상의 마물을 사역한다는 것은 제정신으로 할 짓이 아니었다.

나도 페이와 함께 지내면서 소환사에게 필요한 스킬인 조련을 습득했다.

하지만 조련 스킬로 부릴 수 있는 대상은 어디까지나 자신보다 격이 낮은 마물뿐.

격이 높은 마물이어도 합의가 이루어졌다면 계약을 맺을 수는 있다.

다만 그러려면 둘의 관계가 반드시 신뢰로 묶여 있어야 한다.

아니면 마물이 언제 갑자기 배반할지 모르니까. 바로 지금처럼…….

지룡이 예리한 발톱을 휘두르고는 통나무처럼 두꺼운 꼬리를 내리쳤다.

연습에 참가했던 교사와 상급생이 반격하고 있지만 실력의 차이는 명백했다.

당연하다. 감정한 결과, 지룡의 평균 능력치는 2000 전후. 용 중에서도 상위에 속하는 괴물이었으니까.

『웬일이래? 큰일 났잖아!』

나를 마중 나왔던 페이가 지룡을 보고 조마조마한 기색으로 염화를 보냈다.

"이대로는 전멸이야. 나도 싸우겠어!"

"멈춰요! 그건 용납 못해요! 위험하다고요!"

오카 선생님이 나를 잡아 말렸다.

하지만 눈앞에서 쓰러져 가는 사람들이 있는데 가만히 내버려 둘 수는 없지 않는가!

나는 오카 선생님을 억지로 뿌리치고 지룡을 향해 달렸다.

"이리되면 어쩔 수 없네요!"

"오라버니가 가신다면 저도!"

"회복은 나한테 맡겨!"

카티아, 스우, 유리가 나를 뒤따랐다.

나는 달리면서 마법을 준비했다. 얼마 전 수업에서 익힌 물 마법을…….

발사. 지룡을 향해서 물 포탄이 고속으로 날아들었다.

하지만 물 포탄은 지룡에게 명중하기 직전, 마치 안개처럼 흩어져 사라져버렸다.

"역린인가!"

용종이 지니는 특수 스킬, 용린의 상위 스킬 역린.

효과는 단순한 방어력 상승에 더해서 마법의 구성을 분해하는 것.

물리와 마법 양쪽에 대하여 막강한 방어력을 발휘하는 까다로운 스킬이었다.

"학생은 물러나라!"

교사 한 명이 외쳤지만 무시한다!

이곳에 있는 사람들 누구와 비교해도 나는 강한 축에 들어갔다.

그렇다면 학생이라는 이유로 물러날 수는 없었다.

“스우! 타이밍 맞춰서 간다!”

“네!”

나는 스우와 동시에 다시 한 번 물 마법을 날렸다.

공중에서 하나로 합쳐지는 나와 스우의 마법.

나와 마찬가지로 스우도 물 마법의 적성을 가지고 있었다.

둘을 합쳐서 위력을 끌어올리면!

물 포탄이 이번에는 흩어지지 않고 지룡의 몸으로 꽂혀 들어갔다.

지룡이 약간 괴로워하면서 신음을 흘린다.

먹힌다! 대미지는 극히 조금이었지만 아예 못 뚫을 방어력은 아니야!

내가 했던 대로 주위에 있던 교사와 학생들이 저마다 합동 마법을 쏘아 날렸다.

카티아도 올리자 선생님과 함께 지룡에게 불 마법을 퍼붓고 있었다.

그리고 마법 세례에 주춤하는 때를 노려서 근접 공격을 메인으로 하는 사람들이 치고 들어갔다.

대미지는 적었다. 하지만 0은 아니다.

한 줄기 희망이 보인 바로 그 순간, 지룡이 머리를 번쩍 쳐들었다.

브레스의 예비 동작이었다.

“후퇴!”

누군가가 외쳤다. 하지만 이미 늦었어!

나는 오히려 앞으로 한 걸음 내디디면서 마투법과 기투법을 온 힘으로 발동했다.

또한 스킬 포인트를 사용해서 빛 마법을 습득.

빛을 휘감은 검과, 지룡이 쏜 브레스가 정면으로 맞부딪쳤다.

“크, 흐아아아압!”

버텨다오. 내 몸아, 버텨라!

『에잇, 정말! 위험한 줄도 모르고!』

페이의 목소리가 들린 것 같았다.

동시에 브레스가 멎었다.

나는 곧바로 지룡에게 검을 휘둘러서 비늘이 휑하니 떨어져 나간 목을 베어 냈다.

“금방 치료할 테니까 움직이지 마.”

레벨업을 알리는 신언을 들으면서 나는 유리의 회복 마법으로 부상을 치료받았다.

특히 팔의 상태가 심각했다. 브레스가 한순간만 더 지속됐다면 내 팔은 흔적 없이 사라졌을지도 모른다.

그렇게 생각하면 새삼스럽게 몸이 떨렸다.

스우와 카티아가 몸서리치는 나를 보고 무언가 말을 건네려고 했지만 우선 다른 부상자부터 돌봐달라는 부탁으로 뿌리쳤다.

이런 한심한 꼴은 되도록 보여주고 싶지 않았다.

싸울 때는 무아지경이었다.

하지만 막상 사태가 일단락된 순간, 뒤늦게 죽을 수도 있었다는 공포가 솟구쳤다.

동시에 아직도 꽉 쥔 손이 뻣뻣하게 굳어서, 놓지 못하고 들고 있는 검이 몹시도 무서운 물건으로 보이기 시작했다.

지룡의 목을 잘라 냈을 때의 감촉이 생생하게 남아 있었다.

이것이 생명을 빼앗는 행위인가. 이것이 바로 진짜 전투인가.

나는 능력치가 높았기 때문에, 스킬이 많기 때문에 싸우겠다고 마음먹을 수 있었다.

실제로 나는 전투에 참가했다.

하지만 전투가 끝나고 나서 깨달았다.

나는 전투라는 행위가 무엇인지 전혀 알지 못했다.

목숨을 건 전투가 이토록 두려운 행위였던가.

살해한다는 것이 이토록 두려운 행위였던가.

천천히, 검에서 손을 떼어 냈다.

마치 추위로 우그러들었을 때처럼 손가락이 제대로 움직여주질 않았다.

유리 덕분에 회복이 완료됐을 무렵에 드디어 내 손가락이 검에서 떨어졌다.

이제 괜찮아졌다는 말로 유리를 보내면서 다른 부상자를 치료해 달라고 부탁했다.

부상은 정말 괜찮았다. 문제는 내 정신 상태였으니까.

나 스스로도 한심했다.

물론 첫 번째 전투에서 이런 거물과 싸우게 될 줄은 상상 못했지만 아무리 그래도 이렇게 겁을 집어먹으면 쓰나.

그것도 싸움이 다 끝난 다음에…….

율리우스 형님은 이런 전투를 일상처럼 거듭하고 계신다.

내가 율리우스 형님을 쫓아가려면 이만한 난관 따위 웃으며 돌파할 만큼 강해져야 한다.

봐라, 몇몇이 나를 걱정스럽게 쳐다보고 있지 않나.

웃으면서 괜찮다고 안심시켜줘라.

형님도 분명히 그렇게 하셨겠지. 자, 웃어라.

……웃음이 나올 리 없었다.

두려웠다. 죽었을지도 모른다는 공포. 죽여버렸다는 공포.

어째서 형님은, 아니, 이 세계의 주민들은 이토록 끔찍한 짓을 태연하게 저지를 수 있지?

어째서, 유고는 나를 진심으로 죽이려 들었던 거지?

싫어도 쓰러트릴 수밖에 없는 마물조차 이토록 두렵건만, 혹시 사람을 죽게 만든다면 나는 제정신으로 버틸 자신이 없다.

그래도 한때는 같은 반이었는데 어떻게 살의를 품을 수 있지?

혹시 유고는 예전에 벌써 미쳐버린 걸까?

그럴 수도 있겠다.

유고는 마물 살해자 칭호를 가지고 있었다.

마물 살해자는 수많은 마물을 쓰러트림으로써 얻는 칭호다.

그렇다면 유고는 마물을 다수 살해했다는 뜻이 된다.

이런 짓을 거듭거듭 반복했다는 뜻이다.

그러던 중에 감각이 이상해졌을지도 모른다.

살아 있는 것을 살해한다는 행위에 대한 감각이.

나도 언젠가 그렇게 될까?

무섭다. 혹시 그렇게 될지도 모른다고 상상만 해도 숨이 막히는 기분이었다.

크게 심호흡을 하면서 마음을 진정시켰다.

아직 완전히 정리가 되지는 않았다.

하지만 승리의 주역인 내가 이렇게 늘어져 있어서야 다들 마음껏 기뻐하지도 못한다.

웃음이 나오지는 않아도 당당하게 처신하는 흉내라도 내도록 하자.

이미 상당히 늦었다는 생각도 들지만…….

문득, 쓰러진 지룡을 바라보고 있는 페이가 시야에 비쳤다.

나를 구해준 사람은 페이였다.

위태로웠던 바로 그 순간, 페이가 지룡의 목을 물고 늘어지면서 브레스를 막아줬다.

페이의 도움이 없었다면 나는 그때 죽었을 것이다.

"페이, 덕분에 살았어. 고마워."

다시 도지려고 하는 공포를 눌러 삼키면서 늦게나마 고마움을 전했다.

『아니야. 당연히 도와야지.』

내가 고맙다고 말하는데도 페이는 어딘가 다른 데 정신이 쏠린 모습으로 죽은 지룡을 바라보고 있었다.

"무슨 일 있어?"

『내 스테이터스 감정해볼래?』

페이의 목소리에 왠지 모르겠지만 침울한 기색이 어려 있어서, 내심 고개를 갸웃거리다가 시키는 대로 감정을 했다.

〈혈족 포식자〉

그리고, 저 칭호를 발견했다.

이름 그대로 혈연관계를 포식한 자에게 주어지는 끔찍한 칭호가.

"설, 마."

『바로 그 설마 아닐까?』

페이는 그때 지룡의 목을 물어뜯었다.

만약에 그런 까닭이라면 페이가 이 칭호를 습득한 이유도 납득이 갔다.

아니, 다른 이유가 무엇이 있을까.

『저 용, 어쩌면…… 나를 찾으러 온 걸까?』

부정할 수 없었다.

페이가 알로 발견된 곳은 엘로 대미궁이라는, 여기에서 꽤 멀리 떨어진 데 위치한 던전이었다. 지룡이 페이의 어미가 아니라면 그토록 먼 곳에서 이런 곳까지 찾아올 이유가 떠오르지 않았다.

우리는 납치당한 아이를 되찾으러 온 어미를, 그 아이의 손으로 죽게 만들었는지도 모른다.

그렇다면 나는 그 아이의 눈앞에서 어미의 목을 쳤다는 말인가…….

"으읍, 웩!"

토했다.

내 첫 번째 실전은 그저 괴로운 기억으로 내 마음속 깊숙이 새겨지게 되었다.

막간. 패배자의 통곡

"빌어먹을! 이대로 끝날까 보냐! 이 세계는 내 것이란 말이다! 내 거다. 나를 위한 나만의 세계다! 이딴 꼴사나운 패배는 인정 못한다! 인정 못한다고! 세상 전부를 내 손에 넣을 때까지 끝나지 않아!"

《숙련도가 일정 수치에 도달했습니다. 스킬 〈욕구 LV 1〉을 획득했습니다.》

"망할 엘프 년! 반드시 복수해준다! 용서 못해, 절대로 용서 못한다!"

《숙련도가 일정 수치에 도달했습니다. 스킬 〈노여움 LV 1〉을 획득했습니다.》

"언젠가 그놈의 모든 걸 빼앗아주마! 내가 빼앗겼던 그대로 말이다!"

《숙련도가 일정 수치에 도달했습니다. 스킬 〈탈취 LV 1〉을 획득했습니다.》

"두고 보라고! 그놈이 소중하게 아끼는 전부를 박살 내버릴 테다! 그런 다음에 울부짖는 그 빌어먹을 년을 웃으면서 엉망진창으로 범해주겠어!"

《숙련도가 일정 수치에 도달했습니다. 스킬 〈음행 LV 1〉을 획득했습니다.》

"기다려라! 내가 세계를 되찾을 테니까!"

막간. 걱정꾸러기 공작 영애와 떠들썩한 전생자들

“페이, 괜찮냐?”

『그럼, 괜찮지. 조금 놀랐지만 그게 정말 내 부모라고 해도 초대면인 데다가 생판 남이잖아.』

“그렇군. 아무튼 유리한테는 안 들키게 조심해.”

『그래야지. 금기가 있다는 걸 알면 나를 죽이려 들걸?』

“응? 누가 내 이름 불렀어?”

『으앗?! 아니야, 아무도 안 불렀어.』

“기척 좀 내고 다녀라. 간 떨어지는 줄 알았네.”

“어? 나는 그냥 평범하게 걸어왔는데?”

『깜짝 놀라서 줄어든 수명만큼 위자료를 청구하겠어.』

“으응? 어째서?!”

“앗, 맞아. 오늘은 슌한테 포교 활동 하러 안 가도 돼?”

“응, 방금 하고 왔어.”

『하고 왔구나…….』

“하느님의 위대함을 전하는 일인데 어떻게 감히 포기하겠니! 오늘은 비록 실패했지만 언젠가는 다들 분명히 하느님의 위대함을 알아줄 날이 올 거야!”

“열심히 해라~.”

『으음, 누군가를 맹신하는 모습이 어느 남매랑 꼭 닮았네.』

“아, 그건 나도 좀 동감이다. 슌은 율리우스 씨 신자고, 스우는 슌

신자잖아."

"맞아, 맞아! 나한테 막 하느님 바보라고 그러는데 말이야, 자기도 용사님 바보라는 건 왜 모르는 거야? 너무하지 않니?"

『걔도 너한테 이런 말 들으면 황당해할걸.』

"뭐, 마음은 나도 이해가 돼. 그 녀석, 율리우스 씨 이야기가 나오면 입이 안 멈추거든."

『나도 용사님의 무용담은 귀에 딱지가 앉을 만큼 잔뜩 들었어.』

"가난해서 마물 퇴치 비용도 못 내는 마을을 대가 없이 구해준 이야기라든지."

『용사님 감독은 교회에서 하잖아. 그쪽은 어떻게 생각해?』

"사실 그러면 안 되거든. 하지만 이번 대의 용사님은 금전 문제를 본인이 직접 떠맡아서 교회에 기부하시니까 상층부에서도 강하게 비판을 못하고 있어."

『역시 왕족이네. 돈 문제에서 자유롭구나.』

"아예 나라가 지원해주니까. 평민 출신 용사였다면 그냥 싸움꾼 취급당하면서 전쟁터니 위험 마물 토벌이니 이리저리 끌려다니기나 했겠지. 하지만 율리우스 씨를 그렇게 함부로 대했다간 나라 전체가 교회의 적으로 돌아설 수도 있어."

『골치 아프네.』

"애초에 율리우스 씨는 본인이 원해서 그런 위험한 임무를 도맡아 처리하고 있는 거지만……."

"진짜 히어로구나!"

"나는 실제로 만난 적이 있는데, 그 사람은 진짜배기 성자더라고……. 존재 자체가 기적이랄까?"

『그런 형님을 둔 동생은 비뚤어지든가 숭배하든가 둘 중 하나일 걸?』

"비뚤어지지는 않았으니까 다행인가?"

"다행이지 않겠냐? 실제로 율리우스 씨를 본받고 따르겠다는 건 남자로서 틀리지 않았고……."

『원래는 남자였던 애가 말하니까 이상하게 설득력이 있네.』

"지금도 마음은 여전히 남자다만……."

"거짓말이야."

『거짓말하네.』

"왜 곧바로 부정하는 거야?!"

"아하하. 그건 그렇고, 율리우스 님……. 나는 여태 만나 뵌 적이 없어."

"성녀 후보인데도 용사님은 못 만나는 거냐?"

"아직은 그냥 후보니까. 이번 대의 성녀인 야나 님이 생존해 계신 한 후보는 언제까지고 마냥 후보야. 후보인 동안은 용사님하고 아무 사이도 아니잖니. 새로운 성녀가 탄생하려면 성녀가 사망하거나 용사님이 사망하거나 둘 중 하나밖에 없어."

『용사가 죽고 성녀는 살아 있어도 바뀌어?』

"응. 성녀 한 사람이 수행하는 사람은 당대의 용사님 한 분뿐이거든. 그러니까 율리우스 님이 돌아가시면 야나 님이 살아 계셔도 다음 성녀를 결정해야 돼. 으음, 이런 얘기는 좀 그렇다."

"아니야. 슌은 율리우스 씨를 맹신하고 있지만 그 사람도 절대 무적은 아니거든. 실제로 마족의 함정에 걸려서 독을 마시고 궁지에 몰린 적도 있다고 했어. 마족과 전투가 본격화되면 아무리 율리우스 씨라고 해도 살아남는다는 보장은 아무도 못한다고……."

『그렇지. 슌 앞에서는 이런 얘기 못하지만, 실제로 마족하고 싸우려면 정말 힘들다더라.』

"줄곧 침묵을 지키던 마왕이 행동을 개시했다지?"

"맞아. 소문으로는 우리가 갓난아기였을 때 대가 바뀌었다고들 얘기하던데."

『왠지 그 시기에는 참 일이 많았네. 신언교하고 여신교가 종교 전쟁을 벌였고, 미궁의 악몽도 출현했었고…….』

"여신교는 사교야!"

"응, 그래. 알았어. 미궁의 악몽이라. 율리우스 씨가 유일하게 패배를 당했던 거미 마물 말이지?"

『그 얘기가 나왔을 때 마침 나도 슌하고 같이 있다가 들었거든. 마치 마왕 같은 존재였대.』

"의외로 그 녀석이 마왕 아닐까?"

『거미가 어떻게 마족의 왕이 되겠니? 마족은 사람처럼 생겼잖아.』

"음, 혹시 페이가 노리고 있는 인간화라도 해서?"

『말해 두겠는데 인간화라는 스킬은 없거든?』

"없구나."

『없어. 비슷한 효과를 내는 스킬은 있을지도 모르겠지만…….』

"뭐, 마족은 생김새만 놓고 보자면 인족하고 전혀 다르지 않다니까, 만약에 인간의 모습으로 둔갑한 마물이 섞여 있다고 한들 누가 알아보겠어?"

『참 헷갈리게 하네. 마족이라고 이름을 붙여 놨으면 뿔이라도 하나 달아 놓지.』

"그건 마족이라기보단 그냥 악마 아니냐?"

『우두머리가 마왕이라고 불리는 족속이니까 아주 틀린 말도 아니지 않아?』

"저기, 있잖아. 갑자기 생각났는데, 마왕이 바뀌었다고 추측되는 시기하고 우리가 전생한 시기하고 비슷하지 않니? 어쩌면 마왕이 전생자 중 누군가는 아닐까?"

"거참, 어림도 없는 소리 하지 마라. 나이로 따져보면 갓난아기 때 마왕이 되어야 한다는 건데, 도대체가 말이 되냐?"

"앗, 미안."

『그럼 갓난아기 때부터 열심히 돌아다니면서 레벨을 올리면 마왕이 될 수도 있겠네?』

"얘는 또 뭔 소리야? 상상만 해도 끔찍하다."

9. 불꽃 바다의 주인

와아. 여기 무섭다.

내 눈앞에는 일대를 뒤덮은 거대 마그마 호수. 길은 없다.

혹시 길을 잘못 든 걸까?

잠깐 그런 생각도 했지만 이곳 중층은 꽤 널찍한 통로가 외길로 쭉 이어지는 구조로 만들어졌다.

너비가 대략 1킬로미터쯤은 되니까 통로라고 부르기에는 좀 어색한 기분도 들지만…….

그런 관계로 앞으로 전진하려면 이 마그마 호수를 건너가야만 했다.

다만 건너갈 길은 없어도 다행히 군데군데에 조그만 섬이 있었다.

내 도약력이라면 섬과 섬의 사이를 뛰어다닐 수도 있을 테고 최악의 경우에는 천장으로 이동할 수도 있다.

이런 장소, 나라면 돌파가 가능하지만 인간한테는 무리 아닐까?

역시 인간은 상층이 한계겠는걸.

홋카이도보다 넓은 규모의 면적을 차지하고 있는 미궁이니, 잠깐만 생각해봐도 공략은 엄두를 못 낼 거야.

그야말로 용사나 영웅, 전설급의 힘을 지니지 않은 이상에는 무리였다.

그런 인간이 있는지도 잘 모르겠고…….

의외로 관리자가 마음에 들어 하는 미청년이면 특별한 힘을 받았다거나 그럴 수는 있겠네.

으아, 완전 치사하잖아.

혹시 그런 힘이 있으면 나한테도 줘요!

안 된다고요? 그렇군요. 당연하겠죠~.

아이코, 잠깐 현실 도피를 했는걸.

돌파 가능하다고는 했지만 말이야, 곱게 건너게 둔다는 조건이 필요하거든.

여기가 왜 무섭냐면 마물이 무더기로 숨어 있어서야.

마그마 호수는 넓은 것은 물론이고 깊이도 상당히 깊어.

많이 깊은 지점은 수심이 200미터는 된다고…….

마그마가 저렇게 잔뜩 쌓여 있으면 좀 차가워지기도 하고 굳기도 하지 않을까?

어쨌든 실제로는 이렇게 커다란 호수가 형성됐단 말이지.

그리고 넓고도 깊은 호수 속에는 마물이 한가득…….

여기를 건너가라고?

어휴, 요놈의 미궁은 대체 뭔지 모르겠다.

대체 이런 데를 누구더러 공략하라고 만든 거야?

끙. 뭐, 건너지 않으면 전진을 못하니까 달리 선택지도 없지만…….

응, 어떻게든 되겠지.

게다가 장어를 쓰러트린 내게 더 이상 적은 없으니까. 걔만큼 강한 마물이 있어 봐야 얼마나 더 있겠어.

만약에 있다고 해도 내가 해치워주겠어.

장어와 싸웠을 때와 다르게 나는 진화해서 능력치도 올랐고, 스킬도 충실해졌고, 무엇보다도 마법을 쓸 수 있는걸!

후후훗, 지금까지는 마그마 속에 있는 녀석들한테 손쓸 도리가 없었지만, 마법을 깨달은 나에게 잠수 전법은 통하지 않는다!

내가 먼저 저격해버릴 거야! 이얏하~!

마법을 빼도 새롭게 획득한 스킬이 있고…….

우선은 사안.

얼마 전 두 번째 사안을 획득했는데, 이번에는 마비의 사안을 선택했다.

석화도 포기하고 싶지 않았지만 석화는 효력이 발휘되기까지 시간이 걸리기도 하고, 무엇보다 석화시키면 먹을 수가 없다.

그런 까닭에 움직임을 봉하는 효과는 마찬가지고 즉효성이 있으면서 나중에 잡아먹을 때 지장을 주지 않는 마비를 골랐다.

그리고 마투법이라는 스킬을 익혔다.

MP를 소비해서 능력치를 끌어올리는 스킬이었는데, 시험 삼아 몸의 내부로 마력을 순환시켰더니 의외로 간단하게 습득할 수 있었다.

이건 기투법의 MP 소비 버전인 셈인데, 마도의 극의를 가지고 있는 덕분에 소비량은 거의 신경 쓸 필요도 없는 상태가 되었다는 말씀.

그럴 수밖에, 상시 발동해도 회복량이 더 많은걸.

그래서 지금은 상시 발동으로 다니고 있다.

덕분에 능력치가 언제나 플러스 되는 상태.

기투법도 포식의 비축분을 가늠하고 잠깐잠깐씩 발동하면서 스킬 레벨을 올려주려고 신경 쓰는 중이다.

둘 다 발동하면 그것만으로도 능력치가 쭉 뛰어오르니까 비장의 무기로 쓸 수 있거든.

그건 그렇고 포식도 무척 굉장한 스킬이라는 사실이 드러났다.

왜냐하면 얘가 자동 회복되는 양까지 저장을 해주거든.

덕분에 HP와 MP의 비축분이 늘고 또 늘었다.

MP는 미처 다 쓰지도 못할 만큼…….

마투법을 발동하고, 사안을 항상 두 개씩 발동하고, 게다가 마법 연습까지 하면서 다니는데도 MP가 남는 형편이었다.

마도의 극의 만세다. 그리고 남은 MP까지 저장해주는 포식도 만세다.

뭐, HP는 마그마 대미지 때문에 손해를 많이 보니까 별로 넉넉하게는 못 쌓았지만 말이야.

이렇듯 마법이라는 원거리 공격 수단을 보유했을 뿐 아니라 빈약했던 능력치를 대부분 개선시킨 지금은, 설령 장어가 나타난다 해도 문제없이 승리할 수 있다고 나는 판단했다.

그렇게 생각하면 겨우 마그마 호수 따위를 두려워할 게 무어냐!

잔챙이가 덤벼들면 요격해서 잡아먹으면 된다.

그러니까 점프!

마그마를 뛰어넘어서 중간에 떠올라 있는 섬으로 착지.

살짝 두근두근했지만 여차할 때는 천장에 달라붙어서 이동하면 되니까 괜찮을 거야.

깡충깡충 뛰어오르면서 이동.

응. 너무 순조로워서 오히려 심심하네.

덤비는 마물도 없고…….

잔뜩 경계했는데 아무 일도 없으니까 안심되기보단 살짝 실망스러운걸.

아니, 불만은 없어. 평화는 좋은 거니까.

하지만 마냥 평화로우면 사냥을 못해서 SP가 바닥날 테니까 마물도 적당히 덤벼줬으면 좋겠다. 밥을 먹어야 살지.

맛있으면 더 좋고……. 응, 메기가 좋아. 메기도 좋아. 메기는 좋아.

이럴 때 불쑥 얼굴 좀 비춰주면 좋을 텐데.

번쩍~ 하고…….

〈엘로 게네소카 LV 17

스테이터스

HP: 2331/2331(녹) (상세)	MP: 1894/1894(청) (상세)
SP: 2119/2119(황) (상세)	: 2315/2315(적) + 264(상세)
평균 공격 능력: 1999 (상세)	평균 방어 능력: 1876 (상세)
평균 마법 능력: 1551 (상세)	평균 저항 능력: 1528 (상세)
평균 속도 능력: 1657 (상세)	

스킬

「화룡 LV 9」	「역린 LV 2」	「HP 자동 회복 LV 2」
「MP 회복 속도 LV 1」	「MP 소비 완화 LV 1」	「SP 회복 속도 LV 3」
「SP 소비 완화 LV 3」	「화염 공격 LV 5」	「화염 강화 LV 3」
「파괴 강화 LV 2」	「타격 강화 LV 4」	「연계 LV 5」
「통솔 LV 7」	「명중 LV 10」	「회피 LV 10」

「확률 보정 LV 8」 「기척 감지 LV 4」 「위험 감지 LV 7」
「고속 유영 LV 7」 「과식 LV 8」 「타격 내성 LV 6」
「염열 무효」 「신명 LV 1」 「순발력 LV 8」
「지구력 LV 9」 「강대 LV 1」 「강고 LV 1」
「술사 LV 4」 「호법 LV 4」 「질주 LV 5」

스킬 포인트: 11250

칭호

「마물 살해자」 「마물 살육자」 「통솔하는 자」 〉

진짜로 번쩍~ 튀어나왔잖아?!

수면 위로 나타난 것은 용(竜)이었다.

장어 이상으로 정말 용처럼 보이는 모습을 지닌 진짜 용.

스킬 구성으로 짐작하건대 아마도 장어에서 또다시 진화한 형태일 것이다.

이 녀석은 이미 물고기라고 부를 수 없었다. 순수한 화룡이다.

으으, 얘는 만만치 않아!

역린은 용린의 상위 스킬이고 효과가 대폭 높아졌다.

얼마 전까지 신경 쓴 적이 없었는데 용린에는 마법의 술식 구성에 간섭해서 마법력을 약화시키는 효과가 있었다.

장어 수준의 비늘로 마도의 극의를 가지고 있는 내 술식에 간섭하기에는 힘이 모자랐을 테지만, 화룡의 역린쯤 되면 내 마법의 위력을 떨어트릴 수 있을지도 모르겠다.

장어와 싸울 때 고생했던 명중과 확률 보정의 콤보도 건재했다.

게다가 조합에 회피까지 추가됐다.

더욱이 내 약점인 불 속성 공격까지 빠짐이 없었다.

그리고 제일 골치 아픈 것이 연계와 통솔 스킬.

마그마 속에서 얼굴을 내미는 마물의 형체가 잇따라 탐지에 포착되고 있었다.

연계와 통솔은 이름 그대로의 효과를 지녔다.

연계는 연계력을 강화하고 통솔은 부하를 복종시키는 효과를 발휘한다.

칭호「통솔하는 자」로 입수하는 스킬인데 이 칭호가 또 대단했다.

놀랍게도 부하들의 능력치를 약간 끌어올려주는 효과를 지녔다.

마물 무리에 완전히 둘러싸인 나.

그들을 통솔하는 화룡.

장어 따위는 이겨주겠다고 큰소리를 쳤지만 그보다 곱절은 강한 녀석이 나타날 줄은 상상도 못했다고!

몸 담당!

【좋아, 도망친다!】

빠른 판단에 빠른 결정. 일대일로도 이긴다고 장담을 못할 위험한 녀석한테 부하까지 딸린 상황인데 어떻게 당해 내라는 거야.

줄행랑이 이기는 길이다.

기동력을 살리기에는 지형도 좋지 않았다. 아니, 그냥 최악이지. 어쨌든 도망쳐야겠다.

폴짝 뛰어서 화룡의 반대쪽 섬으로 위치를 옮겼다.

직후 내가 방금 있었던 섬이 불타오르는 광경을 탐지로 감지했다.

무서워라! 조그맣기는 해도 섬이 깡그리 타오르고 있잖아!

섬 지대를 벗어나지 못하면 도망칠 길이 없다.

그만큼 화룡이 뿜어내는 화염구는 거대할 뿐 아니라 위력도 막강했다.

아무리 내 능력치가 올랐다고 해도 저런 공격을 맞았다간 잿더미가 된다.

인접한 섬에 착지하는 즉시 또 점프해서 다음 섬으로 향했다.

하지만 공중에 있을 때 마그마 속에서 해마가 떼로 얼굴을 내밀더니 나를 향해 화염구를 토해 냈다.

대공 포화나 다름없었다.

게다가 훈련받은 것처럼 뛰어난 정확도로 수많은 화염구가 나를 향해 일직선으로 날아든다.

지금까지는 무리를 지은 적은 있어도 딱히 연계된 모습을 보여주지 못했던 해마가, 화룡의 통솔 아래에서 일사불란한 동작으로 화염구를 날리고 있었다.

어찌나 정연한지 마치 군대 같았다.

여력을 남겨 둘 때가 아니다.

마투법에 더하여 기투법도 발동.

그 상태에서 기력 부여로 강화한 실을 천장까지 날렸고, 실이 타버리기 전에 타고 올라가 천장으로 도망쳤다.

내 몸의 바로 아래쪽을 수많은 화염구가 아슬아슬하게 통과했다.

하지만 천장으로 도망친 내 위치로 특대 사이즈의 화염구가 덮쳐들었다. 화룡의 화염구였다.

천장을 타고 이동해서 간신히 화염구를 피했다.

화염구는 천장을 파괴하고 주변에 파편과 불줄기를 마구 흩뜨리면서 폭발했다.

저런 공격을 공중에서 먹었다간 설령 HP가 남았더라도 곧장 마그마로 추락해서 끝장이겠네.

도망친 나를 쫓아 해마의 화염구가 바싹 날아왔다.

몇 개는 피했고 몇 개는 독탄으로 요격했다.

독탄에는 어느 정도 물리 공격력이 존재한다.

날아오는 물체에 충돌시켜서 상쇄할 수도 있었다.

독탄 수준의 마법은, 마도의 극의를 지녔고 의사 하나를 마법 발동에만 집중시키는 나라면 연사도 가능했다.

물론 빗발치는 해마의 화염구를 전부 쏘아 맞힐 수는 없었지만 미처 피하지 못할 몇몇을 상쇄시킬 수는 있었다.

상쇄 불가능한 화염구가 날아오지만 않으면…….

유난히 커다란 화염구가 날아온다.

게다가 진행 방향 쪽에서…….

천장에는 달리 도망칠 데가 없어서 공중으로 몸을 던져 가까운 섬에 착지했다.

직후 천장에는 새빨간 꽃이 피었다.

앞을 돌아봤다.

화룡의 화염구는 아니었다.

전방에서 내가 나아갈 길을 미리 차단한 채로 장어가 버티고 서 있었다.

게다가 세 마리나 된다.

외통수였다.

앞에는 장어. 뒤에는 화룡.

장어가 한 마리였다면 어찌어찌 돌파할 가능성도 있었겠지만, 세 마리나 되면 빈틈을 뚫고 지나가는 것도 지극히 어려워진다.

그럼 한 마리뿐인 화룡이라면 뭔가 방법이……. 퍼뜩 돌아섰지만 보이는 것은 수많은 해마 떼와 들이닥치는 화룡의 모습.

더욱이 화룡을 수행하는 것처럼 네 마리째의 장어가 얼굴을 내밀고 있는 참이었다.

정말로 큰일 났다.

생존 가능한 길은 어떻게든 상대의 공격을 피하면서 숫자를 줄이는 방법뿐이었다.

이만한 수가 모이면 잔챙이에 속하는 해마조차도 만만치가 않았다.

먼저 재네 머릿수를 줄여야 살길이 생긴다.

화염구로 탄막이라도 치면 그때는 아마 웃음도 안 나올 거야.

지금은 화룡의 통솔이 너무 완벽하기에 오히려 다행이었지만…….

나를 노리고 쏘는 공격 전부가 몹시도 정확해서였다.

숫자가 숫자인 만큼 일대를 제압할 작정으로 난사하면 나로선 더욱 곤란할 텐데, 한 마리 빼놓지 않고 전부가 나를 직접 노리고 쏘아 댔다.

이러면 쉬지 않고 움직이면서 피할 수 있다.

장어와 화룡의 포위망을 돌파하기 위해서 나는 옆으로 도망쳤다.

도망치는 한편 마법을 발동시킨다.

독 마법 레벨 6, 독무.

이름 그대로 독성을 띤 안개를 발생시키는 마법이다.

광범위의 적을 단숨에 물리치는 마법이라면 편했겠지만, 독무는 그저 내가 지닌 마법 중 유일하게 다수의 적을 동시에 공격할 수 있는 마법이었다.

거미 맹독처럼 상대의 HP를 즉각적으로 깎아 낼 만큼 강력한 독성은 없어도 계속 들이마시면 서서히 몸을 좀먹는 독 안개다.

이대로 쭉 도망 다니면서 방금 전 독무로 숫자를 꽤 줄일 수 있다!

하지만 상황이 그렇게 잘 풀리지는 않았다.

내가 도망치려는 길을 딱 가로막으면서 해마가 육지로 기어 올라왔다.

제길, 방해돼!

앞을 가로막는 해마에게 낫을 휘둘렀다.

좌우 각각의 낫이 해마를 한 마리씩 갈라놓는다.

올라간 능력치로 펼치는 내 낫 공격이라면 이쯤은 어려운 일도 아니었다.

회수하는 힘으로 다시 낫을 휘둘러 해마 두 마리를 추가로 베어 넘겼다.

동시에 위쪽으로 수직 점프!

간발의 차이로 내가 있던 장소에 화룡의 화염구가 착탄했다.

폭발의 여파로 내 몸이 더욱 가속되면서 실도 쓰지 않았는데 천장까지 도달했다.

살짝 휩쓸렸을 뿐인데도 HP가 잔뜩 깎였지만…….

화염구를 토하려는 장어의 모습이 눈에 들어왔기에, 거의 될 대로 되라는 식으로 독 합성을 발동해서 거미 맹독을 끼얹어주었다.

MP 소비를 신경 쓰지 않고 합성량을 최대로 설정해서…….

그 순간 내 몸보다 훨씬 커다란 대량의 거미 맹독이 나타나 거대한 물방울을 이루고 아래로 떨어졌다.

맹독 덩어리가 때마침 쏘아져 나온 장어의 화염구와 부딪치고 폭발해서 흩뿌려졌다.

대부분은 장어의 화염구로 증발돼버렸지만 얼마간 남은 독이 빗줄기처럼 쏟아지고 있다.

얼마 안 된다고는 하지만 그래도 거미 맹독이었다.

스테이터스가 낮은 해마 몇 마리는 빗발에 노출된 것만으로도 힘을 다했다.

반가운 상황이었다.

다음번 화염구가 날아오기 전에 천장을 이동.

그리고 거미 맹독을 마구 합성하면서 되는대로 뿌려버렸다.

화룡과 장어는 방금 전의 공방을 겪으면서 거미 맹독이 확산되는 것을 경계했는지 화염구를 토해 내지 않고 멈칫거리는 중이었다.

그저 떨어지는 거미 맹독을 피하느라 정신이 없었다.

독무도 이제 슬슬 효과를 발휘하는지 해마가 천천히 쓰러져 갔다.

좋은 분위기다. 이대로 독을 뿌려 대면서 도망치다 보면 아예 따돌릴 수 있지 않을까?

《경험치가 일정 수치에 도달했습니다. 개체, 조아 에레가 LV 6에서 LV 7로 성장했습니다.》

《각종 기초 능력치가 상승했습니다.》

《스킬 숙련도 레벨업 보너스를 습득했습니다.》

《숙련도가 일정 수치에 도달했습니다. 스킬 〈실의 재능 LV 3〉이 〈실의 재능 LV 4〉로 성장했습니다.》

《스킬 포인트를 입수했습니다.》

큰일 났다?!

탈피가 시작됐다.

천장에서 허물을 벗으려면 움직임이 엄청나게 둔해진다.

아니나 다를까 쓱 벗겨지는 허물에 다리가 걸려서 움직임이 멈춘 그 순간, 장어의 화염구가 내게 직격했다.

뜨거워! 아파라! 죽겠네!

천장에서 떨어졌다.

떨어진 곳은 다행히도 섬이었다.

세이프! 마그마로 곧장 떨어지는 신세는 간신히 면했다. 운이 좋았어.

만약 장어가 아니라 화룡이 쏜 화염구에 맞았다면 한 방에 저세상이었다.

장어의 화염구를 고작 한 발 맞고도 인내가 발동됐거든.

남아돌았던 MP가 비축분까지 끌어 쓰면서 절반 아래로 떨어졌다.

설마 지금까지 도움을 받았던 탈피의 회복 때문에, 글자 그대로 발목을 붙잡힐 줄은 생각도 못했는걸.

그렇지만 견뎠다!

그런 내게로 덮쳐 오는 거체.

장어 한 마리가 화염을 휘감은 채 돌진하고 있었다.

도망칠 틈은, 음, 없겠구나.

낫에다가 부식 공격을 부여.

그 즉시 낫에 격통이 치달렸지만 무시했다.

돌진해 오는 장어의 몸을 아슬아슬하게 옆으로 피해 엇갈리면서 그 몸체를 부식 낫으로 베어 갈랐다.

낫은 아무런 저항도 없이 용린으로 단단하게 방어하고 있는 장어의 몸뚱이를 갈라버렸다.

부식 공격, 정말 무시무시하다.

《경험치가 일정 수치에 도달했습니다. 개체, 조아 에레가 LV 7에서 LV 8로 성장했습니다.》

《각종 기초 능력치가 상승했습니다.》

《스킬 숙련도 레벨업 보너스를 습득했습니다.》

《스킬 포인트를 입수했습니다.》

《경험치가 일정 수치에 도달했습니다. 개체, 조아 에레가 LV 8에서 LV 9로 성장했습니다.》

《각종 기초 능력치가 상승했습니다.》

《스킬 숙련도 레벨업 보너스를 습득했습니다.》

《숙련도가 일정 수치에 도달했습니다. 스킬 〈기투법 LV 3〉이 〈기투법 LV 4〉로 성장했습니다.》

《스킬 포인트를 입수했습니다.》

설마 장어마저 일격에 해치울 줄은 몰랐네.

몸이 갈라진 채 마그마 호수 아래로 가라앉는 장어.

역시 몸 전체를 붕괴시키지는 못했지만 베인 곳 주변은 모래처럼 부스러져 있었다.

자폭했던 낫도 탈피의 회복 덕에 원래대로였다.

남은 적은 화룡과 장어 세 마리.

독무 덕분에 해마는 대부분 가라앉았다.

《경험치가 일정 수치에 도달했습니다. 개체, 조아 에레가 LV 9에서 LV 10으로 성장했습니다.》

《각종 기초 능력치가 상승했습니다.》

《스킬 숙련도 레벨업 보너스를 습득했습니다.》

《숙련도가 일정 수치에 도달했습니다. 스킬 〈독 마법 LV 6〉이 〈독 마법 LV 7〉로 성장했습니다.》

《숙련도가 일정 수치에 도달했습니다. 스킬 〈독 강화 LV 6〉이 〈독 강화 LV 7〉로 성장했습니다.》

《스킬 포인트를 입수했습니다.》

《조건을 충족시켰습니다. 칭호 〈용 살해자〉를 획득했습니다.》

《칭호 〈용 살해자〉의 효과로 스킬 〈생명력 LV 1〉과 〈용력 LV 1〉을 획득했습니다.》

《〈생명력 LV 1〉이 〈신명 LV 1〉에 통합되었습니다.》

오오, 마지막 해마가 가라앉는 동시에 레벨이 오르면서 뭔가 칭호를 획득했다.

확 잡아버려?

여덟 개의 눈에 저주의 사안과 마비의 사안을 각각 네 개씩 발동시켰다.

마침 화룡과 장어의 숫자와 딱 맞는다.

화룡과 장어는 위화감을 감지했는지 나를 향해 급하게 화염구를 날려 댔다.

도망친다.

나를 붙잡으려고 장어 두 마리가 돌진을 개시했다.

좌우로 한꺼번에 덮쳐서 협공을 하려는 움직임이었다.

이제 와서 그런 공격이 먹힐까 보냐!

수직 점프로 피했다.

하지만 화룡도 아주 바보는 아니었는지 내 움직임을 미리 읽은 모양이었다.

공중에 있는 나에게 화염구가 날아들었다.

똑같은 패턴의 움직임을 너무 자주 보여준 탓이다.

아차 했지만, 공중에서는 못 움직인다고 누가 그랬지?

충격 실을 뽑아서 타오르기 전에 나 자신을 후려쳤다.

몸을 관통하는 충격.

그 충격으로 나는 공중에서 수평으로 휙 날아갔다.

훗, 이 방법을 쓰면 비행 비슷한 흉내를 낼 수 있다고!

HP는 꽤 깎이지만!

목표를 잃어버린 화염구는 아무것도 없는 공간을 허망하게 지나

쳐 갔다.

빙글빙글 회전하면서 그 광경을 뒤로하고 이번에는 제대로 실을 날려서 천장에 착지했다.

그때 장어는 마비의 사안에 침식당해서 뻣뻣하게 굳어 있었다.

남은 적은 화룡뿐.

화룡은 마지막 고집인지 제 몸에 격렬한 불꽃을 두르고 돌진했다.

나는 그에 대응해서 마법을 발동시켰다.

새롭게 늘어난 독 마법 레벨 7의 마법, 마비탄.

승부가 났다.

마비의 사안은 일단 대상을 마비시키면 주시하는 동안은 내내 마비 상태를 지속시킬 수 있었다.

마비탄은 맞아도 서서히 회복되지만 사안으로 쭉 주시하면 문제없다.

일단 마비 상태로 몰아넣으면 나의 승리다. 그다음은 굽든 삶든 마음대로 하면 된다.

아무리 능력치가 높다고 한들 상태 이상의 힘은 당해 낼 수 없는 법.

애써 잘 포획했는데 그냥 마그마 속으로 가라앉으면 아깝지.

해마나 이미 가라앉아버린 장어는 어쩔 수 없지만 귀중한 식자재를 놓아줄 순 없는 노릇이었다.

실을 둘러다가 기진맥진하면서 육지로 끌어 올렸다. 회수 완료.

조금 끌어당기면 타버리니까 다시 또 작업을 반복하느라고 무지 힘들었다.

그러면 마무리를 지어볼까요.

우선은 장어부터.

딱 좋게 마비되어 있으니 사양 않고 거미 맹독을 입속에다가 부어 넣었다.

장어는 마비로 못 움직임에도 불구하고 한 번 커다랗게 경련하고 힘을 다했다.

《경험치가 일정 수치에 도달했습니다. 개체, 조아 에레가 LV 10에서 LV 11로 성장했습니다.》

《각종 기초 능력치가 상승했습니다.》

《스킬 숙련도 레벨업 보너스를 습득했습니다.》

《숙련도가 일정 수치에 도달했습니다. 스킬 〈입체 기동 LV 8〉이 〈입체 기동 LV 9〉로 성장했습니다.》

《스킬 포인트를 입수했습니다.》

옆에서 보고 있던 다른 장어가 공포로 얼굴을 굳혔다.

안심하게나. 최대한 고통 없이 보내 줄 테니까.

두 마리째의 장어에게도 거미 맹독을 들이부었다.

《경험치가 일정 수치에 도달했습니다. 개체, 조아 에레가 LV 11에서 LV 12로 성장했습니다.》

《각종 기초 능력치가 상승했습니다.》

《스킬 숙련도 레벨업 보너스를 습득했습니다.》

《숙련도가 일정 수치에 도달했습니다. 스킬 〈회피 LV 8〉이 〈회피 LV 9〉로 성장했습니다.》

《스킬 포인트를 입수했습니다.》

《조건을 충족시켰습니다. 칭호 〈공포를 불러오는 자〉를 획득했습니다.》

《칭호 〈공포를 불러오는 자〉의 효과로 스킬 〈위압 LV 1〉과 〈외도 공격 LV 1〉을 획득했습니다.》

뭔가 칭호를 받았다. 칭호 이름이 왜 또 이렇게 살벌할까.

정말이지 칭호만 보자면 그냥 위험인물이잖아. 앗, 인간이 아니라 거미였네.

뭐, 나중에 천천히 확인해야지.

용 살해자라는 칭호도 획득했으니까 같이 확인해야겠다.

지금은 이 녀석들을 마무리하는 것이 먼저다.

그런고로 세 마리째에게도 독을 선물했습니다.

정성을 담아 만들었으니까 받아주세요. 여기요, 앙~.

맛있어? 그렇구나~. 죽을 만큼 맛있었구나~. 기뻐라.

〔정보 담당, 무서워!〕

【잘한다~ 쭉쭉 먹여!】

앗, 너희들 복귀했구나?

【그렇지. 이제 동조 레벨을 최대로 조정할 필요도 없어졌으니까.】

병렬 의사의 동조 레벨 최대란 내가 멋대로 붙인 이름인데, 글자 그대로 의사 전부를 동조시키는 기술이었다.

이렇게 하면 세 개의 의사가 마치 하나의 의사처럼 일말의 어긋남도 없이 작동하게 된다.

단순하게 하나의 의사 아래에서 처리 가능한 일이 세 배로 늘어난 상태라고 이해하면 되겠다.

부작용이라면 동조하는 동안은 대화를 못하게 된다는 정도일까?
〔의외로 쉽게 이겨서 다행이야.〕
응, 나도 이렇게 잘 풀릴 줄은 몰랐어.
스스로 생각했던 것 이상으로 내가 많이 강해졌나 보다.
마법이라는 새로운 공격 수단 덕분에 구사할 수 있는 전법의 폭이 확 넓어졌다.
그리고 무엇보다도 독과 마비 따위의 상태 이상이 얼마나 까다로운지 재확인한 싸움이었다.
정말 대단했지.
마비에 당하면 아무리 강해도 다 소용없잖아.
방금 전 화룡처럼…….
【화룡이 바보라서 다행이었지.】
〔응, 나였으면 당장에 후퇴를 선택했을 거야.〕
맞는 말이다. 도중에 패색이 짙어졌으면 그냥 도망쳐야 했다.
해마 못지않게 후퇴할 줄을 모르는 돌대가리였다.
이 녀석, 지금껏 이런 식으로 위기에 빠진 적이 없었던 걸까?
〔응, 그럴지도 몰라.〕
【자기는 절대 안 진다는 건가?】
맞아, 맞아. 불쌍하니까 이제 그만 곱게 보내 줘야겠다.
그리고 나는 패배를 맛본 적이 없을지도 모르는 화룡에게 최초이자 최후의 패배를 안겨주었다.
《경험치가 일정 수치에 도달했습니다. 개체, 조아 에레가 LV 12에서 LV 13으로 성장했습니다.》

《각종 기초 능력치가 상승했습니다.》
《스킬 숙련도 레벨업 보너스를 습득했습니다.》
《숙련도가 일정 수치에 도달했습니다. 스킬 〈파괴 강화 LV 2〉가 〈파괴 강화 LV 3〉으로 성장했습니다.》
《숙련도가 일정 수치에 도달했습니다. 스킬 〈파괴 내성 LV 2〉가 〈파괴 내성 LV 3〉으로 성장했습니다.》
《스킬 포인트를 입수했습니다.》

《경험치가 일정 수치에 도달했습니다. 개체, 조아 에레가 LV 13에서 LV 14로 성장했습니다.》
《각종 기초 능력치가 상승했습니다.》
《스킬 숙련도 레벨업 보너스를 습득했습니다.》
《숙련도가 일정 수치에 도달했습니다. 스킬 〈부식 내성 LV 3〉이 〈부식 내성 LV 4〉로 성장했습니다.》
《스킬 포인트를 입수했습니다.》

《경험치가 일정 수치에 도달했습니다. 개체, 조아 에레가 LV 14에서 LV 15로 성장했습니다.》
《각종 기초 능력치가 상승했습니다.》
《스킬 숙련도 레벨업 보너스를 습득했습니다.》
《숙련도가 일정 수치에 도달했습니다. 스킬 〈타격 내성 LV 2〉가 〈타격 내성 LV 3〉으로 성장했습니다.》
《스킬 포인트를 입수했습니다.》

《숙련도가 일정 수치에 도달했습니다. 스킬 〈마왕 LV 1〉을 획득했습니다.》

몸 담당, 네 차례다!

【아이고, 지루한 작업이 기다리고 있군.】

그래, 비늘 벗기기 잘 부탁해.

몸 담당에게 화룡과 장어의 비늘 제거 작업을 떠넘겼다.

그동안 나는 획득한 스킬과 칭호의 성능을 조사하자.

우선은 마왕 스킬부터.

그건 그렇고 마왕이라니 대체 뭐지?

〈마왕: 스킬 레벨 × 100의 수치만큼 각 능력치를 상승시킨다. 또한 모든 내성이 상승한다〉

오오. 이렇게 굉장한 스킬이 있었구나. 진짜 마왕이야.

다음은 칭호를 살펴볼까.

〈용(竜) 살해자: 습득 스킬 「생명력 LV 1」「용력 LV 1」. 습득 조건: 용종을 일정 수 격파. 효과: 용((竜)과 용(龍)을 상대로 주는 대미지가 약간 증가. 설명: 수많은 용종을 쓰러트린 자에게 수여하는 칭호〉

〈공포를 불러오는 자: 습득 스킬 「위압 LV 1」「외도 공격 LV 1」. 습득 조건: 타자에게 공포 내성의 숙련도를 일정 이상 상승케 한다. 효과: 자신을 목격한 자에게 외도 속성 「공포」의 효과를 부여한다. 설명: 공포를 체현하는 자에게 수여하는 칭호〉

우왓! 용 살해자는 그렇다 치고 공포를 불러오는 자는 효과가 좀

뭣한걸!

요컨대 나를 보기만 해도 공포를 느낀다는 뜻이잖아?

그럼 안 되지!

적에게는 좋을지도 모르겠지만 적이 아닌데도 전부 무서워하면 오히려 마이너스 효과잖아!

게다가 얘는 스킬이랑 달라서 온, 오프도 안 될 텐데?

으아. 메기처럼 소심한 마물이면 나를 보자마자 도망치지 않을까?

왠지 그럴 것 같아. 끙, 벌써 획득했으니 별수 없지만…….

다시 기운을 내고 스킬을 살펴보도록 하자.

스킬 목록에서 본 적이 있었는데 효과까지는 기억이 안 난다.

으음. 기억력이 나쁘구나.

기억 스킬을 익히면 좀 나아질까? 뭐, 그럴 필요까지야.

〈용력(竜力): 일시적으로 용(竜)의 힘을 얻는다〉

응? 으응? 잘 모르겠는걸.

발동형 스킬 같으니까 한번 발동해볼까?

어라? 발동하니까 능력치가 조금 올랐다.

그리고 MP랑 SP랑 둘 다 줄었네.

MP와 SP를 소비해서 능력치를 끌어올리는 스킬이었구나.

마투법이나 기투법하고는 달리 마법계 능력치도 올려주고…….

레벨 1이니까 상승량은 별로 안 높지만, 얘도 상시 발동하고 다니면서 레벨을 올려놓으면 엄청난 경지에 이를지도 모르겠다.

마투법과 기투법만 중첩 사용해도 상당한 효과가 나오는데, 거기에다가 또 용력을 더하면…….

좋다. 완전 좋아.

〈위압: 주변에 외도 속성 「공포」의 효과를 부여한다〉

너도 공포였니.

얘는 칭호와 다르게 온, 오프가 가능할 듯싶은데, 둘을 동시에 사용하면 엔간한 마물은 내 모습을 본 순간 오줌을 지리면서 도망치지 않을까?

아, 어차피 칭호 때문에 수습하기는 이미 늦었으니까 얘도 그냥 상시 발동으로 다녀야겠다.

소비도 딱히 없는 것 같고…….

〈외도 공격: 공격에 외도 속성 「파혼」을 부여한다〉

앗, 얘도 위험해 보인다.

〈외도 속성 「파혼」: 혼을 직접적으로 파괴하는 속성〉

이쯤 되면 정신 공격 수준을 넘어섰잖아!

잔인무도하구나~.

나중에 써봐야겠다, 응.

용 살해자는 그냥 버프 효과로 보면 되겠고…….

공포를 불러오는 자는 플러스와 마이너스의 수지가 미묘했다.

좋게 볼 수도 있고, 나쁘게 볼 수도 있고…….

뭐, 칭호는 이만하면 됐어.

자, 오래 기다렸다. 레벨업을 해서 스킬 포인트가 들어왔다.

게다가 한 번에 쭉쭉 올렸으니까 상당히 많군.

덕분에 내가 노렸던 스킬의 필요 포인트랑 딱 맞아떨어졌다.

으헤헤. 설마 이렇게 빨리 모을 줄은 몰랐네.

〈공간 마법(500): 공간을 다스리는 마법〉

바로 이거. 공간 마법이라면 치트의 정석.

습득 직후는 레벨 1이니까 기대했던 마법을 바로 쓰진 못하겠지만, 내게는 예지의 지배자 칭호의 효과로 마법계 스킬 레벨업 속도가 빨라지는 특전이 있다.

열심히 하면 비교적 금방 레벨이 오를 것이다.

후후후. 내가 공간 마법에 기대하는 기능이 뭐일 것 같아? 물론 텔레포트올시다!

공간 마법이라는 말을 들으면 딱 떠오르잖아?

텔레포트, 아이템 박스, 이공간에 별장 짓기!

물건을 이공간에다가 수납할 수 있는 아이템 박스 마법은 있을지도 모르겠지만, 지금의 나는 무언가를 들고 다닐 필요가 없으니까 별로 신경은 안 쓰인다.

별장은 있으면 좋겠지만 아마도 꽤 고레벨 마법일 테니 아직은 먼 일이지 않을까.

텔레포트. 일순간에 멀리 떨어진 장소로 이동할 수 있는 훌륭한 마법.

이것만 있으면 넓디넓은 중층을 땀 뻘뻘 흘리며 돌아다니지 않아도 된다!

예지 님 덕분에 상층의 지도는 확보됐고!

지도와 연동하면 틀림없이 상층으로 텔레포트도 가능할 거야!

좋아, 그러면 하늘의 목소리(일단은)!

공간 마법 플리즈!

《현재 소지한 스킬 포인트는 500입니다. 스킬 〈공간 마법 LV 1〉은 스킬 포인트 500을 사용하여 습득 가능합니다. 습득하겠습니까?》

예스!

《〈공간 마법 LV 1〉을 습득했습니다. 남은 스킬 포인트는 0입니다.》

좋았어. 당장 레벨 1로 사용할 수 있는 마법을 써보자.

마법 담당!

〔맡겨주시라~.〕

마법 담당이 공간 마법 레벨 1짜리를 발동시켰다.

레벨 1짜리 마법의 이름은 「좌표 지정」.

뭐지? 초록색 선으로 그려진 정육면체가 나타났다.

마법 담당이 저것을 커다랗게 만들고 모양을 바꾸고 좌우로 움직여보기도 했다.

물질은 아니었는지 마그마뿐 아니라 지면 아래쪽으로도 쓱 잠겨 들어갔다.

컴퓨터의 범위 지정을 떠올렸다. 응, 아마도 그게 맞겠다.

〔이 마법은 공간을 지정하는 기능이 전부인가 본데?〕

공간을 지정해서 어디에 쓰는데?

〔짐작이지만 2레벨 이후의 마법에 필요한 사전 준비?〕

그렇겠지.

요컨대 그림자 마법과 마찬가지로 일단 레벨을 올려야 제대로 써먹을 수 있는 타입이구나.

〔그럴 거야.〕

으음.

뭐, 실전에서 당장 활용할 생각은 하지도 않았어. 우선은 습득했다는 사실이 중요한 거지.

앞으로 쭉쭉 레벨을 올리도록 하자.

그러니까 잘 부탁해, 마법 담당.

〔다른 마법보다 이쪽이 우선이라는 거지?〕

응. 맞다, 지금 마법을 몇 개나 병렬 발동할 수 있어?

〔마법에 따라 달라. 하지만 좌표 지정은 별로 안 어려우니까 간단한 마법이라면 두 개쯤은 더 동시 발동 가능할 거야.〕

알았어. 무리하지 않는 범위에서 이동 중에도 숙련도 쌓아줘.

〔옛썰~.〕

몸 담당은 아직도 비늘을 벗기느라 고군분투 중이었다.

뭐, 장어 세 마리에다가 장어의 곱절은 나가는 화룡까지 있으니까.

화룡을 시식하려면 조금 더 시간이 걸리겠다.

그나저나 이렇게 강한 화룡이 지휘하는 마물 무리한테 용케 이겼구나.

스테이터스로 보자면 화룡은 비교도 되지 않을 만큼 격이 높은 강적이었다.

승산 따윈 전혀 없어 보였다.

하지만 막상 판이 벌어진 다음엔 마비시키고 독을 쏟아부어서 이겨버렸단 말이지.

스테이터스의 수치가 실력의 전부는 아니라는 뜻이겠네.

상태 이상에 특화된 거미라니 내가 생각해도 무지무지 골치 아픈 몬스터인걸.

이대로 스테이터스를 잘 키워 나가면 상태 이상에다가 마법까지, 그야말로 만능 하이퍼 몬스터가 될 수 있지 않을까?

후후후.

마왕이라고 이름 붙은 스킬도 있고 나중에는 진짜로 마왕 행세라도 해볼까?

공포를 불러오는 자 칭호도 있으니까 모양은 꽤 그럴듯할 거야.

이 몸이 바로 거미 마왕이로다!

헤헤, 재밌겠다.

이때의 나는 알지 못했다.

농담으로 꺼냈던 마왕이 되겠다는 말.

그 의미를…….

마물 도감

file.10 엘로 게네소카

LV.01

status 【능력치】

HP 1985 / 1985

MP 1522 / 1522

SP 1781 / 1781

1964 / 1964

평균 공격 능력 : 1616

평균 방어 능력 : 1501

평균 마법 능력 : 1199

평균 저항 능력 : 1196

평균 속도 능력 : 1310

skill 【기술】

「화룡 LV 8」「SP 회복 속도 LV 1」「SP 소비 완화 LV 1」「화염 공격 LV 2」「화염 강화 LV 1」「연계 LV 1」「통솔 LV 3」「명중 LV 10」「회피 LV 10」「역린 LV 1」「확률 보정 LV 4」「기척 감지 LV 1」「위험 감지 LV 3」「고속 유영 LV 4」「타격 내성 LV 2」「염열 무효」「생명력 LV 8」「순발력 LV 4」「지구력 LV 5」「강화 LV 8」「견고 LV 8」「술사 LV 1」「호법 LV 1」「질주 LV 2」「과식 LV 5」

통칭 화룡. 동양의 용을 방불케 하는 외견을 지닌 상위 용. 장어의 진화형. 순수하게 뛰어난 스테이터스를 보유한 데다가 마법과 물리 양쪽에 높은 방어력을 지니고 있는 역린 스킬 및 마그마로 몸을 지킨다. 게다가 부하를 소집해서 집단전으로 상대를 섬멸하는 지극히 까다로운 마물. 통솔하는 무리의 전력도 고려 요소에 넣어서 위험도 A.

막간. 마왕의 측근은 회의에서 한숨을 쉰다

기다란 복도를 걷는다. 내 대각선 앞쪽으로 보이는 것은 조그마한 뒷모습. 나보다 머리 두 개만큼 낮았다.

그 때문에 걷는 속도는 나와 비교해서 상당히 느렸다.

그래서 나는 평소보다 느릿한 속도로 다리를 움직여야 했다.

적잖이 고생스러웠지만 그렇다고 해서 앞지를 수도 없는 노릇이다.

왜냐하면 눈앞에서 걷고 있는 소녀가 바로 당대의 마왕이기에…….

기다란 복도를 기나긴 시간 동안 걸어서 도착한 곳은 하나의 문 앞.

그곳에서 마왕님은 걸음을 멈췄다.

솔직히 말하자면 이 문은 열고 싶지 않았다. 열고 싶지 않았지만 열지 않을 도리가 없었다.

나는 자신도 모르게 새어 나오려고 하는 한숨을 꾹 눌러 삼키고 문을 활짝 열었다.

그다음 마왕님께 길을 내어 드리고 공손하게 고개 숙였다.

마왕님은 당연히 그래야 한다는 듯 내게는 눈길도 주지 않고 실내로 발걸음을 옮기고 있었다.

마왕님이 실내로 들어가는 것을 확인하고 나도 뒤를 따랐다.

소리가 나지 않도록 살며시 문을 닫는다.

돌아섰을 때 눈에 들어온 실내는 이른바 회의장이라고 불리는 장소였다.

마왕님께서 앉으실 상석을 중심으로 방 가운데에 원형 테이블이

놓여 있다.

그 원형 테이블에는 도합 열 명의 남녀가 이미 자리에 앉아 있었다.

마왕님이 들어오시는 모습을 보고 기립한 인원은 그중 반수.

나머지 반수는 여전히 자리에 앉아 있다.

문제는 꼼짝 않고 자리에 앉아 있는 일당에 내 남동생도 포함된다는 점이었다.

또 새어 나오려고 하는 한숨을 목구멍 속으로 밀어 넣었다.

마왕님의 의자를 빼내고 착석을 권했다.

역시 마왕님은 내게 눈길조차 보내지 않고, 우아함이라고는 티끌만큼도 없는 심드렁한 동작으로 털썩 의자에 앉았다.

죽 늘어앉은 면면 중 몇 사람이 얼굴을 찡그리는 것을 나는 놓치지 않았다.

아마 마왕님도 못 보진 않았으리라. 그런 반응을 보면서 즐거워하는 분이니 당연하다.

악취미라고 생각하지만 이런 때 나까지 표정에 감정을 드러냈다간 나중에 무슨 소리를 들을지 모른다.

포커페이스로 일관하는 것이 마왕님을 상대하는 가장 효과적인 수단이었다.

"그러면 회의를 시작하겠다. 발트."

"넷."

마왕님의 개최 선언에 짧게 대답하는 나.

분명히 말하겠는데, 방금 전 개최 선언을 마친 시점에서 마왕님은 더 이상 나서지 않는다.

회의 진행도 실무도 전부 내가 맡아서 진행하고 있으니까.

정확하게는 내가 떠맡고 있을 뿐이다만…….

"그러면 먼저 각 방면의 보고부터 듣도록 하지. 제1군부터 보고하라."

이렇게 회의를 열면 우선 각자가 담당 지역에서 전개하고 있는 군의 활동 보고를 올리는 것이 순서였다.

내 말에 자리에서 일어선 자는 전전대 마왕 시절부터 장군직을 맡아 온 아그너 제1 군단장이었다.

아그너 공은 인간의 눈에는 젊어 보이겠지만 실은 수명이 긴 마족 중에서도 오랫동안 살아온 경험 많은 분이다.

무슨 연유로 저분이 마왕의 자리에 앉지 못했는지 의아할 만큼 뛰어난 실력과 커다란 그릇을 지닌 분이었다.

"제1군은 렝잔드 제국의 정면 크솔리온 요새로 나아갈 준비를 마쳤습니다. 병참도 보급을 마쳤으니 명령을 내려주시면 언제든지 진군할 수 있습니다. 이상입니다."

불필요한 사항을 배제하고 단적으로 보고를 마치는 아그너 공.

견실하고 강직한 기질이 엿보이는 화법이었다.

"제2군도 마찬가지입니다. 다만 조금 더 시간을 주신다면 사전 공작이 열매를 맺을 수 있습니다."

아그너 공 다음으로 자리에서 일어선 자는 요염한 미녀였다.

제2 군단장 사나트리아. 그녀는 마족 중에서도 색기를 무기로 쓰는 서큐버스족이다.

사전 공작이란 아마도 그렇고 그런 종류의 수작일 것이다.

“얼마나 더 시간이 걸리겠나?”

“빠르면 2, 3일 안에 끝납니다.”

“진군에 지장을 주지 않는다면 진행하도록.”

“허락해주셔서 감사합니다.”

조금만 방심해도 가슴이 덜컥거릴 것 같은 농염한 미소를 지으면서 사나트리아가 자리에 앉았다.

하지만 사나트리아가 자리에 앉았는데도 다음으로 보고를 올려야 하는 제3 군단장은 좀처럼 몸을 일으키지 않았다.

“코고우 제3 군단장.”

“으음. 역시 전쟁을 벌이는 거요?”

내가 호명하자 코고우는 본인의 큼지막한 몸을 슬쩍 움츠리면서 말했다.

“어떻게든 전쟁을 피할 방법은 없는 거요?”

“그런 방법은 없다. 피할 수 있다면 이미 그렇게 했다.”

“으음. 꼭 그래야겠소?”

점점 더 목소리를 높이는 코고우에게 내가 시끄럽다고 대답하려 한 그때, 내 발언을 막으면서 다른 말이 실내로 울려 퍼졌다.

“꼭 그래야 한다. 그렇지만 코고우 제3 군단장, 자네가 진정으로 전쟁을 피하고 싶다면 방법이 아주 없지는 않아.”

마왕님이다. 마치 잔혹한 장난질이라도 떠올린 것처럼 얼굴에는 심술궂은 미소를 머금고 있었다.

“무, 무엇이오?”

“간단한 방법이다. 제3군 전원이 세계의 초석이 되어라.”

마왕님의 말을 들은 코고우가 바짝 굳어버렸다.

"왜 그러지? 그러면 전쟁을 피할 수 있다니까?"

"소, 송구하오. 더는 군소리 않겠소. 그러니 말씀을 거두어주시오."

"코고우, 알아들었으면 앞으로는 쓸데없이 입을 놀리지 말도록. 보고 사항은 있나?"

마왕님이 코고우를 더한 궁지로 몰아붙이려고 입을 열기 전에 내가 재빨리 끼어들었다.

"모두 순조롭다오."

"좋다. 다음."

마왕님은 살짝 불만스러운 표정을 지었지만 이걸로 됐다.

제4군, 제5군, 제6군 모두 문제없이 보고를 마쳤다.

다음은 제7 군단장 차례였다.

하지만 제7 군단장, 내 동생이기도 한 브로우는 자리에서 일어날 낌새가 전혀 없었다.

"브로우."

"형님, 역시 나는 납득이 안 되거든."

팔짱을 끼고 몸을 한껏 뒤로 젖힌 채 브로우는 불쾌하다는 듯이 입을 열었다.

"왜 이제껏 마족을 잘 챙기고 이끌어 온 형님이 아니라 저 촌뜨기 여자가 마왕이야? 도대체 말이 안 되잖아!"

"브로우."

"형님도 그러면 안 돼! 뭐가 아쉬워서 저딴 여자를 받드는 건데?! 형님이 충성을 맹세할 만한 그릇으로는 전혀 보이지 않는다고!"

"이놈! 감히 마왕님께 무슨 말버릇이냐!"

담아 놓았던 울분을 쏟아 내는 브로우의 발언에 격분해서 소리친 자는 제5 군단장 다라드였다.

브로우와 다라드는 성격이 안 맞는 까닭인지 수시로 이렇게 격돌했다.

그때마다 주위에서 말리고는 했지만 이번에는 아무도 막으려고 하지 않았다.

브로우에게 동조하는 자, 다라드에게 동조하는 자, 그저 방관하는 자.

군단장의 반응은 대체로 그런 식이었다.

다만 심정이 어떻든 이 자리에서는 모두 가만히 방관하기로 작정한 듯싶었다.

"브로우, 누가 마왕이든 우리 마족은 마왕님을 받들어 모시는 것이 세계의 섭리다! 그것을 잊어버렸나?!"

"그딴 섭리 알 게 뭐야! 저 여자가 그럴 주제가 되기는 해?! 나는 저것이 뭔가 제대로 하는 꼴을 본 적이 없다고!"

"우리들 따위가 어찌 마왕님의 뜻을 의심하겠다는 것이냐?! 마왕님께는 우리로서는 상상도 하지 못할 원대한 뜻이 있으시단 말이다!"

"그딴 소리는 생각하기를 포기한 놈이나 지껄이는 말이다! 마왕의 명령이라는 이유로 무슨 일을 시키든 예예, 하면서 따르라는 거냐! 스스로 생각할 줄도 모르는 얼간이 주제에 나를 가르치려고 들지 마라!"

"네놈, 감히 나를 얼간이라고 불렀겠다?!"

격렬하게 비난을 주고받는 두 사람 사이에 있던 제6 군단장 휴이가 민폐라는 듯이 앳된 얼굴을 찡그렸다.

그 밖의 군단장들은 가만히 추이를 지켜보고 있었다.

개중에서도 제4 군단장은 어떤 생각을 하는지 나조차 읽어 낼 수가 없었다.

제4 군단장 메라조피스는 표정을 알아볼 수 없는 창백한 얼굴로 미동도 하지 않았다.

저 남자는 괴짜투성이 군단장 중에서도 특히 속내를 알 수 없는 존재였다.

언제나 동향을 주시하고는 있지만 지금으로선 수상한 움직임은 없다.

"그래, 붙어보자!"

마침내 브로우가 무기로 손을 가져갔다.

뒤따라서 다라드도 무기로 손을 뻗었지만 그 손은 무기에 닿지 못했다.

"뭐냐, 몸이."

"안 움직이잖아?!"

두 사람의 몸이 본인의 의사를 무시한 채 정지돼버렸다.

"미안한데 말이야, 시시한 일로 싸우지 말아줄래?"

바로 그 싸움의 원인이 된 마왕님의 신랄한 발언이었다.

경악이 실내를 지배했다. 놀란 자는 움직임을 봉인당한 두 명이 전부가 아니었다.

마왕님이 어떻게 둘의 움직임을 봉했는지 그들이 전혀 알아보지 못했기 때문이다.

무리는 아니었다. 마왕님은 지금껏 도무지 자신의 힘을 보여주려고 하지 않았다.

지금 둘의 움직임을 멈춰 놓은 것은 눈에 보이지도 않을 만큼 가느다란 실이었다.

그런 실이 두 사람의 목뒤로 이어져 있다.

마리오네트의 실. 저 실에 붙들린 자는 마왕님의 꼭두각시 인형으로 전락한다.

꼭 생물에게만 효과를 발휘하는 것도 아니었다.

내가 아는 바로는 저 실을 써서 마왕님은 전투용으로 개발된 인형 열 대를 동시에 조종하며 적을 섬멸할 수 있었다.

다만 내가 아는 바는 여기까지였다.

마왕님은 아직 나에게조차 진정한 실력을 보여주지 않았다.

마왕님은 브로우의 말처럼 무능하지 않다.

마왕은 그 이름만 가지고 마왕이 되는 것이 아니다.

마왕은 그 이름에 합당하기에 마왕이 되는 것이다.

"자꾸 시시하게 굴면 심연 마법 써버린다?"

도발적인 미소. 그것을 보고도 이 자리에서 마왕님을 거스르려고 하는 자는 없었다.

마리오네트의 실이 움직였다. 그것만으로도 둘은 강제적으로 자리에 앉혀졌다.

동시에 실이 둘에게서 떨어졌고 그제야 겨우 몸의 자유가 돌아왔다.

"드릴 말씀이, 없습니다."

"……."

다라드가 창백한 얼굴로 사죄의 말을 꺼내는 반면, 브로우는 아무 말도 하지 못했다.

"그러면 제8 군단장, 보고하도록."

형인데 너무한다고 그럴지도 모르겠지만 멍청한 동생은 이대로 방치해야겠다.

"아무 문제 없어."

제8 군단장 라스는 짤막하게 한마디를 할 뿐이었다.

저자는 마왕님을 두고 어떤 말이 나오든 흥미를 보이지 않는다.

그 대신 다른 데서 이런저런 문제가 있지만 이 자리와는 관계가 없으니 괜찮을 것이다.

문제는 나머지 두 사람이었다.

"제9군도 문제없이 진군할 수 있다."

저 남자를 한마디로 표현하자면 검은색이었다. 마치 몸과 일체화된 듯한 검은 갑주.

살짝 보이는 얼굴의 살갗은 거무스름하다. 머리카락도 까맣다.

다만 한 군데, 눈만은 이상하리만큼 붉었다.

저 남자는 이름조차 알지 못한다. 그저 쿠로(黑)라고 불리고 있었다.

"제10군, 이상 무."

그리고 검은 남자의 옆에 앉아 있는 소녀는 정반대로 하얬다.

입고 있는 로브는 순백. 노출된 피부도 이상하리만큼 하얗다.

세 가닥 땋기로 내려뜨린 기다란 머리카락도 하얗다. 눈을 감고 있기 때문에 모든 색채가 하얬다.

저 여자도 이름조차 알지 못한다. 그저 시로(白)라고 불리고 있었다.

마왕님이 마족군의 간부로 영입한 두 사람.

정체는 모르겠다.

모르겠지만 상상은 할 수 있다.

저 둘은 아마도 지배자일 것이다.

이 세계를 뒤에서 조종한다고 알려진 지배자.

그중 두 사람이다.

마왕님이 어떤 방법으로 그런 두 사람을 수하로 거두었는지 나로선 알 도리가 없었다.

다만 압도적이라고 할 만큼 짙은 불길함 때문에 저절로 경계심이 끓어올랐다.

"응응. 순조롭구나."

기분 좋게 고개를 끄덕거리는 마왕님.

"그럼 전쟁을 시작해볼까?"

그리고 저 한마디로, 마족과 인간 사이에서 최악이라고 불릴 거대한 전쟁이 조용히 막을 올렸다.

나는 그저 남몰래 한숨을 흘려보낼 따름이었다.

Y3. 그리고 전쟁은 시작됐다

마족군의 움직임을 포착.

그 보고가 내 귀에 들어온 때가 바로 오늘 아침이었다.

마족령에 잠입했던 밀정이 보내 준 정보였다.

"드디어 이날이 왔군요."

"그러게. 안 와준다면 나는 더 좋았겠지만……."

"율리우스, 그만 받아들이게. 네가 싸움을 안 좋아한다는 것을 모르지는 않지만 인족과 마족은 오랜 숙적. 언젠가 이렇게 될 줄은 너도 알고 있었잖나?"

"그렇지요. 선대 용사님이 돌아가시면서 마족의 움직임도 활발해졌고 말입죠. 저는 오히려 잘 버텼다고 생각합니다요."

동료들의 말대로 선대 용사님이 돌아가시고 나서 지금까지 마족은 활발하게 활동하고 있었다.

그럼에도 대규모 전쟁으로 발전하지 않고 지금껏 작은 분쟁만으로 그쳤으니, 오히려 잘 버텼다고 해야 할지도 모르겠다.

"그래서, 마족군은 언제 여기로 올 것 같아?"

"지금 하이린스가 확인하러 갔어요. 이제 슬슬 올 때가, 앗, 돌아왔네요."

야나의 말에 시선을 돌렸다. 저편에서 어릴 적부터 알고 지내 온 소꿉친구이자 퀀트 공작가의 차남인 하이린스가 이쪽을 향해 걸어오고 있는 참이었다.

"하이린스. 어땠어?"

"그게, 진군 속도로 짐작하면 내일은 요새에 도착한다고 예측된다더군."

"그런가. 드디어."

전쟁.

나는 용사가 된 이후로 매일매일을 전투 속에서 살아왔다.

하지만 이번처럼 거대한 규모의 전투는 처음으로 겪는 일이었다.

물론 나만 그렇지는 않았다.

선대 용사님의 시대에는 대규모 전쟁이 없었다.

그래서 이만한 규모의 전쟁을 겪어본 자는 이제 거의 살아 있지도 않은 전전대 용사님을 아는 세대뿐이다.

그런 세대쯤 되면 장수 종족이 아닌 한 대부분이 전투 능력을 갖지 못한 노인일 것이다.

다시 말해서 이 전쟁에 참가하는 인족은 모두 이제껏 대규모 전쟁을 경험한 적이 없다는 뜻이었다.

반면에 마족은 인간보다 수명이 길다.

개중에는 전전대 용사님과 같은 세대, 오히려 더 오래된 세대의 마족이 있을지도 모른다.

그런 경험의 차이가 어떻게 작용할까.

게다가 단순한 전투 능력도 마족이 높았다.

인족보다 뛰어난 신체 능력, 인족보다 뛰어난 마력.

그리고 인족과 다를 바 없는 지성.

스테이터스에서 뒤지는 인족이 스테이터스가 월등한 마물을 상대로 싸울 수 있는 데에는 스킬의 힘과 지혜의 힘이 커다란 역할을 했다.
하지만 마족에게는 통하지 않는다.
왜냐하면 마족도 인간과 마찬가지로 스킬, 지혜를 사용할 줄 알기 때문이다.
솔직히 말하자면 두려웠다.
하지만 용사인 내가 불안한 모습을 보일 순 없는 노릇이었다.
인족의 희망인 내가 그래서야 다른 사람들까지 불안에 휩싸일 테니까.
나는 불안감을 감추기 위해 어머니의 유품인 목도리를 가볍게 쥐었다.
마족의 움직임이 활발해지고 내가 용사가 되었을 때와 겹치는 시기에 어머니는 저세상 사람이 되었다.
아버지는 어머니를 잃어버린 슬픔을 짊어지고도 국왕의 책무를 수행하기 위해서 바삐 활동할 수밖에 없었다.
그 때문에 슌이나 스우하고는 서먹서먹해지고 말았다.
시간이 흐르면 분명 평범한 부모 자식처럼 서로를 대할 수 있다고 믿고 있지만, 지금은 두 사람 모두 학원에 다니고 있다.
졸업할 때까지는 아버지가 잠시 참을 수밖에 없을 것이다.
동생 둘이 학원을 졸업할 때쯤이면 분명 어마어마한 실력자가 되었을 테지.
내가 이 전쟁에서 살아남아 둘을 다시 만날 수 있을까?
아니, 꼭 만날 테다.
이런 데서 죽을 수는 없다.

"이 전쟁에서 살아남으면 보상금도 듬뿍 나오겠군요."

호킨이 무거워지는 분위기를 바꾸려고 애써 밝은 목소리로 말했다.

"그렇겠군. 요전에 미궁의 악몽과 싸웠을 때는 난이도에 비해 보수가 좀 적었지."

호킨의 말에 맞장구를 치면서 지스칸도 동의를 표했다.

"그야 율리우스가 놈의 시체를 산산조각 냈으니까 그랬던 거지. 조금이라도 원형을 남겼으면 소재로 팔아넘겼겠지만……."

하이린스가 유감스럽다는 눈빛으로 이쪽을 쳐다봤다.

아니, 그때는 상황이 그럴 수밖에 없었잖아.

"어휴, 율리우스는 나름대로 최선을 다했다고요. 게다가 저는 거미 시체를 들고 다니고 싶지는 않았어요."

살짝 엉뚱한 감상을 늘어놓는 야나 덕분에 저절로 웃음이 흘러나왔다.

"하지만 그만한 마물에게서 채집하는 소재는 분명 가격도 제법 나갔을걸. 실로 옷 따위를 만들면 방어력도 꽤 뛰어나지 않았을까?"

내가 별생각 없이 꺼낸 한마디에 지스칸이 고개를 저었다.

"아니. 타라텍트종의 실은 스킬로 생성되기 때문에 몸을 해체해도 얻을 수가 없네."

"어? 그랬군요."

몰랐다. 나는 언제나 몸에 지니고 다니는 목도리로 손을 뻗었다.

"아, 타라텍트의 실 말이군요. 벌써 10년도 더 지난 일입니다만, 딱 한 번 모험가가 점성이 없는 물건을 가지고 돌아온 적이 있었다더군요."

"그건 나도 아는 이야기야. 내가 아직 초보 모험가였던 풋내기 시절의 이야기네만, 타라텍트의 집을 불태우고 보니까 친절하게도 실몽당이를 남겨 뒀다던가. 게다가 그 실은 터무니없는 마력 전도성과 내구력을 겸비했다는 이유로 상당한 고가에 거래됐다더군. 그리고 이건 그냥 소문이네만, 그때 용의 알도 함께 회수됐다고 들었네. 용의 알이라면 팔기만 해도 평생 놀고먹을 수 있는 희소품이지. 같은 모험가로서 그런 행운을 거머쥔 녀석들에게 질투가 나는군."

"그 이후로 똑같은 실을 구하겠다고 타라텍트를 포획하는 것이 유행했습죠, 아마. 결국 그런 실을 만들어 내는 개체를 잡는 데는 실패했습니다만……."

목도리를 쥔 손이 굳었다.

그것을 보고 하이린스가 기막히다는 듯이 말했다.

"율리우스, 설마 몰랐던 거냐? 자기가 맨날 두르고 다니는 목도리가 얼마나 값비싼 물건이었는지."

"몰랐어."

어색하게 답했다.

"네? 무슨 말이에요?"

우리의 대화를 듣고 야나가 의문을 표했다.

"요 녀석이 항상 두르고 다니는 목도리가, 바로 그 소문의 실로 만든 일품이거든."

하이린스가 말을 꺼낸 순간, 내가 두르고 있는 목도리로 모두의 시선이 집중됐다.

으음, 지스칸이 방금 말했던 용의 알도, 지금은 슌이 부화시켜서 기르고 있다는 소리는 하지 않는 편이 좋겠군.

“오호라. 이것이 바로.”

“나도 실물을 보는 건 처음이군. 어딘가의 왕족에게 팔렸다는 소문을 들었네만 설마 율리우스의 집안이었을 줄이야.”

“항상 두르고 다니니까 뭘까 생각은 했었는데, 그렇게 귀한 물건이었네요.”

“아, 그건, 항상 두르고 다니는 건 어머니의 유품이라서…….”

“네? 앗, 미안해요…….”

“괜찮아. 이제는 지난 일이니까.”

어머니는 슌을 낳고 얼마 안 돼서 건강을 해치고 저세상 사람이 되었다.

이 목도리는 슌이 태어나기 조금 전에 어머니가 나를 위해 떠주셨다.

타라텍트의 실을 썼다는 사실은 알고 있었지만 설마 그토록 희소한 소재인 줄은 몰랐다.

“야나, 신경 쓸 필요 없어. 율리우스는 그냥 마더콤이라서 저러는 거야.”

“하이린스, 말이 좀 너무하지 않냐?”

익살을 부리면서 화제를 돌리는 하이린스에게 웃음으로 답했다.

그런 모습을 보면서 실언을 했다고 움츠러들었던 야나가 쿡쿡 웃었다.

이러면 된다. 용사의 주변에 어두운 분위기는 어울리지 않는다.

분위기를 바꿔준 하이린스에게 고마워해야겠다.

역시 좋은 이해자가 되어주는 친우는 가지고 볼 일이었다.

다만 꼭 마더콤 발언을 할 필요가 있었는지는 모르겠지만…….

분명 나는 어릴 적에 어머니를 잃어버린 경험 때문에 다른 사람들보다 어머니를 그리는 마음이 강할지도 모르겠다.

어머니를 알지 못하는 슌을 마주할 때마다 나도 모르게 어머니의 모습을 찾아내는 것을 보면 명백했다.

처음으로 슌과 만났을 때의 기억을 떠올려본다.

그날은 어머니가 돌아가신 다음 날이었다.

나는 강한 의지를 띠고 날 똑바로 마주 바라보는 슌의 눈에서 놀라움을 느꼈다.

갓난아이라고는 생각되지 않을 만큼 어머니와 꼭 닮은 눈빛이었다.

어머니도 의지가 강한 분이셨다.

몸이 약했는데도 불구하고 낳으면 죽을지도 모른다는 사실을 알고도 슌을 낳았다.

"만약 내 몸에 무슨 일이 생기면 네가 형이니 이 아이를 돌봐 주렴."

그렇게 말했던 어머니의 눈이 슌의 눈과 겹쳐 보였다.

이지적이고, 다정하고, 그러면서도 어딘가 위태롭다.

그런 눈이었다.

돌이켜 보면 그 순간이야말로 내가 형이라는 사실을 강하게 의식한 때였고 동시에 용사라는 사실을 받아들인 때이기도 했다.

나는 용사가 되기를 두려워하고 있었다.

바라지 않는 싸움을 해야 한다는 사실이 억누를 길 없이 두려웠다.

하지만 어머니를 잃어버리고 슌을 본 순간, 꼭 지켜주겠다는 강한 의지가 솟았다.

그렇다. 나는 형이니까.

어머니 대신이 되어줄 수는 없지만 형으로서 슌을 지켜줄 테다.

그것이 나의 시작점.

용사 율리우스의 원점.

하이린스의 염화가 날아오면서 내 상념은 중단됐다.

【율리우스, 이번 마족의 움직임은 정말이지 이상하다.】

【어디가 이상한데?】

【적은 전력을 분산시켜서 인족의 영역으로 단번에 치고 들어오려는 듯해. 그런데 전력을 분산시키는 의미를 모르겠다.】

【무언가 의도가 있다고?】

【그래. 한곳으로 집중하는 편이 훨씬 좋을 텐데도 굳이 전력을 분산시키고 있잖냐. 다른 목적이 있다고 봐야 해.】

【다른 목적이 뭔지 짚이는 것은 있고?】

【글쎄다. 내가 그것까지 알 수는 없지. 다만 방심은 하지 말자고…….】

【알았어. 고마워.】

나는 뭔가 어수선하고도 불길한 예감을 느꼈다.

마치 자신도 모르는 사이에 거대한 함정에 빠져버린 것처럼…….

그래, 거미줄에 뒤얽힌 것처럼.

악몽의 잔재와 싸웠던 때를 떠올린다. 그때와 마찬가지로 막연한 불안감이었다.

하지만 용사인 내게 도주는 용납되지 않는다.

거미줄로 만들어진 목도리를 나는 다시 한 번 꼭 움켜쥐었다.

S7. 붕괴를 고하는 목소리

“그러면 오늘은 용(竜)과 용(龍)의 차이에 대해서 수업하겠습니다.”

올리자 선생님이 여느 때처럼 살짝 의욕 없는 모습으로 수업을 시작했다.

용이라.

용이라는 말을 들으면 어쩔 수 없이 그 사건을 떠올리게 된다.

그 사건 이후로 수년이 흘렀다.

유고가 나를 암살하려고 했고 지룡이 내습했다.

양쪽 모두 피해는 거의 없었다고 하나, 학원에 적지 않은 충격을 가져다주었다.

하지만 유고는 결국 합당한 처벌을 받지 않았다.

그 전에 학원에서 홀연히 모습을 감췄기 때문이다.

아마도 공간 마법을 동원하여 도주했을 것이라고 추측되지만 진상은 불분명했다.

동시에 오카 선생님도 학원에서 자취를 감췄다.

돌이켜 보면 오카 선생님은 지룡과 전투가 벌어졌을 때에도 참전하지 않았었다.

유고를 단숨에 굴복시키는 힘을 가지고 있었는데도…….

오카 선생님도 전투에 참전해주었다면 지룡을 좀 더 쉽게 쓰러트렸을 텐데.

그런데도 힘을 보태지 않았던 이유는 무엇일까?

자취를 감춰버린 지금 와서는 알 도리가 없었다.

그 사건으로 바뀐 것이 그게 전부는 아니었다.

페이는 무슨 생각을 했는지 그때까지는 내켜 하지 않았던 레벨업을 적극적으로 하고 다녔다.

그토록 질색했던 진화도 아무렇지도 않게 해치워버린 까닭에 지금은 바깥에서 생활하고 있었다.

본인의 부모였을지도 모르는 지룡의 죽음을 목격하면서 생각이 바뀌었으리라.

나도 그 사건을 계기로 생각이 조금 바뀌었다.

그 사건 이전의 나는 단지 율리우스 형님에게 동경을 품고 있을 뿐이었다.

하지만 그 사건 때문에 나는 형님이 얼마나 험난한 길을 걷고 있는지 일부분이나마 깨닫고 말았다.

지금도 내 머릿속에는 여전히 공포가 도사리고 있었다.

내가 전생자라서 괜히 더 그렇게 느끼는지도 모르겠지만 죽이는 것도 죽는 것도 두려웠다.

그럼에도 이 세계에서 살아가려면, 형님의 옆에서 걸어 나아가려면 이러한 공포를 극복해야 한다.

다만 극복은 하되 잊어서는 안 된다고 생각한다.

그 사건 이후에도 나는 연습에 참가해서 마물과 싸울 기회가 있었다.

지룡과 비교하면 아무것도 아니었다. 내가 검을 한 번만 휘둘러도 맥없이 쓰러져버리는 약한 마물이었다.

그렇지만 죽인다는 행위의 무게는 지룡과 마찬가지.

생명의 무게를 잊어버리면 안 된다. 익숙해지면 안 된다.

나는 생명을 빼앗겠다는 각오를 굳힌 다음, 그로 인한 공포를 극복하면서 싸워야 한다.

생명의 무게를 잊어버리고 빼앗는 행위에 익숙해져버린 나는 더 이상 내가 아니다.

나와 같은 이름을 지닌 괴물에 지나지 않는다.

어쩌면 나는 터무니없이 물러 빠진 놈인지도 모르겠다.

하지만 위선자 소리를 들어도 상관없으니까, 이런 감각을 잃어버리면 안 된다고 생각했다.

생명의 무게를 알아야 한다.

그러고 나서 지켜야 할 대상과 빼앗아야 하는 생명을 저울질하고 싸움을 선택하겠다.

말로 하기는 쉽지만 실행하려면 대체 얼마나 험난한 길일까.

형님은 줄곧 그런 신념을 지키면서 싸워 왔을 것이다.

그토록 다정한 형님이 생명의 무게를 알지 못할 리 없었다.

언젠가는 형님과 같은 경지로 올라서면 좋겠다.

그러기에는 아직도 나에게 각오가 부족했다.

마음가짐을 하루 이틀로 고쳐 놓지는 못하니까 조금씩 수양을 쌓을 수밖에 없겠다.

각오를 굳히기 전까지는 하다못해 단순한 실력만이라도 올려 두고 싶다.

그렇게 레벨을 올리면서 나는 사건 때보다 훨씬 강해졌다.

몸이 성장했고 그에 따라 물리계 능력치가 강화됐다.

지금의 내 스테이터스는 거의 편차가 없는 만능형이라고 할 수 있었다.

몸이 성장함에 따라 그동안은 마법에 치우쳤던 능력치를 물리계가 따라잡은 결과였다.

몸의 성장은 물론 기뻤다.

하지만 예전처럼 게임을 하는 듯한 감각의 즐거움은 느끼지 않았다.

강해지면 강해질수록 그 힘을 쓰기가 두려울 정도였다.

그럼에도 나는 강해져야만 했다.

마족이 활발하게 움직이고 있는 데다가 언제든 전쟁이 발발할 수 있는 상황이었으니까.

그때 힘이 없어 아무것도 못한다면 나는 견딜 수 없을 것이다.

형님과 나란히 서서 싸우기에는 아직 모자라지만 적어도 걸림돌이 되고 싶지는 않았다.

가능하면 스우와 카티아를 비롯해서 주변의 가까운 사람들을 지킬 만큼은 힘을 기르고 싶었다.

그렇지, 요즘 들어서 스우와 왠지 서먹서먹해진 기분이다.

얼마 전까지는 「오라버니」 소리를 입에 달고 다니면서 어디든 따라다녔는데, 요즘은 홀로 행동하는 경우가 늘었다.

사춘기고 오빠에게서 떨어질 때가 되기는 했지만 막상 겪고 보니까 내심 섭섭했다.

아직 완전히 떨어진 것은 아니고 지금도 잘 따라주고는 있으니까 한숨짓기는 이르지만…….

카티아하고도 사이가 점점 미묘해지고 있다.

그 사건 이후로 조금씩 내게서 거리를 두려고 하는 조짐은 있었다.

본인에게 직접 물어도 「누가 그랬다는 거야」라면서 부정했지만…….

부정하면서도 내 얼굴을 외면하고, 거리를 벌리려고 했기에 전혀 설득력이 없었다.

도무지 이해가 되지 않아서 무심코 붙잡은 팔이 의외로 가느다랬기에 깜짝 놀랐다.

너무나도 가느다래서 부러지면 어쩌나 싶을 정도였다.

게다가 귀여운 목소리로 짧게 「꺅!」 소리치니까 나도 모르게 붙잡은 팔을 놓아주고 말았다.

그리고 얼굴을 붉히며 내게 붙잡혔던 팔을 문지르는 카티아를 바라보고 나는 동요를 감추지 못했다.

"미, 미안."

자신이 무엇 때문에 그리도 당황하는지조차 알지 못한 채 무작정 사과했다.

그때 카티아의 얼굴은 분명 잘 아는 친구인데도 불구하고 어째서인지 전혀 모르는 남처럼 보였다.

그런 일을 겪은 이후로 카티아하고는 은근히 삐걱거리는 상태가 계속되고 있었다.

변하지 않은 사람은 유리 정도였다. 지금도 열심히 때와 장소를 가리지 않고 신언교를 포교하러 다닌다.

오히려 해를 거듭할수록 심해졌다.

유리에게 붙들려서 난처해하는 학생을 보고 내가 유리를 떼어 내면, 그 학생을 보낸 다음에 표적을 나로 변경한다.

그렇게 실랑이를 벌이는 것이 최근 들어 나와 유리의 일상처럼 자리 잡았다.

그때마다 곁에 있던 스우와 카티아가 끼어들어서 좋게 좋게 상황을 수습하는 것도 늘 있는 일이다.

이렇듯 내 주위는 자그마한 변화를 겪으면서도 커다란 사건은 없이 평온하게 흘러가고 있었다.

《조건을 충족시켰습니다. 칭호 〈용사〉를 획득했습니다.》

《칭호 〈용사〉의 효과로 스킬 〈용사 LV 1〉과 〈성광 마법 LV 1〉을 획득했습니다.》

그런 평온을 산산조각 내는 목소리.

"어?"

교실이 수업 중이었던 까닭에 당혹감 어린 내 목소리는 예상 이상으로 크게 울려 퍼졌다.

"슈레인 씨, 왜 그러시죠? 뭔가 질문이라도 있나요?"

올리자 선생님이 내게 물었다.

선생님의 목소리도 혼란에 빠진 내게는 전혀 들리지 않았다.

"슈레인 씨? 슈레인 씨?! 무슨 일이죠?!"

아마도 이때의 내 안색은 어지간히도 지독했을 것이다.

그럴 수밖에. 이상한 일이 아닌가.

세계에서 용사의 칭호를 가질 수 있는 인간은 단 한 명뿐.

그리고 내가 알고 있는 용사도 역시 단 한 명뿐.

칭호는 일단 손에 넣으면 떼어 놓을 수가 없다.

즉 용사의 칭호도 떼어 놓을 수가 없음을 의미한다.

살아 있는 동안은…….

즉, 그렇게 됐다는 뜻이다.

그런 일이 일어나버린 것이다.

믿기지 않았다. 믿고 싶지 않았다.

하지만 그 칭호는 분명 내 스테이터스에 또렷하게 기재돼 있었다.

거짓말이다.

거짓말이야. 거짓말이지?

거짓말이다, 거짓말이다, 거짓말이다거짓말이다거짓말이다거짓말이다거짓말이다거짓말이다거짓말이다거짓말이다!

형님에게 그런 일이 일어났을 리 없어!

그러나 그 칭호는 무정하게도 사실만을 고하고 있었다.

이날 한 사람의 용사가 죽었다.

그리고 한 사람의 용사가 탄생했다.

막간. 거미 마왕

마왕은 손에 들린 하얀 천 조각을 흥미롭게 바라보고 있었다.

방금 전까지 용사가 몸에 지니고 있었던 하얀 목도리.

“시로야, 너도 좀 봐. 이거 거미줄로 만들었대.”

시로라고 불린 마족군 제10 군단장은 마왕이 들고 있는 목도리 쪽으로 얼굴을 돌렸다.

보라는데도 눈은 여전히 감겨 있었지만…….

“인족 사이에서 고가로 거래된다는 말은 들었지만, 설마 용사가 가지고 다녔을 줄은 몰랐네.”

웃겨, 정말. 야유조로 중얼거리는 마왕.

마왕은 수중의 목도리를 만지작거리다가 문득 손을 멈췄다.

뭔가 좋은 생각이라도 떠올린 것처럼 천진난만한 기색으로 가득한 얼굴이었다.

물론 본인에게나 그렇다는 이야기고 다른 자에게는 사악한 미소로 보였을 것이다.

“용사의 동생이 전생자라고 했지? 그럼 돌려줘야겠네.”

그렇게 말하고 손에 쥔 목도리에 마력을 불어넣었다.

“응응. 용사의 동생에게 마왕의 가호를 담아서 선물하는 거야. 운치 있지 않아?”

동의를 구하지만 시로는 말이 없었다.

“이걸 받았을 때 야마다는 어떤 표정을 지으려나?”

그때의 광경을 상상하면서 거미 마왕은 악취미스러운 미소를 지었다.

종막. 하느님은 거미를 좋아하신대

아무래도 예지는 마음에 들었나 보네요.

나로서도 선물한 보람이 있어서 좋았어요.

그토록 극적인 반응을 보여주면 그야 기쁜걸요.

꽁무니에 불이 붙어서 쩔쩔매는 모습은 영구 보존할게요.

그 거미라면 분명 예지도 제대로 써줄 거예요.

사고를 분열시키고도 그토록 아무렇지도 않게 지내고 있으니까요.

오만, 인내. 지배자 스킬을 두 개나 가지고 있으니 하나쯤 더 추가해도 어떻게든 되겠죠.

그리고 언젠가 내 존재까지 다다라주세요.

기대할게요.

당신이라면 분명 나를 좀 더 즐겁게 만들어줄 거예요.

관리자이자 사신인 나를…….

자, 다음에는 나한테 무엇을 보여줄 건가요?

앞으로 세계와 어떤 관계를 맺을 건가요?

앞으로 세계를 어떻게 바꿔 나갈 건가요?

무척 기대되네요.

■작가 후기

안녕하세요. 여러분이 아마도 분명히 희망적 관측으로는 많이 좋아해주시는 바바 오키나입니다.

말도 안 돼! 2권의 후기라니, 설마 1권을 읽고도 또 이 책을 구입한 강자가 있다는 말인가?!

거미를 좋아하는 특이 취향자가 그토록 많을 줄이야 놀랍군그래! 세상은 참 넓어.

자, 1권이 발매되고 나서 이런저런 일이 많았습니다.

만화책이 나오고, 광고가 나오고, 추천도 받고, 카쿠요무에서 연재도 시작하고요.

그렇죠, 나리타 료고 선생님과 하세 사토시 선생님께 추천사도 받았습니다.

설마 이토록 유명한 분께서 추천사를 써주실 줄은 생각도 못했던지라 석화해버렸습니다.

그렇지만 인간은 신비롭게도 일정 이상으로 감정이 격해지면 오히려 냉정을 되찾는 건지, 「이건 꿈이다!」라면서 넘긴 다음에 침대에 몸을 던지고, 이튿날에는 「아직도 꿈을 꾸고 있구나!」라고 말하면서 침대로 몸을 던지고 이러기를 끝없이 반복.

농담은 여기까지만 하고 진지하게 감사 인사를 적겠습니다.

나리타 료고 선생님, 하세 사토시 선생님, 두 분의 재미있다는 한 마디에 열심히 힘을 낼 수 있었습니다.

정말로 감사드립니다.

일러스트를 담당해주신 키류 츠카사 님, 언제나 예쁜 일러스트를 그려주셔서 고맙습니다.

만화를 담당해주신 카카시 아사히로 님, 이것이 바로 거미다, 라는 표현을 할 수 있는 분은 선생님뿐입니다.

담당 편집자 K씨를 비롯해서 이 책의 제작에 참여해주신 모든 분과 구입해주신 독자분들께 감사드립니다.

거미입니다만, 문제라도? 2

1판 1쇄 발행 2016년 12월 10일
1판 10쇄 발행 2021년 10월 7일

지은이_ Okina Baba
일러스트_ Tsukasa Kiryu
옮긴이_ 김성래

발행인_ 신현호
편집부장_ 윤영천
편집진행_ 김기준 · 김승신 · 원현선 · 권세라
편집디자인_ 양우연
관리 · 영업_ 김민원 · 조인희

펴낸곳_ (주)디앤씨미디어
등록_ 2002년 4월 25일 제20-260호
주소_ 서울시 구로구 디지털로 26길 111 JnK디지털타워 503호
전화_ 02-333-2513(대표)
팩시밀리_ 02-333-2514
이메일_ lnovelpiya@naver.com
L노벨 공식 카페_ http://cafe.naver.com/lnovel11

ISBN 979-11-278-3860-7 04830
ISBN 979-11-278-2430-3 (세트)

값 9,800원